AF202494

JULIA HOLBE, Jahrgang 1969, ist Luxemburgerin.
Sie lebt in Frankfurt am Main und in der Bretagne.
Zwanzig Jahre arbeitete sie als Lektorin für internationale
Literatur im S. Fischer Verlag. Mit *Unsere glücklichen Tage*,
ihrem ersten Roman, gelang ihr der Sprung in
die Top 20 der SPIEGEL-Bestsellerliste.

Unsere glücklichen Tage in der Presse:

»Julia Holbe hat ein schönes, leichtes und doch mit aller Kraft
beschwörendes Buch über ein vergangenes Glück
geschrieben.« *DER SPIEGEL*

»Eine bewegende Geschichte über wichtige Dinge des Lebens:
Freundschaft, Liebe, Vergebung und die Fähigkeit, das Leben
voll und ganz auszukosten und seine Chancen zu ergreifen.«
LandLust

»Ein absolut lesenswertes Buch!« *Wochenblatt*

Besuchen Sie uns auf www.penguin-verlag.de und Facebook.

JULIA HOLBE

UNSERE GLÜCKLICHEN TAGE

Roman

 PENGUIN VERLAG

Scientific advice and so many other thoughtful notes:
Prof. Dr. Dr. L.F.J.B., deepest thanks and admiration. J.H.

Penguin Random House Verlagsgruppe FSC® N001967

5. Auflage
Copyright © 2020 by Penguin Verlag
in der Penguin Random House Verlagsgruppe GmbH,
Neumarkter Straße 28, 81673 München
produktsicherheit@penguinrandomhouse.de
(Vorstehende Angaben sind zugleich
Pflichtinformationen nach GPSR.)

Umschlag: bürosüd nach einem Entwurf von Cornelia Niere
Umschlagmotiv: Arcangel Images / Nikki Smith;
DEEPOL by Plainpictures; Getty Images / Southern Stock
Satz: Leingärtner, Nabburg
Druck und Bindung: GGP Media GmbH, Pößneck
Printed in Germany
ISBN 978-3-328-10646-3
www.penguin-verlag.de

Den Freunden von einst und von heute

»The things you can't remember
tell the things you can't forget.«

Tom Waits, *Time*

Ich habe lange überlegt, ob ich diese Geschichte erzähle. Es ist nicht nur meine Geschichte, sondern die von vier Freundinnen. Vieles ist wahr und vieles erfunden.

Den Felsen am Atlantik gibt es wirklich. Er und die wichtigsten Menschen meines Lebens, die Stunden und Tage und Wochen und Jahre dort verbrachten, haben mich dazu bewogen, all das aufzuschreiben.

Es ist die Geschichte von vier jungen Frauen, die sich ihr Leben erfanden und dessen Heldinnen wurden. Es ist die Geschichte einer großen Trauer. Die Geschichte von unzerstörbarer Freundschaft. Und nicht zuletzt ist es die Geschichte einer großen, großen Liebe.

Ich wusste eigentlich gar nicht mehr genau, warum ich mich auf das Treffen eingelassen hatte. So viele Jahre waren vergangen. Was hätten wir uns noch zu sagen? Mit vielen Menschen wurde es irgendwann mühsam. Und auf mühsam hatte ich in meinem Alter überhaupt keine Lust mehr.

Früher war es nie mühsam gewesen. Alles war immer leicht gewesen. Und es gab eine Freiheit. Eine Freiheit, die wir vielleicht nur in jungen Jahren haben. Wir hatten damals das Gefühl, es würde ewig so weitergehen.

Warum hatten wir uns überhaupt aus den Augen verloren?

Ich wusste es nicht mehr.

Und gleichzeitig wusste ich es genau.

Ich glaube, das ging uns allen so.

Jede von uns wusste es, jede auf ihre Weise.

Auch Lenica. Vor allem Lenica.

Aber Lenica war tot.

Irgendwann hatte ich eine Todesanzeige bekommen.

Ich las ihren Namen und die Namen der Trauernden, und mich überkam eine unbeschreibliche Traurigkeit.

Ich hatte so lange nichts von ihr gehört. Und hatte mich auch nicht von mir aus gemeldet. Doch ich habe immer an sie gedacht. An sie und Marie und Fanny.

An dem Abend damals trank ich viel zu viel Rotwein und hörte Musik. Aber auch die traurigste Musik war nicht traurig genug. Ich musste weinen, und ich war mir plötzlich gar nicht sicher, ob ich um Lenica weinte oder um mich selbst. Ich bin ein sentimentaler Mensch, das bin ich schon immer gewesen. Vielleicht trauerte ich um unsere Vergangenheit und unsere verlorene Jugend. Die nie wiederkommen würde. Und von der ich so sehr hoffte, dass wir sie ganz ausgeschöpft hatten.

Marie hatte keine Anzeige bekommen, sagte sie. Sie hatte es von irgendwem gehört. Sie und Lenica hatten auch keinen Kontakt mehr gehabt. Sie und Fanny auch nicht. Ich versuchte mich zu erinnern, ob Lenica geschieden war, da fiel mir ein, dass ich gar nicht wusste, ob sie überhaupt geheiratet hatten. Marie wusste noch weniger als ich. Das sagte sie mir jedenfalls, als wir uns auf der Straße in die Arme liefen.

Wir waren uns tatsächlich zufällig begegnet. An einem noch kühlen, aber sonnigen Junitag in Luxemburg. Ich saß auf dem Hauptplatz, im einst legendären *Café de Paris*. Ich hatte den Ort unserer gemeinsamen Schulzeit nur besucht, um einen neuen Pass zu beantragen, eigentlich zog mich nichts mehr hierher. Ich hatte etwas Zeit, aß Steak frites mit Sauce Béarnaise und trank zwei Gläser Wein, im Andenken an den früheren Besitzer des Cafés, der damals ein Freund gewesen war. Ich hatte gerade gezahlt, nahm meine Sonnenbrille, stand auf – und schon fiel sie mir in die Arme.

Marie sah gut aus, sie hatte sich fast gar nicht verändert. Die blonden Haare waren perfekt gesträhnt und etwas kürzer als früher, aber genauso wild, sie war so dünn wie immer und wahnsinnig gut gelaunt. Voller Energie. Sie quatschte mich voll und sagte, sie sei beruflich hier, auf einem Kongress, und ob wir heute Abend zusammen was trinken gehen. Ich wollte noch fragen, auf was für einem Kongress, aber sie war furchtbar in Eile und wir tauschten Nummern aus und schon wehte sie weiter und rief noch: »Elsa, bist du eigentlich noch mit

Soundso zusammen?«, der Name meines Exmannes, und ich rief: »Nein.« Sie lachte ihr Ich-habs-dir-ja-gleich-gesagt-Lachen. Dabei kannte sie ihn gar nicht. Oder doch? Ich erinnerte mich nicht.

So war es mit Marie: Nichts war tragisch für sie. Traurig vielleicht, aber nicht tragisch. Sie war das, was man entwaffnend nannte.

Später schrieb Marie: »Ich sitze allein im Fernsehzimmer meiner Eltern und denke an die alten Zeiten. P. S. Sie haben doch tatsächlich mein Zimmer zum Fernsehzimmer gemacht!«

Ich erinnerte mich an Maries Zimmer. Ich konnte mir genau vorstellen, wie sie da saß, und auch, wie sie dabei aussah.

Vielleicht war es das, was mich dazu brachte, ich weiß es nicht, jedenfalls schrieb ich ihr zurück: »Ja, lass uns treffen, bevor wir alt und schrumpelig werden.«

Sie antwortete nur: »Wir werden nie alt und schrumpelig.«

Komischerweise beruhigte mich ihre Feststellung.

Ich war jetzt froh, dass ich beschlossen hatte, sie zu treffen. Beinahe froh zumindest.

Ich würde ja sehen. Einen Versuch war es wert. Menschen sind immer einen Versuch wert. Und manchmal zwang uns das Leben zu handeln. Wir hatten nicht ewig Zeit.

Und da waren wir nun.

Wir waren vier Freundinnen.

Die nichts trennen konnte und die sich doch verloren haben.

Statt wie geplant nach Frankfurt zurückzufahren, nahm ich mir kurzerhand ein Zimmer in einem kleinen Hotel an der Corniche. Es war Freitag, ich musste erst Dienstag wieder in der Schule sein, und viel Unterricht musste ich nicht vorbereiten, es war kurz vor den Sommerferien. Für die ich noch keine Pläne hatte. Scheinbar endlose Wochen Freiheit. Und ich hatte mich auch schon beinahe daran gewöhnt, dass meine Kinder seit einiger Zeit bei meinem Exmann in Boston studierten. Richtig daran gewöhnen würde ich mich nie, aber ich tat mein Bestes.

Mir fiel das Gefühl von früher wieder ein, das, was es damals auslöste, Sommerferien zu haben. So anders als heute war es gar nicht. Vielleicht war das der Grund, weshalb ich Lehrerin geworden war. Das Gefühl von Sommerferien.

Ich saß auf dem winzigen gusseisernen Balkon und schaute auf die Altstadt mit dem kleinen Fluss und den alten Festungsmauern. Es war komisch, hier in einem Hotel zu schlafen, aber was sollte ich machen? In meinem Elternhaus lebten Fremde, und all meine alten Freunde, die, die geblieben waren, oder die wenigen, zu denen ich überhaupt noch Kontakt hatte, waren in der Welt verteilt.

Ich blickte auf die von Grün gesäumte Promenade unter mir und verlor mich etwas in Gedanken. Ein seltsames Gefühl durchströmte mich, ein wehmütiger Schmerz der Vergangenheit. Ich hätte gerne eine Zigarette geraucht, aber vom Rauchen wurde mir mittlerweile schlecht. Ich trank noch ein Glas Weißwein und dachte an früher. Daran, woran ich so unendlich lange nicht mehr gedacht hatte. An diesen einen Tag in diesem einen Sommer. Vor langer Zeit.

Es war so unsagbar heiß gewesen an diesem letzten Tag, an dem wir uns alle das letzte Mal gesehen hatten. In diesem einen Sommer. Diesem nicht enden wollenden Sommer am Atlantik.

Wir lagen auf unserem Felsen. Dem Felsen, auf dem wir jahrelang jeden Sommer gelegen hatten, Marie, Fanny und ich, und auf dem wir Lenica kennengelernt hatten. Und auf dem wir Freundinnen geworden waren, Lenica und wir. Lenica und ich.

Wir lagen lange dort, länger als an den anderen Tagen. Wir schwammen und redeten und tranken Bier.

Ich erinnerte mich noch, dass ich mit Lenica und Sean einen Schnorchelausflug unternommen hatte. Und dann ließen wir uns auf dem sonnenwarmen Stein trocknen. Ich schlief ein, und als ich die Augen wieder öffnete, sah ich, wie Lenica ganz am Rande des Felsens saß, die Knie eng an den Körper herangezogen, und aufs Meer blickte. Sie drehte sich um, als spürte sie meine Blicke in ihrem Rücken. Sie lächelte mich an. So wie immer, genau so. Dann schaute sie wieder aufs Meer. Plötzlich stand sie auf, kam zu mir und küsste mich. Dann ging sie zu Sean und küsste ihn.

Das Meer war gar nicht so kalt gewesen an diesem Tag.

Am Abend grillten wir sehr scharfe Merguez und aßen dazu die Reste, indem wir alles zusammenmischten. Es gab Tomaten-Mais-Thunfischsalat und wir rösteten das Baguette vom Vortag. Wir machten ein Lagerfeuer und wir hörten Musik.

Vor allem redeten wir uns ein, wir müssten auch den Alkohol aufbrauchen.

Wir saßen so lange am Feuer, bis es niedergebrannt war, und redeten darüber, was wir in diesem Sommer alles gemacht hatten.

Wir redeten über den Sommer, als sei er ein ganzes Leben gewesen.

Als würde er nie wiederkehren.

Wir kosteten den Abend aus. So gut wir konnten, und wir wollten es so sehr.

Am nächsten Morgen waren wir furchtbar verkatert und tranken starken Kaffee aus den bunten Steingutbechern, nur Sean trank viel zu lange gezogenen schwarzen Tee, und wir warfen verschlafen unsere Taschen ins Auto und umarmten uns.

Nichts war vorgefallen.

Wir haben uns nie wiedergesehen.

Als ich auf meinem kleinen Hotelbalkon in Luxemburg saß und auf die Stadt blickte, konnte ich nicht anders, als mich ganz den Erinnerungen hinzugeben. Diese Erinnerungen waren Dämonen, aber ich hatte sie vermisst. Wie eine Droge.

Manche Erinnerungswolken kamen langsam, wie Nebelschwaden, und manche schnell, wie Blitze. Ein Name oder ein Wort genügten und ein ganzes Szenario entstand im Kopf, so als sei es nie weg gewesen. Schlimmer als die Erinnerung im Kopf war diese Art Erinnerung, die man körperlich spürte. Dagegen hatte ich mich gesträubt, aber der kurze Moment, als Marie Lenicas Namen erwähnte, reichte aus für eine Explosion von Gedanken und Gefühlen, die beinahe unerträglich war. Über Fanny hatten wir gar nicht gesprochen, aber sobald ich an Lenica dachte, musste ich auch an sie denken. Und natürlich an Sean.

Ich beschloss, mir gegen meine Überzeugung oder eher Erfahrung der letzten Jahre beim Concierge Zigaretten zu holen. Ich sollte mich langsam wieder daran gewöhnen.

Der ganze Sommer damals trat mir wieder vor Augen.

Doch nicht nur das.

Ich erinnerte mich plötzlich wieder ganz deutlich an den Tag, an dem ich von Lenicas Tod erfuhr. Ich wollte mich eigentlich gar nicht daran erinnern. Nie mehr. Und ich hatte mich mit Erfolg schon lange nicht mehr daran erinnert.

Als ich damals von Lenicas Tod erfahren habe und begann den ganzen Rotwein zu trinken und diese bestimmte Musik zu hören, ging ich in die Küche und beschloss zu kochen. Ich erwartete niemanden und war gar nicht sicher, ob ich etwas essen würde, aber Kochen beruhigte mich. Ich schaute in den Kühlschrank und holte Käse, Oliven und Parmaschinken heraus. Tomaten hatte ich eigentlich immer da. Ich schnitt die Tomaten betont langsam, weil ich mich häufig in die Fingerkuppe schnitt. An jenem Abend schnitt ich mich schlimmer denn je und richtete ein Blutbad an. Ich verband meinen Finger mit Klopapier, weil ich keine Pflaster hatte, die groß genug waren. Und dann trank ich noch mehr Rotwein.

Ich hatte diesen metallenen Geruch von Blut in der Nase.

Ich wusste nicht, wohin mit mir. Ich war so traurig und weinte, dass mir fast die Augen rausfielen.

Ich überlegte, Marie oder Fanny anzurufen, aber hatte keine Telefonnummern. Vielleicht war das auch nur eine Ausrede. Ich hätte es einfach nicht gekonnt.

Ich dachte an Lens Familie und mir fiel ein, dass ich gar nicht wusste, ob ihre Eltern noch lebten, ich wusste nicht, ob sie Kinder hatte, und ich dachte an ihre Schwester Héloïse, was sie wohl machte, und ich dachte an Lens Vater, Édouard, den ich so mochte. Schreiben konnte ich ihm nicht, das konnte ich erst viel später.

Ich bin nicht zu Lens Beerdigung gegangen.

Ich weiß nicht mehr, ob mich die Karte zu spät erreicht hatte oder ob ich einfach nicht gegangen bin, weil ich es nicht ausgehalten hätte.

Und das Leben stand still und ging trotzdem weiter. Dass es weiterging, empfand ich als Zumutung.

Mit Lenica war es komisch gewesen. Sie lebte in dem kleinen Ort, wo wir immer die Ferien verbrachten. Ich kannte sie vom Sehen. Sie war schon immer da gewesen. Aber bisher hatten wir nie geredet.

An einem Sommertag jedoch, es war heiß damals und das Meer erreichte Anfang Juli langsam die perfekte Schwimmtemperatur, sprach sie mich ganz unvermutet an. Sie begann eine Unterhaltung über irgendeine Belanglosigkeit, an die ich mich nicht mehr erinnere, und sofort hatte sie uns. Hatte sie mich.

So stieß sie zu uns, so abrupt und dennoch zartfühlend, und wir adoptierten sie wie einen herrenlosen Welpen. Obwohl dieses Welpenhafte nur ein kleiner Teil von ihr war.

Sie war groß und sehr dünn. So dünn, dass die Hüftknochen hervorstanden, und sie hatte dunkle lange Haare, ein Dunkel in vielen Schattierungen. Sie trug Ringe an all ihren Fingern in sämtlichen Größen und Farben und klackernde Armbänder – eins aus blauen Glasperlen fiel mir besonders auf. Sie hatte immer sehr kurze Röcke und Leinenturnschuhe oder hochhackige Sandalen mit Söckchen an, irgendwelche verblichenen, entweder sehr weiten oder zu engen T-Shirts. Wenn sie Strumpfhosen trug, und das tat sie an kühleren Tagen manchmal sogar im Sommer, dann mit Laufmaschen. Eine kalkulierte Nachlässigkeit lag in ihrem Wesen, sie war sich ihrer Wirkung sicher. Sie hatte einen gewissen, sehr reizvollen

Silberblick, der sie manchmal ein bisschen irre aussehen ließ. Wenn sie lachte, wurde ihr Gesicht auf einmal mädchenhaft, fast kindlich. Man konnte nie wissen, was sie als Nächstes machte – oder was sie dachte. Eine Zeitlang trug sie ihre Haare blau. Und manchmal eine blonde Perücke. Sie konnte ganz vernünftig wirken und es kam sogar vor, dass sie es war, zumindest tat sie manchmal so. Sie war wild und ungezähmt, doch in ihren Augen, die wie Opale glänzten, lag große Sanftheit und Verletzlichkeit. Das fiel mir auf. Und ging mir nah.

Lenica lag immer auf unserem Felsen, den wir dem Strand vorzogen, weil er etwas abgeschieden war und man nicht vom Sand paniert wurde. Sie und ihre Schwester sonnten sich dort und schwammen. Wenn sie in der Sonne lagen, waren sie mit ihren Kopfhörern an einen Walkman angeschlossen.

Lens Schwester Héloïse war das komplette Gegenteil, viel weicher als Len, nicht nur ihr Äußeres, blond und süß, sondern auch ihre Art. Sie war lieb und freundlich und zugewandt, hatte hohe Wangenknochen und weit auseinanderstehende blaugraue Augen, sie war runder, und doch hatte sie eine ganz schmale Taille, eine breitere Hüfte. Sie war ein anderer Typ als Len, aber nicht weniger anziehend.

Wir hatten nur Kontakt, wenn wir die zwei Monate Sommerferien am Atlantik verbrachten. Die restliche Zeit des Jahres hörte ich nie etwas von Len. Wir alle nicht. Aber unser Leben in dieser Zeit, so gleichermaßen aufregend wie unbedeutend es war, ließ sich schnell aufholen. Sobald wir uns auf dem Felsen wiedertrafen, war alles wie immer. Ich weiß nicht mehr, wann mir auffiel, wie sehr ich sie in der Zwischenzeit vermisste. Manchmal schrieb ich ihr Briefe, die ich aber nicht abschickte. Auch viel später noch schrieb ich diese Briefe. Ich legte sie in meine Schreibtischschublade, und mit den Jahren bildete sich ein Stapel, den ich verschnürte und der noch immer in meiner Schreibtischschublade lag.

Lenica schrieb fast nie, und wenn, dann nur mal eine Postkarte, auf der Sätze standen wie: »Hier regnet es und das Leben ist einfach, wie es ist.« Ich hängte mir ihre Karten an die Wand, als seien sie seltene Zeugnisse von exotischen Orten. Len war jemand, der immer bei einem war, selbst wenn sie nicht körperlich anwesend war. Sie war auf geheimnisvolle Weise mit mir verbunden, auch wenn tausend Kilometer zwischen uns lagen, und sie schien diese Entfernung mit stoischer Gelassenheit oder in stoischem Leiden hinzunehmen.

Wenn wir uns wiedersahen, schien es die Zeit dazwischen nicht gegeben zu haben.

Es war keine Seelenverwandtschaft.

Es war viel mehr.

Wenn endlich die Sommerferien anbrachen und wir losfuhren, waren wir immer in Hektik, immer in heller Aufregung, bis wir alles gepackt und wir alle aufgesammelt hatten. Nie hatte jede von uns nur eine Tasche, wie wir es eigentlich abgemacht hatten, meistens flogen noch einzelne Schuhe und Plastiktüten im Kofferraum herum. Zuerst hatten wir uns abwechselnd um den Proviant gekümmert, bis Marie ihn einmal vergaß und nur zwei Tüten Chips dabeihatte. Danach war Fanny zuständig, sie war die zuverlässigste. Und sie machte sowieso die besten Sandwiches, mit kaltem Hähnchen und Salat und Mayonnaise oder Thunfischcreme mit Selleriestückchen. Sie packte geschälte Mohrrüben und in Streifen geschnittene rote Paprika ein, Orangina und Thermoskannen mit Kaffee. Beim ersten Mal lachten wir sie aus und fanden sie zu perfekt und spießig, aber dann beschlossen wir, dass sie niemals zu perfekt sein könnte. Wir beschlossen, dass sie eine berühmte Köchin werden und ein Restaurant in einer schicken Stadt eröffnen würde, in dem wir jederzeit umsonst essen konnten und so viel wir wollten. »Jetzt übertreibt ihr aber«, sagte Fanny dann. »Nur weil ich hier die Einzige bin, die euch nicht verhungern lässt.«

Dann spielte es sich immer gleich ab. Wir kamen in der Nacht an, mit einem voll beladenen Auto, und waren über Stunden unterwegs gewesen. Die letzten Kilometer zogen sich, und wir waren so kaputt und erledigt und jammerten, und schworen, sofort und auf der Stelle ins Bett zu gehen. Aber sobald das Auto knirschend über den Kies der Einfahrt fuhr, war unsere Erschöpfung wie weggeblasen. Sobald wir die Meeresluft atmeten, war keine Müdigkeit mehr zu spüren. Wir rissen uns die Schuhe von den Füßen und spürten das feuchte Gras, und das feine Salz in der Luft legte sich auf uns wie eine zweite Haut.

Und wenn wir Lenica in die Arme fielen, begann der Sommer.

Lenica saß, schon lange bevor wir ankamen, bei uns im Garten. Sie hängte Lampions in die Bäume und stellte Kerzen auf, und es sah dann aus wie auf einer Gartenparty. Sie las und hörte Musik und lackierte sich die Fußnägel in allen Farben, die Nagellackfläschchen vergaß sie manchmal im Gras, und dann fanden wir im folgenden Sommer die Farben des vergangenen. Manchmal schlief sie in der Hängematte ein.

Wenn sie das Auto hörte, sprang sie auf und rannte uns entgegen. Meistens hatte sie schon gekocht oder den Grill angeworfen, und dann grillten wir um Mitternacht Thunfischsteaks und aßen sie mit viel Zitrone. Lenica konnte nicht kochen, behauptete sie jedenfalls, und sie tat so, als hätte sie keine Ahnung, aber das war, wie manches andere, das sie erzählte, glatt gelogen.

Wenn wir dachten, immer noch nicht müde zu sein, spazierten wir durch die sternklare Nacht zum Strand und gingen schwimmen. Der Mond erhellte das Meer, und wir kamen versandet und glücklich wieder nach Hause und wussten, vor uns lag eine endlose Zeit.

Wir schliefen ein mit Sand an unseren Füßen und Salz in den Haaren. Lenica und ich schliefen in meinem alten, knarrenden Bett in der etwas klammen und zerknitterten Leinenbettwäsche. Lenica und ich.

Wir schliefen, und manchmal berührten sich dabei unsere Füße, bis wir von der Sonne geweckt wurden, die durch die Ritzen der Fensterläden fiel.

Len und ich schliefen am liebsten sehr lange, so lange, dass die anderen sich über uns lustig machten.

Wenn wir wach waren, begannen wir zu reden, und zwischendurch ging ich in die Küche und kochte uns Milchkaffee und machte Honigbrote, und dann blieben wir im Bett und irgendwann klebte alles, und wir redeten weiter, als ob keine Nacht und kein Jahr dazwischengelegen hätten. Manchmal schliefen wir danach einfach wieder ein. Und manchmal kamen Fanny und Marie dazu, die schon nützliche Dinge gemacht hatten, wie in der Hängematte gelegen und den Lavendel von den Brennnesseln befreit. Dann saßen wir zu viert im Bett und brachten uns auf den neuesten Stand. Wenn nichts Spannendes passiert war, keine neuen Lieben – was zu der Zeit eigentlich unser einziges Thema war –, keine Familiendramen, keine weitreichenden Erfolge in der Schule, im Studium oder in irgendetwas, was wir sonst taten, dann nannten wir es das Jahr der Nichtereignisse. Es gab zahlreiche

Jahre der Nichtereignisse. So wie später auch die Jahre der Ereignisse.

In den Jahren der Nichtereignisse schmiedeten wir Pläne, wie unser Leben verlaufen könnte, was werden könnte, was wir machen wollten. Wir jagten den allerschönsten Fantasien nach, und das war etwas, was man nur mit allerbesten Freundinnen konnte. Wir malten uns die Männer aus, mit denen wir zusammen sein wollten, und überlegten, wie wir unsere Kinder nennen würden, Marie sagte: »Ich will doch keine Kinder, bin ich irre«, Fanny sagte: »Ich will einen ganzen Haufen, ich finde das eine tolle Vorstellung, und ihr werdet alle Patentanten«, und vor allem wollten wir alle Kinder nach uns allen nennen. »Und wenn irgendeine von uns einen Jungen bekommt?«, fragte ich. – »Den nennen wir dann wie unsere jeweiligen Exmänner.« – »Warum haben wir Exmänner? Ich dachte, wir sind alle glücklich.« – »Du willst doch wohl mehrmals heiraten! Man muss doch aus seinen Fehlern lernen!« – »Ach, so nennst du das.«

Wir redeten darüber, was wir werden wollten, und vor allem darüber, was wir nicht werden wollten, wie wir niemals werden wollten: verbittert und alt und spießig. Und vor allem wollten wir für immer zusammenbleiben.

Jedenfalls ganz gleich, wie wir unsere Tage verbrachten, wir fanden uns immer irgendwann am Felsen zusammen.

Es gab zwei Fahrräder, die eigentlich Lenicas Eltern gehörten und die aussahen, als wäre schon Brigitte Bardot darauf über die Hügel von Saint-Tropez geradelt. Es war nicht weit, zehn Minuten über die kleine Schotterstraße und dann den Küstenpfad entlang, bis man nach rechts abbog, um ans Meer hinunterzuklettern. Bei Ebbe erstreckte sich um den Felsen herum eine kleine Bucht, dann konnte man im Sand liegen, aber bei Flut, und das war am allerschönsten, gab es nur den

Felsen und man konnte direkt ins Wasser springen. Der Felsen war ziemlich breit und nicht sehr hoch und fiel flach zum Sand ab, und er hatte eine große, nicht ganz glatte, aber dennoch angenehme Liegefläche. Selbst wenn wir zu mehreren waren, bot er genug Platz für uns alle. Wir wurden von ihm liebevoll behandelt, im Sommer war er ganz warm und angenehm, wenn wir aus dem kalten Wasser kamen, und wenn es kühler war, schützte uns der Felsen vor dem Wind und wir konnten in Ruhe daliegen und lesen.

Unser Zeug nahm den ganzen Felsen ein. Wir verteilten alles darauf, es sah aus wie beim Flohmarkt, wir schleppten immer den ganzen Hausrat mit. Decken und Bücher und Flaschen und Jacken, falls es kühler würde, Sonnencreme und haufenweise mixed tapes für den Kassettenrecorder und Baguette und Käse und Melone. Ich weiß nicht, wer von uns das meiste mitschleppte. Wir wollten alle dasselbe, und zu jener Zeit waren wir uns alle sehr ähnlich. Das dachten wir zumindest, und wir fühlten es. Die grundlegenden Unterschiede stellten wir erst später fest, und dann war es schon zu spät. Damals wollten wir es aber auch nicht anders.

Lenica hatte die Angewohnheit, in einem langsamen Ritual ins Wasser zu gehen. Zunächst nur bis zu den Knien. Dann benetzte sie sich die Oberschenkel mit Wasser und blieb stehen und blickte in die Weite, auf den Horizont, als würde sie da etwas suchen. Ich schwamm voraus, tauchte unter und schaute dann zurück, um Lenica zu beobachten. Ich mochte es, wie gewissenhaft sie den immer gleichen Ablauf der Bewegungen vollführte. Einmal bemerkte ich, wie auch Sean sie dabei beobachtete. Er war schon weiter geschwommen als ich, schwamm ein Stück zurück, paddelte auf der Stelle und sah in ihre Richtung, und als er merkte, dass ich es merkte, tauchte er unter.

Wir verbrachten unsere Tage immer im gleichen Rhythmus, und dennoch waren sie nie gleich. Was vor allem an Lenica lag. Eigentlich nur an Lenica. Sie war immer anders.

Len und ich liefen viel am Strand entlang, und sie erzählte mir Geschichten von ihrer Kindheit, ihren Eltern, ihrem Vater Édouard, der Käse herstellte. Sie wohnten in einem romantisch verfallenen Steinhaus, das ich sehr mochte, obwohl ich nur selten dort war. Es war nicht klein, dennoch bewohnten Len und Héloïse gemeinsam ein Zimmer unter dem Dach, sie hatten es mit einem hübschen, aber nicht sehr effektiven Paravent geteilt, über dem so viele Klamotten hingen, dass man das Gefühl hatte, er würde gleich zusammenbrechen. Édouard hatte ein Schlafsofa im Anbau, wo er seinen Käse machte und der an den Ziegenstall grenzte. Wir liebten das »Käsezimmer«, wie wir es nannten, es roch so gut, ein bisschen säuerlich, ein bisschen nach Ziegen und nach Holz, und es war dunkel und kühl. Der Garten war ursprünglich riesig gewesen, musste dann aber nach und nach dem Stall und dem Anbau weichen. Jetzt war der Garten noch immer groß und verwildert und sehr romantisch, mit Apfel- und Quittenbäumen, die Lens Vater im Herbst erntete. Aus den Früchten bereitete er Gelee, das man zu seinem Käse aß.

Lenica war ihrem Vater sehr nah und hatte als Kind mit ihm in langen Sommernächten Sternschnuppen beobachtet. Von ihrer Mutter, die andauernd unterwegs war – sie war Schauspielerin und drehte mit ziemlich berühmten Regisseuren –, sprach sie weniger. Ich kannte Lens Mutter und hatte alle ihre Filme gesehen. Sie war toll. Eine Schönheit, ganz wie Len, obwohl sie sich überhaupt nicht ähnlich sahen, Len sah vielmehr aus wie ihr Vater. Lens Mutter Nadia war blond und zierlich und bewegte sich wie eine Balletttänzerin. Sie lachte laut und glockenhell, und das war wirklich schön anzuhören.

Sie redete über ihre Kinder, als seien sie gar nicht ihre Kinder, sondern seltsame, leuchtende Zauberwesen, die ihr gefielen, aber ihr fremd waren. Lens Vater betete seine Frau sichtlich an, auch wenn sie ihn eher wie ihren Dienstboten behandelte, freundlich, aber vollkommen distanziert und unpersönlich. Ich hatte sie nur einmal gesehen. Vielleicht war sie sonst ja auch ganz anders.

Nadia bewohnte einen riesigen Raum mit Ankleidezimmer in dem romantischen Steinhaus, wenn sie da war. Len mochte die Klamotten ihrer Mutter, auch die blonde Perücke war von ihr, und konnte sich immer alles ausleihen, ohne dass ihre Mutter etwas merkte, weil sie einfach so unendlich viele Klamotten hatte. Aber ihre Mutter, sagte Len, mochte sie nicht. Ich fand es ziemlich hart, das so zu sagen. Außerdem glaubte ich nicht, dass es stimmte.

Len brachte mich immer zum Nachdenken, sie brachte mich dazu, Dinge zu denken und zu sagen – und zu tun –, die ich mich davor nie getraut hätte.

Len erzählte mir auch von ihrem Onkel, dem Bruder ihres Vaters, der der Briefträger des Ortes war, ein sehr großer dunkelhaariger Mann, den ich schon lange kannte, lange noch, bevor ich wusste, dass es ihr Onkel war. Er hieß Yann und kam immer zur Terrassentür, um uns die Post zu bringen, weil wir keinen Briefkasten hatten. Er schritt dann ganz gemächlich, aber doch schwungvoll federnd durch den ganzen Garten und winkte schon von Weitem. Dann plauderten wir etwas, er war stets eine angenehme Mischung aus gut gelaunt und nachdenklich und sagte von sich selbst, er sei Cartesianer, obwohl er am liebsten Geschichten erzählte, in denen Magie vorkam. Er war jemand, dem nichts fremd war. Solche Menschen mochte ich, bei ihnen hatte man nie das Gefühl, dass man irgendwie falsch oder anders oder schräg drauf war.

Man hatte nur das Gefühl, dass man richtig war, dass alles richtig war, was man machte und sagte, und das war ein gutes Gefühl.

Das schien in der Familie zu liegen. Denn das war auch das Gefühl, das ich bei Len hatte.

Len erzählte gerne Geschichten. Bei den Sachen, von denen sie mir auf unseren Strandspaziergängen erzählte, wusste man nie, ob sie wirklich passiert waren oder nicht, aber das spielte auch keine Rolle.

Wir spazierten stundenlang über den Sand, wenn es heiß war, in Bikini und mit Sonnenhüten. Len hatte viele verschiedene Bikinis in unterschiedlichen Farben und Stilen, bunt und schwarz und gepunktet und gestreift, meistens passte das Oberteil nicht zum Unterteil. Sie wickelte bunte tunesische Tücher um die Hüfte oder den Kopf, die im Wind wehten. Wenn es kühler war, hatte Len meine hellblaue Lieblingsstrickjacke an und ich ein dunkelrot kariertes Flanellhemd von ihr, es war ein Männerhemd, doch ich wusste nicht, welchem ihrer Freunde es ursprünglich gehört hatte. Wenn es windig war, wehte uns der Sand in die Ohren und überallhin, aber wir merkten es kaum, weil wir so vertieft ins Reden waren. Ich redete nicht unbedingt gern, später sagte Len mir, sie auch nicht. Das konnte ich gar nicht glauben, denn wenn wir beide zusammen waren, hörten wir nicht auf zu reden. Immer, wenn wir uns im Sommer wiedersahen, redeten wir die ersten Tage vermutlich vierundzwanzig Stunden ohne Unterbrechung, zumindest kam es uns so vor. Wir redeten dann überall, am Strand, im Meer, im Auto, beim Einkaufen und natürlich im Bett.

Einmal erzählte sie mir, wie sie als Kind im Meer schwimmen gelernt hatte. Sie war mit ihren Eltern am Strand und sie waren alle im Wasser, Len war ungefähr fünf Jahre alt. Ihre Mutter hatte sie auf dem Arm und ließ sie plötzlich ins Wasser fallen, und noch bevor ihr Vater sie auffangen konnte, war sie ihm davongeschwommen. Ihre Mutter behauptete, sie habe Len fallen lassen, damit sie schwimmen lernt, aber Len sagte, sie wüsste bis heute nicht, ob das stimmte oder ob es einfach ein Versehen war. Und sie wüsste auch gar nicht, was ihr lieber wäre.

»Ich wäre gerne Auftragskillerin, am liebsten eine russische«, erzählte Len weiter. »So ein richtiger Profi. Eine Killermaschine. Mit Nerven aus Stahl. Die alle Kampfkünste und alle Waffen beherrscht und die immer eiskalt bleibt und streng schaut. Die ihren Job erledigt, von Stadt zu Stadt zieht, überall zu Hause ist und fünf verschiedene Pässe hat. Die nur Kinder verschont, aber sonst kein Erbarmen kennt. Doch, ein Mann muss am Leben bleiben, der die Geschichte erzählt.«

Sie lachte grimmig.

»Die Auftragskillerin verdient irre viel Geld und hat irgendwann die Schnauze voll und setzt sich zur Ruhe. In einem einsamen Holzhaus in den Tiefen des russischen Lapplands, dort lebt sie mit ihren Hunden in der Stille des Schnees. Mit Huskys. Nein, mit Labradoren. Schwarzen Labradoren, damit man sie im Schnee sehen kann.«

So gingen wir durch das Sommermeer und sprachen über den Schnee und über Lens Zukunft als Profikillerin, und sie wirkte so entschieden, wie man nur wirken konnte, mit ihren Nerven wie Drahtseilen und ihrer Eiseskälte.

Und dann sagte sie plötzlich und blickte dabei auf den Horizont: »Ich weiß eigentlich gar nicht, was ich will. Mal will ich dies, mal will ich das. Aber im Grunde weiß ich gar nichts. Ich bin einsam und verloren.«

Du bist gar nicht einsam und verloren, wollte ich ihr sagen, du hast doch mich, auch wenn ich selbst nicht weiß, was ich im Leben will, wollte ich sagen, aber sagte es nicht.

Während sie mir all das erzählte, wehte ihr der Wind das Haar ins Gesicht. Ihr Kopftuch hielt sie in der Hand und ließ es im Wind flattern, und ich hatte Angst, es könnte davonflattern und sie mit ihm.

Ich wollte ihr noch sagen, dass ich ziemlich sicher war, dass Lappland nicht in Russland lag, tat es aber nicht, und es war ja auch egal.

Wir gingen eng nebeneinander, sodass sich unsere Arme berührten. Lenica berührte wie beiläufig meinen Rücken, und es durchfuhr mich wie ein Schmerz.

Man liebt immer verzweifelt, entweder in sanfter Verzweiflung oder in heftiger Verzweiflung – ich liebte sie in sanfter Verzweiflung, wegen dem, was mit uns passierte und was ich empfand, und weil ich nie sicher sein konnte, was sie eigentlich für mich empfand. Wir waren beste Freundinnen, aber das war ich mit Fanny und Marie auch. Das, was mich mit Len verband, war anders.

Wir saßen immer stundenlang auf unserem Felsen, bis wir entweder nicht mehr konnten vor lauter Sonne oder so langsam Hunger bekamen. Dann gingen wir zurück ins Haus, Fanny fuhr in der camargueblauen DS, die ich von meiner Tante Christina geerbt hatte, die gar keine Tante war, sondern die beste Freundin meiner Mutter, zum Fischhändler, und wir anderen lagen im Garten, in der Hängematte oder in klapprigen Liegestühlen, tranken Bier und Weißwein, sprangen in den Pool und spritzten uns mit dem eiskalten Wasser des Gartenschlauchs ab.

Len und ich kletterten auf den alten Kirschbaum, auf dem ich als Kind ganze Tage verbracht hatte. Wir kletterten mit einer Rotweinflasche in der Hand rauf, ein schwieriges Unterfangen, Marie musste sich die Augen zuhalten.

»Ich kann nicht hinsehen«, rief sie. »Ihr werdet euch alle Knochen brechen.«

»Du bist doch sonst nicht so ängstlich«, sagte Fanny. »Es passiert schon nichts. Lenica, ich kann deine Unterhose sehen«, rief sie uns von unten zu.

Wir schrien vor Lachen und dann lachten auch Fanny und Marie, und Marie nahm die Hände von den Augen.

»Pfui, Lenica, man kann wirklich deine Unterhose sehen, schäm dich«, rief sie.

»Was denn, ihr habt wohl noch nie eine Unterhose gesehen? Meine ist auch noch sehr hübsch, sie ist hautfarben mit schwarzen Pünktchen und schwarzem Rand. Jetzt verzieht euch mal in die Küche, nächstes Mal verlange ich Eintritt«, rief sie und nahm die Weinflasche und schüttete ein bisschen Wein nach unten.

»Oh, ihr habt Wein, ich will auch raufkommen«, rief Marie.

»Nein, hier passen nur zwei hin, du musst unten bleiben.«

»Wir sollten endlich ein Baumhaus bauen, dann können wir alle zusammen hier rauf«, sagte ich.

»Aber das können wir nicht, oder? Oder können wir so was?«, fragte Fanny von unten.

»Nein, das können wir, glaub ich, nicht, oder vielleicht schon, aber vielleicht auch nicht. Wir suchen einfach morgen jemanden, der uns hilft, ein Baumhaus zu bauen.«

Dieses Baumhaus war eine alte Idee von uns, aber wir wussten nicht genau, wie wir das anstellen sollten. Vielleicht fehlte uns auch nur die Entschlossenheit.

Wir waren so jung und so grundlos glücklich, so übermütig und so unbedarft. So unentschlossen, was wir vom Leben und alldem wollten, und gleichzeitig spürten wir es genau.

Abends aßen wir an dem alten zerschrammten Holztisch und saßen da bis spät in die Nacht, mit vielen Weinflaschen und Kerzen und Musik und Geschichten. Wo diese ganzen Geschichten damals herkamen? Damals wussten wir noch nicht, dass wir es selbst waren.

Und erst viel später dachte ich, wie schön, wie unwirklich schön es war, und sehnte mich danach zurück. In diesem einen Moment denkt man gar nicht darüber nach, wie schön es ist, weil es irgendwie normal ist.

So verliefen unsere Tage und sie erschienen uns endlos, genauso wie dieser Sommer. Wir besaßen noch nicht das Zeitgefühl von heute. Etwas, das die Jugend auszeichnet, ist das Gefühl von Zeitlosigkeit. Wann änderte sich das eigentlich? Ich erinnerte mich nicht an den Zeitpunkt. Irgendwann war es schlagartig so. Man müsste wissen, wann sich das ändert, dann könnte man den letzten Tag des langsamen Vergehens der Zeit feiern wie die Mittsommernacht.

Len verbrachte immer den ganzen Sommer bei uns. Vielleicht tat sie das, weil sie auch die Ferien woanders verbringen wollte, und sei es nur ein paar Häuser weiter. Jedenfalls machte es mich glücklich, im Sommer mit Lenica zusammenzuleben. Wir schliefen meistens in einem Bett, auch wenn wir Freunde zu Besuch hatten. Die Jungs fanden das manchmal seltsam. Doch für uns war es ein Gefühl der Zusammengehörigkeit, das wir nicht missen wollten.

Nur Sean fand es nicht seltsam. Das war mal wieder typisch.

Ich hätte diesen Sommer auf den Rest meines Lebens ausdehnen wollen.

Ich ließ mich auf die Verabredung ein.

Marie und ich trafen uns im *Interview*. Das war die Bar, in der wir uns schon früher immer getroffen hatten. Ich dachte, es wäre möglicherweise komisch, wieder im *Interview* zu sitzen, nach all den Jahren. War es aber nicht. Ich dachte auch, es würde vielleicht komisch werden, mit Marie da zu sitzen. Wurde es aber auch nicht.

In diesen Jahren hatte sich eine Menge verändert. Und eine Menge blieb unverändert.

Mit alten Freundschaften ist es wie mit Kleidern, die man lange nicht mehr anhatte. Wenn man sie nach Jahren wieder aus dem Schrank herausholt, passen sie entweder noch und man fühlt sich darin wie immer. Oder sie sind zu klein geworden. Oder stehen einem einfach nicht mehr. Manchmal sind sie einfach aus der Mode gekommen, aber das machte nichts.

Marie war ein Lieblingsstück. Und es passte noch.

Wir waren älter geworden, wir hatten uns verändert.

Aber es passte noch.

Marie kannte ich, wie Fanny auch, schon seit der Schulzeit in Luxemburg. Selbst wenn Marie schlecht drauf war, war es lustig mit ihr, sie gebrauchte dann ziemlich viele unflätige Ausdrücke. Sie hatte immer ganz schnell eine Meinung, redete sehr viel und über alles, selbst wenn sie sich nicht damit auskannte. Manchmal schien sie nicht nachzudenken, aber dann feuerte sie wieder Sätze raus, von denen man erst drei Stunden später merkte, wie sie einem durch Mark und Bein gingen. Sie war unheimlich schlau und gut in der Schule, obwohl sie nicht viele Bücher las, und sie war immer auf dem neuesten Stand. Bei allem. Es war unkompliziert mit Marie. Ich hatte mich schnell mit ihr angefreundet, wahrscheinlich hatte ich die Hoffnung, dass ich dadurch selbst etwas unkomplizierter würde. Ich interessierte mich in dieser Zeit für abseitige Dinge wie Bücher oder Filme, war dauernd unglücklich verliebt und stets bereit, mich meinem Unglück hinzugeben. Mit Marie riss ich mich zusammen, und ich fand es erholsam, über Mädchensachen zu sprechen.

Wir waren erst ganz kurz befreundet, da bot Marie mir an, bei ihr zu übernachten, wenn wir abends ausgingen, weil sie in der Stadt wohnte. Ich wohnte außerhalb und musste sonst den letzten Bus um dreiundzwanzig Uhr nehmen, was ganz schön früh war.

Ich übernachtete sehr oft bei Marie.

Meistens war Maries Mutter noch wach, wenn wir nachts kamen, und dann setzte sie sich zu uns. Sie wollte wissen, was wir gemacht hatten und wer sonst noch da gewesen war. Nicht, um uns zu kontrollieren, sondern einfach aus Neugier. Sie kannte jeden, und selbst wenn sie die Leute nicht persönlich kannte, kannte sie jemanden, der jemanden kannte, jedenfalls wusste sie alles über alle und ließ sich über alle Leute aus, die wir gesehen hatten. Vor allem interessierte sie natürlich, wer mit wem zusammen war, dann hielt sie uns Vorträge über Beziehungen und dass die Leute sich viel zu schnell trennen würden heutzutage und dass man sich in der Ehe nicht gehen lassen dürfe. Damals war das unser geringstes Problem, später habe ich verstanden, was sie meinte.

Eine ihrer Lieblingsregeln war, man dürfe in Beziehungen auf keinen Fall gemeinsam das Bad benutzen oder gar aufs

Klo gehen, wenn der andere im Bad war. Das war sehr lustig, weil Marie die Königin war in Zusammen-aufs-Klo-Gehen oder Zusammen-Duschen. Maries Mutter fand auch, dass man nicht mit dem Erstbesten schlafen sollte. Gleichzeitig war sie dafür, in der Jugend so viel Erfahrung wie möglich zu sammeln. Uns schwirrte der Kopf.

Mit Maries Mutter dazusitzen war lustig, lustig bis zu dem Zeitpunkt, wenn Marie und ihre Mutter sich ernsthaft in die Haare bekamen. Ich kannte nie die Gründe, aber vielleicht brauchten sie auch keine. Sie mussten sich einfach immer mal zoffen.

Ich schlief gerne neben Marie, denn sie war, wenn sie im Bett lag, plötzlich niedlich und machte vor dem Einschlafen, nachdem sie Gute Nacht gesagt hatte, immer ihr Einschlafgeräusch, einen kleinen niedlichen Seufzer.

Obwohl Marie so streitlustig war, stritt ich mich nie mit ihr, ich hasste Streiten und versuchte es weiträumig zu umgehen. Ich hatte Angst, dass eine Freundschaft nach einem Streit für immer verloren wäre oder zumindest nicht wiedererkennbar verändert, und da ich Marie mochte und brauchte, so wie sie war, und überhaupt alles, so wie es zwischen uns war, ließ ich es.

An diesem Abend im *Interview* waren wir sofort wieder da, wo wir immer gewesen waren. Mit dem winzigen und irrelevanten Unterschied, dass wir erwachsen waren oder zumindest in einem Alter, in dem man es sein sollte. Wir stellten fest, dass wir beide mittlerweile erwachsene Kinder hatten, Maries Tochter Catherine war Künstlerin, sie lebte in der Nähe von Paris auf dem Land und heiratete in ein paar Wochen. Sie war etwas älter als meine Kinder, Charles und Sally. Ich erzählte ihr von meinem Exmann, einem Filmkritiker aus Maine, klug und charmant, mit einer Schwäche für jüngere Schauspielerinnen, den ich sehr mochte, obwohl wir seit Längerem geschieden waren – wahrscheinlich deswegen. Aber er war stets ein toller Vater. Wenn ich mir während unserer Trennung Sorgen um die Kinder gemacht hatte, hatte er immer gesagt: »Baby, den Kindern ist egal, wie wir leben, solange wir sie lieben. Wir könnten auf Bäumen leben und es würde ihnen nichts ausmachen, solange sie wissen, dass wir sie lieben.«

Marie war noch immer mit Tomas verheiratet, ich kannte ihn, sie war schon in dem Sommer damals, als wir uns das letzte Mal gesehen hatten, mit ihm zusammen gewesen, obwohl er da nicht dabei war. Ich weiß nicht mehr, warum, ich glaube, er war in England oder irgendwo anders, oder sie hatten eine Krise. Er war Franzose tschechischer Herkunft und kam aus einem sehr bourgeoisen Elternhaus, doch Marie hatte sich trotz oder auch wegen ihrer aufbrausenden Art Anerkennung erkämpft und wurde für Tomas' Eltern wie eine Tochter. Marie fand all das selbstverständlich. Sie schien seine Eltern zu mögen, sonst hätte sie das nie selbstverständlich gefunden.

Obwohl Marie und ich so unterschiedliche Leben geführt, so unterschiedliche Berufe und Ansichten hatten, überlagerten sich viele unserer Erfahrungen und Erlebnisse. Wie kam es trotz alldem zu diesen Parallelen? Waren es Zufälle oder gab es eine Art biografischen Zusammenhalt zwischen Menschen, die sich einmal nahe gewesen waren? »Unsinn«, fand Marie, ich hatte laut gedacht.

Marie behauptete, einen gewissen Pragmatismus Beziehungen gegenüber zu haben, sie behauptete, alle Beziehungen ähnelten sich und perfekt sei es nie, es sei immer nur eine Frage des Abwägens. Und eine neue Liebe zu beginnen lohne sich nicht, weil nach zwei Jahren sowieso immer das gleiche Spiel der Normalität und Abnutzung beginne. Die Tatsache, dass Marie nach so langer Zeit immer noch mit ihrer Jugendliebe verheiratet war, zeugte für mich eher von einer gewissen Romantik. Marie widersprach, für sie sei auch das ein Zeichen von Pragmatismus, schließlich würden sie sich schon ewig kennen und Tomas sei ein guter Vater und zuverlässig. Doch vor allem betete Tomas Marie an, und Marie mochte, wenn sie jemand anbetete. Ich hingegen konnte es nicht ausstehen, wenn mich jemand anbetete. Nun ja, das hatte ich davon. Ich hatte einen wunderbaren Exmann, der mich zwar nicht angebetet, aber doch geliebt hatte. Sonst hatte ich nicht so viele Beziehungen gehabt, ich verliebte mich nicht leicht. Aber wenn, dann verliebte ich mich heftig und schmerzhaft. Doch der größte Schmerz war nichts im Vergleich zu dem, wie es mit Sean gewesen war.

Ich war überrascht, dass Marie immer noch diese Unbeschwertheit besaß, die ich so mochte und brauchte und die ich so vermisst hatte.

Sie war Neurologin geworden, mit einer eigenen Praxis in Paris, sie war viel unterwegs und hielt überall auf der Welt Vorträge, und nach dem zweiten Glas Wein sagte sie: »Ich werde schon noch herausfinden, was in deinem Gehirn vorgeht. Und dann bügel ich es dir zurecht.«

»Nie im Leben«, sagte ich, »da wärst du wirklich die Erste. Mein Gehirn ist resistent.«

Sie lachte und ich merkte, wie sehr ich ihr Lachen liebte, es war ein tiefes, verwegenes Gaunerlachen und passte gar nicht zu dieser gut aussehenden Frau mit den perfekten Lichtreflexen im Haar und dem lässigen Kaschmirpulli. Zugleich wusste ich aber, dass es natürlich doch zu ihr passte, und ich ahnte noch nicht einmal, wie sehr.

Wir stellten schnell fest, dass wir beide daran gedacht hatten, Fanny wiederzusehen. Marie ging es vielleicht anders, aber ich hatte etwas Angst vor einem Treffen. Menschen, die einem früher einmal nahe gewesen waren, können das Heute ganz aus dem Konzept bringen. Alles, was gerade schön gleichmäßig verläuft. Und wenn das Leben das einmal tut, und sei es nur für eine so kurze Zeitspanne, warum sollte man das Chaos reinlassen? Diese Menschen von früher können nämlich Dinge zum Vorschein bringen, die man gar nicht mehr sehen möchte, Seiten an einem selbst, die längst verschüttet waren, glücklicherweise – und Erinnerungen, auf die man lieber verzichtet hätte. Andererseits war ich mir ja auch nicht sicher gewesen, wie dieses Wiedersehen mit Marie ablaufen würde – und es war schön. Aber Marie war auch die unkomplizierteste von uns allen.

Marie erzählte mir, dass Fanny schon lange wieder in Luxemburg lebte und die Buchhandlung ihrer Mutter übernommen hatte, in der ich große Teile meiner Jugend verbracht habe. Ich wunderte mich nicht darüber, denn Fanny war schon damals eine leidenschaftliche Leserin gewesen und hatte uns immer alle mitgerissen mit ihrer Leidenschaft. So still und zurückhaltend sie auch war, so leidenschaftlich konnte sie sein, wenn sie für etwas brannte.

Wir fanden damals ja, Fanny sollte ein Restaurant eröffnen, weil wir ihren fantastischen Proviant-Sandwiches verfallen waren. Wir waren zuversichtlich, dass sie das mit dem Restaurant hinbekäme, denn wenn Fanny etwas akribisch plante, konnte man sicher sein, dass es ihr auch gelang. Sie wirkte zwar zart und verletzlich, doch man durfte sich von ihrer Seidenpapierhaut und ihren schwarzen Rehaugen nicht täuschen lassen, sie war ein Trojanisches Reh. Sie wollte das aber auf keinen Fall, Köchin werden. Ihr Traum war es gewesen, eine knallharte Anwältin zu werden, obwohl wir fanden, dass das gar nicht zu ihr passte. Aber wir konnten es ihr nicht ausreden, selbst als wir zusammen in Paris studiert haben. Das haben wir bis zu diesem einen Sommer.

Auch wenn Marie und ich an diesem Abend der Restaurant-Idee noch hinterhertrauerten, mochte ich doch die Vorstellung von Fanny inmitten der ganzen Bücher, der ganzen Geschichten, der ganzen Leben der Figuren und der Schriftsteller.

»Komm, wir kreuzen einfach bei Fanny auf«, sagte Marie.

»Aber die Buchhandlung hat doch jetzt zu, oder weißt du, wo sie wohnt?«

»Nein, du?«

Wir lachten los und fielen fast von unseren Barhockern.

Wir nur fast, aber meine Tasche fiel wirklich vom Barhocker neben mir, und mein halbes Leben verteilte sich auf dem Boden, mein furchtbar altmodisches, zerfleddertes Filofax aus schwarzem Leder mit Tausenden Zetteln und Postkarten und alten Briefen und sogar noch Telegrammen, irgendwelche Steine und Muscheln, ein abgelutschter, jahrzehntealter Schnuller, eine Legominifigur und ein Yves-Saint-Laurent-Lippenstift.

Marie kniete sich mit mir hin und wir sammelten alles auf.

»Lieber Himmel, was schleppst du bloß alles mit? Und vor allem: Aus welchem Jahrhundert kommst du?«

Sie hielt mir mein vollgestopftes Filofax vor die Nase.

»Aus irgendeinem, das sehr lange zurückliegt«, sagte ich, und plötzlich fühlte ich mich auch so.

»Ich glaub es nicht«, sagte Marie und verdrehte die Augen.

Ich hatte beschlossen, nicht in meinem Hotelzimmer, sondern bei Marie zu übernachten, spontan, wie früher. Ich würde ein T-Shirt für die Nacht von ihr kriegen und ihr Abschminkzeug benutzen, eine Zahnbürste hatte ich immer in meiner Handtasche.

Wir gingen auf unserem Weg zu Marie an Fannys Buchhandlung vorbei. Es war ziemlich kühl geworden.

Wir standen vor dem Schaufenster und mir schossen die Tränen in die Augen.

»Heul jetzt nicht los«, sagte Marie und stupste mich, ohne mich anzuschauen.

Ich hörte an ihrer Stimme, dass sie auch kurz davor war. Außerdem wusste ich, dass sie mich nur stupste, wenn sie gerührt war.

Als ich im Dunkeln in den schwach erleuchteten Buchladen schaute, der so schön aussah, so wie er auch früher immer ausgesehen hatte, freute ich mich plötzlich. Über Fanny und die Buchhandlung. Und über uns.

Im Schaufenster lag eine neu übersetzte Ausgabe von *Alice im Wunderland*, als hätte Fanny sie für mich und Sean hingelegt.

Ich bekam Gänsehaut.

Ich sagte mir, wahrscheinlich ist mir einfach kalt, und ich spürte tatsächlich, wie die Kälte an meinen Beinen hochkroch, für Juni war die Nacht wirklich kühl und ich hatte keine Strumpfhosen an. »Du Schäfchen«, hörte ich Fannys Stimme irgendwo in den Tiefen meiner Erinnerung, »was läufst du auch halbnackt durch die Gegend?« Fanny war prinzipiell kalt, und sie war deswegen auch immer viel zu warm angezogen, oft mit einer Strickjacke, die ihr viel zu groß war und in der sie verloren aussah. Und sie schalt auf liebevolle Weise die anderen, die Törichten, die sich nicht warm genug angezogen hatten.

»Komm, wir gehen, ich muss morgen früh raus«, sagte Marie. »Fanny taucht ja sicher nicht plötzlich in diesem Schummerlicht auf. Und es ist langweilig, in die Dunkelheit zu starren.«

Aber die Bücher, wollte ich sagen. Ich hatte mir noch nicht alle angeschaut und suchte nach weiteren Zeichen.

Marie zog mich fort.

Als wir durch die Straßen liefen und Marie weiterredete, wäre ich plötzlich doch lieber in mein Hotelzimmer zurückgegangen. Aber jetzt hatte ich nicht mehr den Mut, es Marie zu sagen.

Die Reise in die Vergangenheit würde andauern.

Und ich war überhaupt nicht gewappnet für einen Kampf. Falls einer nötig war. Erfahrungsgemäß war immer einer nötig.

Als Marie und ich im Bett lagen, auf der Schlafcouch im Fernsehzimmer – ich hatte noch Nachrichten an meine Kinder geschickt und trug ein hellgraues T-Shirt mit der Aufschrift »Dartmouth College«, das, wie Marie sagte, »irgendwem« gehört hatte –, fühlte es sich anders an als früher. Ich versuchte nachzuspüren, ob es sich nicht doch so anfühlen könnte wie früher, ich war so fest entschlossen. Meine Sachen lagen auf dem Sessel, der schon dastand, als es noch Maries Zimmer war. Ich hatte mich wirklich bemüht, alles so zu machen wie früher. Aber ich kriegte das Gefühl nicht hin. Es war anders. Es musste Marie sein, ja, es lag an Marie, bestimmt war es doch sie, die sich verändert hatte. Wir schauten noch etwas fern, es war ja schließlich das Fernsehzimmer, es lief *Friends*, die Folge, in der Chandler Joeys Freundin küsst und Joey ihn dann in eine Kiste sperrt, damit er über sein Verhalten nachdenken kann. Dann redeten wir noch eine Weile, als wir nebeneinander im Bett lagen, bis Marie sagte: »Jetzt schlaf.« Und sie drehte sich um und machte ihr Einschlafgeräusch, den kleinen niedlichen Seufzer. Wie früher.

Es war nicht Marie, die sich verändert hatte.

Am nächsten Morgen, als ich aufwachte, war Marie schon damit beschäftigt, sich für ihren Vortrag fertigzumachen, sie trug eine strenge weiße Bluse und sprühte sich hektisch einen Farbschaum in die Haare, weil sie trotz der perfekten Strähnen Sorge hatte, man könnte einen grauen Ansatz sehen. Sie steckte sich die Haare hoch, so elegant und nachlässig zugleich, wie es nur Marie konnte.

Ich sagte: »Du siehst umwerfend aus.«

Und sie sagte: »Ach was«, und winkte ab, aber sie wusste, dass es stimmte.

Wir verließen zusammen das Haus. Auf dem Weg zu ihrem Vortrag setzte sie mich in einer kleinen Espresso-Sportbar ab. Ich hatte noch etwas Zeit, bis die Buchhandlung öffnen würde.

Ich wollte jetzt wissen, wie es mit Fanny war. Um, wenn nötig, doch schnell die Flucht ergreifen zu können. Mittlerweile wusste ich, es ist nicht schlimm, die Flucht zu ergreifen oder sie zumindest zu erwägen. Komplizierte Situationen gab es schließlich genug, und sollten wir uns nicht zumindest entscheiden dürfen, ob wir sie uns antun wollten?

Ich saß in der Sportbar, trank Cappuccino und las Zeitung, und im Fernsehen liefen Rugbywiederholungen. Zwei junge Typen tippten auf ihren Handys rum, zwei alte Italiener diskutierten miteinander, einer vor und einer hinter der Theke, und beide sahen aus wie Lino Ventura, und der Boden war aus dunkelrotem Linoleum. Ich hatte keinen Hunger, obwohl ein Korb Croissants auf der Theke stand, vielleicht waren es auch diese italienischen Puddinghörnchen. Der eine Lino Ventura nannte mich Signorina, und da bestellte ich noch einen Cappuccino. Ich fragte: »Sind das Puddinghörnchen?«, und der Lino Ventura von grade sagte: »Ja«, und schon hatte ich eins vor mir. Ich hatte eine Schwäche für Puddinghörnchen.

Kurz darauf stand ich vor dem Schaufenster der Buchhandlung.

Ich sah Fanny schon von Weitem. Sie war so schön wie immer. Dieses Mädchenhafte, Blasse, wie früher, vielleicht mit etwas mehr Falten, ein Hauch zu dunkel getönte Haare für ihre blasse Haut, durch die zarte Äderchen schimmerten. Sie wirkte erschöpft, aber feenhaft erschöpft, nicht verhärmt. Sie bewegte sich grazil, war immer noch kurvig, das war sie immer gewesen, und dabei schlank zu bleiben war auch Arbeit. Selbst als sie noch sehr jung war, hatte sie jeden Morgen im Bett Bauch-Beine-Po-Übungen gemacht und ihrem Freund gesagt, sie mache das nur wegen ihres niedrigen Blutdrucks. Sie war der Meinung, Männer sollten auf keinen Fall erfahren, dass sich Frauen für ihre Figur anstrengen müssen. Ich fand das rührend. Altmodisch. Aber rührend.

Ich beobachtete sie eine Weile durch die Fensterscheibe. Wie sie Bücher einsortierte, eine Kundin bediente, und obwohl ich sie nicht hören konnte, nicht hören konnte, was und wie sie es sagte, so hatte ich doch den Klang ihrer Stimme im Kopf und den ihres Lachens. Sie hatte eine sehr schöne Stimme, die sich nach Gefühlslage veränderte, etwas tief und rauchig oder hell wie eine Kinderstimme, vor allem wenn sie lachte.

Plötzlich fühlte ich mich, als würde ich von innen heraus ganz langsam explodieren, zuerst irgendwo in der Mitte, und dann zog die Explosion in alle Körperteile.

Ich musste die Flucht ergreifen. Mir war das alles zu viel. Was hatte ich da bloß ins Rollen gebracht? Ich war wütend auf mich selbst. Alles war gut gewesen, sehr gut sogar, endlich war alles ruhig gewesen, mein Leben verlief wieder in seinen Bahnen, die Scheidung war lange überstanden, die Kinder waren zufrieden und in der großen weiten Welt, halbherzig begonnene Beziehungen waren unspektakulär wieder im Sande verlaufen. Ich war glücklich, dass wenig Unvorhergesehenes passierte, und lebte einfach mein Leben.

Ich drehte mich um und lief so schnell davon, dass ich mein Herz im Hals klopfen spürte, den Boulevard Roosevelt entlang und über die Pont Adolphe in Richtung Bahnhof. Unten floss die Pétrusse, in der sich die Häuser spiegelten, die alten Mauern und die Bäume. Als ich das Ende der Brücke erreicht hatte, setzte ich mich erschöpft auf eine Bank in einem kleinen Rosengarten, legte den Kopf zurück und schaute in den Himmel, ich sah die Wolken über mir vorüberziehen, und es kam mir so vor, als zögen sie schneller als sonst.

Die Sonne schien mir mitten ins Gesicht.

Ich saß ziemlich lange da und beruhigte mich etwas.

Jetzt war ich schon so weit gekommen, es wäre doch auch blöd, alles wieder sein zu lassen, sagte ich mir. Und die Sehnsucht nach Fanny und nach der Vergangenheit war größer als der Zweifel. Denn wie konnte es sein, dass plötzlich so viele Jahre ohne sie vergangen waren? Wie konnte es sein, dass überhaupt plötzlich so viele Jahre vergangen waren? Ich hatte das Gefühl, einer Raumzeit-Anomalie unterworfen zu sein.

Was habe ich eigentlich in der Zwischenzeit gemacht?, fragte ich mich.

Ein Leben gelebt, antwortete ich mir. Wir alle haben das.

Ich stand von meiner Bank auf, warf noch einen Blick auf den Rosengarten und ging langsam über die Brücke zurück in die Rue Notre-Dame.

Als ich wieder vor der Buchhandlung stand, holte ich tief Luft und riss mich zusammen. Dann ging ich rein.

Es roch so, wie es hier immer gerochen hat, etwas staubig,

nach Papier, nach Holz, nach Kork. Ich strich mit den Fingerspitzen über die Bücher, die auf dem großen Tisch in der Mitte lagen, und plötzlich stand ein junger Mann vor mir, der mich fragte, ob er mir helfen könne. In dem Moment blickte Fanny hinter der Kasse auf. Sie schaute mich an, und ich war nicht sicher, ob sie mich sofort erkannte, weil sie mir in die Augen sah, aber gleichzeitig durch mich hindurch, als schaute sie in unsere Vergangenheit.

Ich ging auf sie zu und strich weiter mit den Fingerspitzen über den Tisch, und dann stand ich vor ihr.

Wir standen einfach so da.

Sie legte ihre Finger an die Lippen und machte dann mit der gleichen Hand eine Bewegung, als wolle sie etwas wegwerfen.

»Wo warst du die ganze Zeit?«, fragte sie so streng, dass ich dachte, gleich haut sie mir eine runter.

Dann umarmte sie mich fest, und ich fühlte ihren Körper zittern, und ich musste selbst mit den Tränen kämpfen.

Wir lagen uns lange in den Armen.

Sie war es, die sich löste.

»Komm, wir gehen was essen«, sagte sie, »ich hol nur meine Tasche.«

Und wir liefen durch die Stadt, wie früher, eingehakt.

Wir redeten ohne Unterlass und wir fühlten uns ganz schnell unzertrennlich.

Fanny erzählte mir, was ich bereits von Marie gehört hatte: dass sie nach unserem letzten Sommer, so wie ich auch, das Studium abgebrochen hatte – ich hatte es nach einem Jahr, in dem ich durch Amerika gereist war, wiederaufgenommen. Fannys Mutter war damals gestorben und sie stand vor der Entscheidung, die Buchhandlung weiterzuführen oder zu verkaufen. Sie hatte einen Teil der Buchhandlung zu einem kleinen Café umgebaut, der Kuchen, den sie dort verkaufte, war natürlich selbst gebacken und es war auch nicht einfach Kuchen, sondern süße Kunstwerke.

Mich wunderte es schon ein bisschen, dass Fanny von ihrem Studium abgesehen hatte, weil sie das doch so sehr wollte und die ganze Zeit ehrgeizig darauf hingearbeitet und eigentlich von nichts anderem geredet hatte. Aber ich verstand, dass der Tod ihrer Mutter sie dazu bewogen hatte, die Richtung zu ändern. Erst später sollte ich den eigentlichen Grund erfahren.

Wir setzten uns in das kleine, etwas schäbig aussehende chinesische Restaurant, an einen Tisch am Fenster, und aßen Nudelsuppe und tranken lauwarmen grünen Tee.

»Ich hab nie aufgehört an dich zu denken«, sagte Fanny.

»Und ich habe jedes Jahr an deinem Geburtstag an dich gedacht«, sagte ich.

Es stimmte.

»Warum hast du dann nicht angerufen?«

Natürlich hatte ich in vielen, sehr vielen Momenten, daran gedacht anzurufen, mich zu melden, bei Fanny, Marie und auch bei Lenica, und das nicht nur bei meiner Hochzeit oder der Geburt meiner Kinder, sondern auch in ganz alltäglichen Momenten, wenn ich ein bestimmtes Buch las und mochte, oder wenn ich überlegte, was ich abends kochen sollte. Oder wenn mir manchmal jemand auf der Straße begegnet war, der mich an eine der dreien erinnerte, an die Haare, an das Lachen oder an eine Geste.

»Irgendwann hab ich dir geschrieben. Kam aber wieder zurück«, sagte Fanny.

»Und ich hab irgendwann tatsächlich versucht dich anzurufen, aber ich hatte nur eine alte Telefonnummer, die an jemand anderen vergeben war. Ein sehr netter Typ, mit dem ich mich lange unterhalten habe. Er kannte dich nicht. Ich war dann kurz mit ihm zusammen.«

»Du warst mit einem Typen zusammen, den du zufällig durch meine alte Telefonnummer kennengelernt hast? Bist du irre?«

»Er hatte deine Nummer. Das musste ein freundlicher Mensch sein«, sagte ich.

Fanny lachte. »Bei Lenicas wärst du vielleicht vorsichtiger gewesen.«

Ich lachte nicht.

»Ich erinnere mich auch noch an deine alte Adresse. Und wie eure Katze hieß: Paprika. Komisch, dass man solche Dinge nie vergisst.«

»Ist doch klar, dass du das noch weißt.« Fanny seufzte. »Und ich war nicht bei deiner Hochzeit«, sagte sie.

»Bei welcher?«, lachte ich.

Sie schaute irritiert.

»Ja, beruhige dich, es gab nur eine. Und ich war doch auch nicht bei deiner, falls du geheiratet hast«, sagte ich.

»Nein, hab ich nicht. Fast, aber dann doch nicht.«

Sie strich sich mit der Hand über die Augen.

»Mensch, Elsa. Du weißt, was ich meinte. Man sollte nicht die Hochzeit seiner Freundin verpassen. Wir haben so viel Wichtiges im Leben der anderen verpasst.«

Ich sah, wie ihre zarten roten Äderchen stärker wurden. Wie immer, wenn sie sich aufregte.

»Was wäre passiert, wenn Marie dir nicht zufällig in die Arme gelaufen wäre? Hättest du dich je von dir aus gemeldet?«, fragte sie.

»Ja, bestimmt«, log ich.

»Du lügst«, sagte sie.

Ich schaute ihr in die Augen und nahm ihre Hand.

Sie zog sie weg, aber lächelte.

»Weißt du, was furchtbar ist?«, sagte sie. »Ich sehe die Zeit einfach nicht vergehen. Ich habe keine Kinder, an denen ich das sehen könnte. Ich merke es einfach nicht, und ich verstehe es nicht, dass wir älter werden. Es ist so schwer zu realisieren. Man ist die ganze Zeit jung, und plötzlich schaut man in den Spiegel oder auch nur auf seine Hände und sieht, dass man sich verändert hat. Und wenn man spürt, dass man alt ist, dann ist es schon zu spät.«

»Ich verstehe, was du meinst«, sagte ich. »Ich fühle mich meistens jung, ohne besonderen Grund, und dann sehe ich plötzlich mein Spiegelbild in einem Schaufenster oder im Aufzug, und ich erschrecke mich, dass ich so alt geworden bin. Diese Diskrepanz zwischen dem, wie man sich fühlt, und dem, wie man aussieht, die ist schrecklich.«

Fanny legte den Kopf schief und blickte mich skeptisch an. »Nein, das Schreckliche ist«, sagte sie, »dass wir für alles Mögliche Aufwand betreiben, aber nicht dafür, unsere Freunde wiederzufinden. Und wenn man sich fragt, warum man sich so lange nicht gesehen hatte, denkt man, keine Antwort darauf zu wissen. Aber wir wissen die Antwort. Oder nicht?«

Ich schwieg.

Fanny schaute auf die Uhr, eine alte Omega, die viel zu groß für ihr schmales Handgelenk war. Sie kam mir bekannt vor.

»Hat die nicht Sean gehört?«, fragte ich.

»Sean?« Fanny sagte das, als hätte sie den Namen noch nie gehört. »Nein«, sagte sie und runzelte die Stirn.

Ich fragte nicht weiter. Fanny sah mich an, streckte ihre Arme über den Tisch und nahm meine Hände.

»Ich weiß, du musst los«, sagte ich. »Du musst Bücher verkaufen, die Welt braucht dich!«

Sie lächelte und zupfte an ihrem Kleid.

»Die Welt wird nicht besser durch Bücher, sag ich dir. Leider! Aber ich mache weiter. Heute Abend bei mir!«

Sie küsste mich flüchtig und war schon draußen.

»Wir bringen Wein mit!«, rief ich ihr nach.

Sie war längst auf der anderen Straßenseite, ihr Kleid wehte hinter ihr her.

Bei Fanny spürte ich plötzlich den Grund, warum wir uns so lange nicht gesehen hatten. Mit der Freude sie wiederzusehen, ging ein Schmerz einher, den ich nicht genauer ergründen wollte.

Vielleicht, weil Fanny einst mein Heiliger Gral gewesen war. Fanny wusste Dinge über mich, die sonst keiner wusste, nicht, weil sie niemand wissen durfte, nicht, weil sie so brisant oder so geheimnisvoll waren. Ein paar vielleicht schon, aber es waren einfach kleine Geheimnisse. Brisant waren manche nur im Nachhinein. Manche Ereignisse und Erinnerungen hätte ich lieber aus meinem Leben gestrichen und habe sie bereits aus dem eigenen Kopf und Herzen entfernt, aber durch Fanny, durch die Gewissheit, dass sie alles wusste, wurde ich wieder damit konfrontiert. Vielleicht hatten diese Dinge gar keine Bedeutung für andere. Vielleicht hatten sie ja auch gar keine Bedeutung mehr für mich. Aber im Alter komplettierten sich die Dinge.

So viele Jahre waren vergangen, und doch konnten wir jetzt gemeinsam weitermachen, vielleicht nicht da, wo wir aufgehört hatten, aber irgendwo. Und wer wusste schon, wo das eigentlich gewesen war, wo wir aufgehört hatten. Das Entscheidende war: Wir hatten nicht vergessen, was in unseren Herzen war. Ich spürte es sofort. Auch wenn ich skeptisch gewesen war, ob es gelingen würde: Es war alles sofort wieder da. Ich wusste nicht, was schlimmer war.

Am frühen Abend traf ich mich mit Marie in dem Weinladen, den sie mir genannt hatte. Ich bog in die kopfsteingepflasterte Seitenstraße ein, in der er liegen sollte. Ich kannte ihn nicht, er war neu, klein und holzgetäfelt, Kartons und Kisten stapelten sich, und es erweckte den Eindruck, als sei noch gar nicht alles ausgepackt. An einem Stehtisch lehnte Marie, ein Glas Weißwein vor sich, und aß Pistazien. Sie hatte an ihrer schicken strengen Bluse ein paar Knöpfe geöffnet und die Haare gelöst. Sie sah müde aus. Wir probierten ein paar Weine und aßen dabei alle Pistazien auf. Die Verkäuferin stellte uns noch Cracker auf den Tisch und versuchte uns zu beraten, hatte aber einen überheblichen Tonfall und wurde von Marie abgebügelt. Überheblich konnte Marie nicht leiden und abbügeln konnte sie sehr gut, und ich hoffte inständig, nie von ihr abgebügelt zu werden.

Wir kauften ein paar Flaschen Wein und auch noch eingelegte Oliven und drei Packungen Käsecracker, obwohl wir wussten, dass Käsecracker der Tod waren.

»Warte hier«, sagte Marie. »Ich hole das Auto.«

Und schon war sie verschwunden.

Ich setzte mich auf die steinerne Fensterbank des Weinladens und wartete.

Maries Toyota hielt genau vor mir und sie winkte mir mit einer Zigarette in der Hand aus dem Fenster zu. Ich legte unsere Einkäufe in den Kofferraum, Marie bretterte die Straße entlang und kam mit quietschenden Bremsen auf dem Bürgersteig vor Fannys Haus zu stehen.

Fanny lebte am Stadtrand, in einer etwas heruntergekommenen Villa aus dem späten neunzehnten Jahrhundert mit einem kleinen, verwilderten Garten, in dem Fliederbüsche und eine große Magnolie standen. Ich kannte die Gegend, hier hatte früher mal eine Freundin meiner Mutter gelebt, aber das war ewig her.

Die Haustür besaß ein großes verziertes Milchglasfenster, und wir sahen Fanny schon auf uns zukommen, bevor wir überhaupt geklingelt hatten.

Wir traten in einen lang gezogenen Flur voller Bücherregale bis zur Decke. Auch auf dem Fußboden stapelten sich Bücher. Fannys ganzes Haus schien überhaupt nur aus Bücherregalen und Bücherstapeln zu bestehen.

Man hätte denken können, es roch alt oder nach Staub oder Mottenkugeln, aber es roch nach Fanny, nach Bergamotte, Jasmin, Myrrhe, und auch irgendwie nach dem Flieder und nach Magnolien aus dem Garten, obwohl sie längst verblüht waren. Und es roch nach Katzen, der angenehme Katzengeruch, der einen an Schnurren und Pfötchen und Wärme und Weichheit denken ließ. Aus der Küche duftete es nach Rosmarin und Oregano und nach gerade geöffneten Weinflaschen.

Wir gingen in die Küche und stellten die Einkäufe ab. Im Hintergrund lief Musik, aber nicht laut genug, als dass ich hätte erkennen können, was es war.

Während wir ununterbrochen redeten, zeigte uns Fanny das Haus. Es bestand aus zwei Stockwerken und ich fand es riesig. Fanny hatte uns erzählt, dass sie nur sehr wenig Miete zahlte, weil sie sich um die Hausbesitzer kümmerte, ein altes Ehepaar, das nebenan lebte.

Fannys Esszimmer lag nach hinten raus, in einem Wintergarten. Von dort führte eine Treppe in den Garten, wo die Magnolie stand.

Ich deckte den Tisch, einen großen, runden, dunkel lackierten Holztisch, mit alten Porzellantellern. Ich hörte Marie und Fanny in der Küche lachen. Mein Blick fiel auf eine schöne alte Kommode, auf der eingerahmte Fotos standen. Fannys Geschwister, ein Jugendfoto von Fannys Mutter, ihr Vater als junger Mann mit seiner schwarzen Deux Chevaux.

Und plötzlich erkannte ich auf einem Foto Lenica und mich, auf unserem Felsen. Ich wusste, wann es entstanden war. Und ich wusste, wer das Foto gemacht hatte. Sean.

Ich streckte gerade meine Hand aus, weil ich es mir genauer ansehen wollte, da kam Marie und legte ihre Hand auf meine.

»Stöber hier nicht rum, Elsa«, sagte sie, »komm lieber zu uns«, und zog mich mit in die Küche.

In der Küche sagte Fanny: »Probier mal!«

Sie nahm meine Haare hinten zusammen, damit sie nicht durch die Sauce schleiften, und hielt mir einen Löffel Bolognese hin, und ich pustete und probierte und sagte: »Hmmmm, noch ein bisschen von allem.«

Fanny sah mich an und legte den Kopf schief. Mir fiel auf, dass sie den harten Zug um den Mund nicht nur bekam, wenn sie streng schaute. Es musste noch mit etwas anderem zu tun haben.

»Das sagst du doch jetzt nur, damit ich nicht denke, du bist leicht zufriedenzustellen. Du weißt, sie ist perfekt.«

»Ja, sie ist perfekt«, gab ich zu. »Soll ich noch was tun?«

Fanny sagte: »Gieß die Nudeln ab, ich schau nur kurz, ob jetzt alles auf dem Tisch steht.«

»Wo ist deine Uhr?«, fragte ich sie. Mir war aufgefallen, dass sie sie plötzlich nicht mehr trug.

»Ich zieh sie zum Kochen immer aus, sie ist nicht wasserdicht«, sagte Fanny.

Ich goss die Nudeln ab, und als ich wieder ins Esszimmer kam, ging ich zu der Kommode, auf der das Foto gestanden hatte. Es war nicht mehr da. Ich war verwirrt, aber ich wollte nicht nachfragen. Ich wollte den Abend nicht verderben. Allen anderen nicht. Und mir nicht. Deshalb zwang ich mich, das Bild ganz schnell zu vergessen. Schließlich hatte ich alles diese ganzen Jahre über vergessen.

Ich goss mir Wein nach und ging zurück in die Küche, um Wassergläser zu holen. Dabei stolperte ich fast über eine von Fannys beiden Siamkatzen. Sie machte ein kleines, empörtes Geräusch. Die andere saß auf einem Stuhl und blickte mich kritisch an.

Wir setzten uns an den schönen lackierten Tisch und aßen Spaghetti und tranken und redeten.

»Warum lebst du eigentlich allein?«, fragte Marie Fanny.

»Warum bist du eigentlich verheiratet? Glaubst du, es gibt immer einen Grund dafür, wie wir leben?«

Ich glaube schon, dachte ich.

»Und geht's dir gut mit deinem Leben?«, fragte ich Fanny.

»Ja, sehr gut«, sagte Fanny. »Der Laden läuft ganz gut, ich kann davon leben.«

»Du klingst ja echt überzeugt«, sagte Marie leicht sarkastisch und zündete sich eine Zigarette am Kerzenleuchter an.

»Ich komm zurecht«, sagte Fanny mit fester Stimme. »Ich brauch nicht so viel. Ich liebe die Bücher und ich liebe es, die Menschen dafür zu begeistern, ich liebe es, das richtige Buch zum richtigen Menschen zu bringen.« Sie machte eine Pause. »Manchmal habe ich einfach Sehnsucht. Ich fühle mich nicht allein, aber manchmal vermisse ich es, verliebt zu sein. Ich war es ein paar Mal sehr und dachte, das bleibt so, und wurde dann leichtsinnig. Jetzt wünsche ich mir, mal wieder eine richtige Liebesgeschichte zu erleben, die mir das Herz rausreißt. Ich habe Sehnsucht nach jemandem, dem ich mich wieder neu erzählen kann. Weil ich das Gefühl habe, dass einfach nicht mehr so viel Neues passiert. Und das Schlimme ist, dass es nicht nur ein Gefühl ist.«

»Ich versteh dich«, sagte ich, »das geht mir manchmal auch so.«

»O Gott, bloß nicht verlieben, wie grauenvoll«, sagte Marie. »Nur Schmerz. Nur Komplikationen. Ich bin so froh, dass mein Leben in ruhigen Bahnen verläuft. Natürlich ist nicht immer alles perfekt oder nicht mal gut, aber das lass ich an mir abperlen. Und so prinzipiell finde ich Tomas noch besser als früher, er ist irgendwie gereift. Unsere Liebe ist alltagstauglich. Und Sich-Verlieben ist mir viel zu anstrengend. Das zermürbt nur.«

»Die Alltagstauglichkeit der Liebe«, lachte Fanny.

»Du hast dich, seit du mit Tomas zusammen bist, nie mehr verliebt?«, fragte ich entsetzt.

»Nein, das hab ich alles schon davor erledigt. Oder ich hab es ignoriert«, sagte Marie.

»Ich finde es schlimm, dass wir nichts voneinander mitgekriegt haben. Nicht mitgekriegt haben, wie mein Leben, euer Leben, wie unsere Leben die letzten Jahrzehnte verlaufen sind. Es ist, als wären unsere Leben schwarze Löcher, weil die so lange wichtigsten Menschen sie nicht mitgelebt haben.«

»Jetzt übertreibst du aber«, sagte Marie.

»Ich finde, du hast recht, es ist ein komisches Gefühl, auch das eigene Leben scheint einem plötzlich inexistent. Ganz ungelebt und unbenutzt. Wie ein Paar nie getragene Schuhe. Weil wir es nicht geteilt haben. Es ist, als erzähle man etwas ganz Abstraktes oder Fiktives«, sagte ich.

»Genau, Freundschaft bedeutet doch, das Leben des anderen mitzuleben. Mitzugestalten. Mitzuprägen. Das haben wir früher. Aber das haben wir dann nicht mehr. Und zwar schlagartig nicht mehr. Wer weiß, wie unsere Leben verlaufen wären, wenn wir jeweils daran teilgehabt hätten. Vielleicht wären sie miteinander anders verlaufen.«

»Jetzt verwechselst du aber Liebe mit Freundschaft«, sagte Marie streng.

»Nein. Warum? Richtige Freunde leben ihr Leben doch auch zusammen. Selbst wenn man sich nicht ständig sieht. Man erlebt die Beziehungen des anderen, man lebt sie mit, trennt sich mit oder hält mit durch, zermürbt sich, gibt Ratschläge, man erlebt die Kinder, wie sie aufwachsen, und plötzlich sind sie groß. Man vermisst sie, wenn sie ausziehen. Man erlebt die Arbeit, einschneidende Erlebnisse. In unserem Alter, oder auch schon früher, erleben wir, wie die Eltern unserer Freunde sterben. Das ist traurig.«

Mir wurde klar, was ich alles versäumt hatte. Was wir alles versäumt hatten.

Ich stand auf. Ich konnte das plötzlich nur schwer aushalten. Dieser Sog, der einen so mitriss in den Strudel der Vergangenheit. Ich öffnete die Tür des Wintergartens, ging die Stufen hinunter und setzte mich.

Die eine Katze, die kleinere, zögerte kurz, sprang dann auch die Stufen in den Garten hinunter und setzte sich neben mich.

Was uns Freundinnen verband, war die Gewissheit, dass wir so verschieden waren und dass uns dennoch etwas zusammenhielt. Nach so vielen Jahren gab es noch immer dieses Band, das uns einte, obwohl wir es gar nicht mehr sahen. Vielleicht war genau das das Geheimnis. Ich dachte, wir alle dachten, es sei nicht mehr da. Wir wollten, konnten es nicht sehen oder waren einfach nicht in der Lage, uns damit überhaupt zu beschäftigen. Alles, was passiert war, war zu schmerzhaft, auch und vielleicht vor allem das Schöne. Und scheinbar war es einfacher, alles abzubrechen. Zumindest als wir jung waren. Jetzt, so merkte ich, war der Schmerz besser auszuhalten. Er war auszuhalten, er hatte sich schon so tief eingegraben in den ganzen Jahren. Ich lebte mit ihm. Gewöhnen konnte man sich nicht an ihn. Aber man konnte mit ihm leben.

Das war das Einzige, was ich wusste. Denn eigentlich wusste ich gar nichts. So alt war ich geworden und wusste immer noch nichts.

Ich schaute die Katze an, die neben mir saß. »Ich geh wieder rein«, sagte ich zu ihr. Sie sagte nichts und sprang in die Dunkelheit.

Irgendwann nahm Fanny ihr Rotweinglas und sagte: »Auf uns!«, und wir sagten alle: »Auf uns«, und stießen an mit klingenden Gläsern.

Und dann sagte Fanny: »Ich weiß, es hatte keinen Sinn, die Vergangenheit heraufzubeschwören. Aber diese Zeit war für mich eine der besten meines Lebens.«

»Für mich auch«, sagte Marie.

»Für mich auch«, sagte ich.

Ich wusste gar nicht mehr, ob das stimmte. Ich wusste nicht, ob ich mich dem Himmel oder der Erde näher fühlte. Nicht damals und nicht heute.

Es wurde ein sehr langer Abend.

Unser ganzes Leben brach aus uns heraus. Wir waren so glücklich, uns endlich wiederzuhaben.

Wir redeten über alles.

Über alles.

Außer über Lenica. Und Sean.

Es war so unsagbar heiß gewesen an diesem einen Tag in diesem Sommer damals, an dem wir uns alle das letzte Mal gesehen hatten. Wenn mich jemand fragte, warum es das letzte Mal war, sagte ich: »Ich erinnere mich nicht.« Vielleicht war einfach das Leben dazwischengekommen.

In meinem tiefsten, allertiefsten Herzen wusste ich, dass es nicht stimmte.

»Wir brauchen mehr als diesen einen gemeinsamen Abend«, sagte Fanny. »Wir hatten zusammen die beste Zeit unseres Lebens.«

Wir suchten in unseren Kalendern und fanden tatsächlich ein langes Wochenende, das uns allen passte. Ein paar Wochen vor der Hochzeit von Maries Tochter in Paris, zu der uns Marie eingeladen hatte.

Wir schauten uns an. Fanny, Marie und ich. Wir würden uns noch einmal dort treffen. Auf dem Felsen. In dem Haus am Atlantik. Auch wenn es unmöglich schien. Nach alledem. Wir würden ja sehen.

Es heißt doch, Augenblicke verändern uns mehr als die Zeit.

Und nach dem Augenblick, in dem wir diesen Beschluss gefasst hatten, waren wir verändert.

Ich war mir noch nicht sicher, in welche Richtung.

Am nächsten Morgen saß ich im Zug nach Hause.

Die Jukebox der Vergangenheit, der unmöglichen Lieben und der verpassten Chancen hatte angefangen zu spielen.

Alles war schön mit Sternenhimmel, bis Lenica diesen Typen anschleppte.

Es war ein kühler Abend in diesem sonst so heißen Sommer damals, wir hörten Musik, tranken Weißwein und kochten. Eigentlich war es Fanny, die kochte, ich folgte nur ihren Anweisungen, machte den Salat und schnitt Fenchel und Mohrrüben, holte Rosmarin und Thymian aus dem Garten. Fanny hatte noch nasse Haare, trug eine schwarze Schürze und sah aus wie Juliette Binoche, grazil und unbändig, und beträufelte einen Steinbutt mit Zitrone und Olivenöl, er war bereit für den Ofen. Wir arbeiteten einträchtig nebeneinanderher, Fanny hatte immer eine beruhigende Wirkung auf mich. Wir redeten, Marie lag auf dem Sofa in meiner hellblauen Lieblingsstrickjacke, um die sie sich immer mit Lenica stritt, und blätterte in einer uralten *Vogue*. Wenn sie las, dann konsequent Zeitschriften. Sie lag auf dem Bauch, die Beine angewinkelt, und sah so entspannt und in sich versunken aus, dass man sich gar nicht vorstellen konnte, wie flatterhaft und exaltiert sie sonst sein konnte.

Ich drehte die Musik lauter und stellte Teller und Gläser auf den riesigen Tisch, der eigentlich genauso aussah wie der im Garten, nur dass er rund war. Das Geschirr war bunt zusammengewürfelt, alte Teller aus einem Service meiner Oma, Hotelsilber einer Großtante, Gläser von Flohmärkten und von meiner Mutter aussortierte Sachen. Es sollte anfangs nur provisorisch sein und bald ersetzt werden, aber niemand kümmerte sich darum, und so war es seit Jahrzehnten einfach da. Alle Teile waren anders und verschieden und gehörten trotzdem zusammen. So wie in diesem Haus so viel zusammengewürfelt war. Ich mochte das.

Die Tür zum Garten war geöffnet, es war noch hell, aber das Licht hatte etwas Gedämpftes, gar nichts Gleißendes mehr, und ab und zu wehte kühle Luft herein.

Plötzlich hörte ich Geräusche im Garten, Lachen und Reden, Lenicas Lachen. Und eine Männerstimme.

»Noch einen Teller mehr, chérie, wir haben Besuch«, hörte ich Lenica mir zurufen, noch bevor ich sie sah.

Dann kam er zur Tür rein.

Er ging auf mich zu und blieb vor mir stehen.

»Du musst Elsa sein. Ich hab schon viel von dir gehört.«

Ich schaute vermutlich sehr skeptisch. Oder entgeistert.

Er gab mir die Hand, und ich schaute noch immer skeptisch.

Er sagte: »Du hast einen festen Händedruck.«

Ich versuchte zu lächeln. Seiner war so fest, dass ich beinahe nicht standhalten konnte.

Er zog seine Lederjacke lässig und wie in Zeitlupe aus und hängte sie mit einer einnehmenden Geste über meine Stuhllehne, als sei er hier zu Hause.

Ich schaute Lenica fragend an, doch sie lachte nur und warf dabei den Kopf in den Nacken. Dann drehte sie die Musik noch weiter auf und ging raus, um eine zu rauchen. Marie hob nur kurz den Kopf und warf uns einen nicht zu deutenden Blick zu, und Fanny begrüßte ihn und kochte dann weiter, als wäre nichts geschehen.

Er sah aus, als sei er vor Kurzem noch ein Punk gewesen, seine Haare waren an den Seiten sehr kurz, am übrigen Kopf jedoch länger und beinahe borstig. Er war nicht besonders groß, möglicherweise sogar etwas kleiner als Lenica, er war dünn, trotzdem muskulös, mit ziemlich vielen Tattoos an den Armen. Eines, sagte er, sei ein *Ulysses*-Zitat. Ich liebte Joyce, wagte aber nicht, genauer nachzufragen, weil ich Angst hatte, es nicht zu kennen. Erst viel später fand ich heraus, dass der Satz gar nicht von Joyce war, sondern aus dem Gedicht *Ulysses* von Tennyson. *To strive, to seek, to find and not to yield.* Und er hatte durchdringende grünbraune Augen. Er kam ursprünglich irgendwo aus Donegal und studierte in Dublin Musik oder Kunst oder vielleicht war es auch Fotografie.

Er war irgendwas zwischen große Klappe und schüchtern, ja jungenhaft, sanft, es war eine seltsame und gleichermaßen anrührende Mischung, aber als anrührend empfand ich es erst im Nachhinein. Im ersten Moment überwog uneingeschränkte Faszination.

Er mochte die gleichen Bücher wie ich und hatte einen abgefahrenen Musikgeschmack. Er konnte sich auch nicht beherrschen zu erzählen, dass er einen krassen Erotikgeschmack habe. Das irritierte mich weniger, als dass es mich neugierig machte. Ich habe nie herausgefunden, was daran krass war. Das Einzige, was mich irritierte, aber das war viel später, war, dass er sagte, er habe Angst vor mir, denn das habe ich bis zuletzt nicht verstanden. Noch weniger, dass er Angst habe, mich zu enttäuschen. Denn eigentlich hätten das meine Worte sein müssen.

Ach ja, er hieß Sean.

Und am Ende des Abends wollte ich nur noch ihn.

Es traf mich wie ein Schlag.

Ich war vom ersten Moment an irre. Ich lief innerlich Amok. So etwas hatte ich noch nicht erlebt. Ich wusste nicht, ob ich weglaufen oder mich ihm in die Arme werfen sollte.

Ich versuchte alles. Er versuchte nichts. Nur: Er ließ mich nicht los. Ich spürte seine Anwesenheit körperlich. Nicht, dass er so zutraulich war. Er besaß, wie ich nach und nach merkte – aber im Grunde wusste ich es vom ersten Moment –, diese rein grauenhafte, total und übermäßig anziehende Eigenschaft, ständig zwischen Zuwendung und Abweisung hin- und herzuwechseln. Verlieb dich nie in ein wildes Geschöpf.

Er sah aus wie aus einem John-Irving-Roman – und er war auch so. Ein Ire mit Tattoos.

Irgendwann später habe ich ihn gefragt, ob es stimmte, dass man mit Tattoos häufiger friere, das schrieb jedenfalls John Irving, aber Sean sagte, nein, nur während des Stechens sei einem kalt. Und dann sagte er noch, er habe einen warmen Körper. Und dabei schaute er mich mit diesen durchdringenden Augen an. Wer sollte da bei Verstand bleiben?

»Wo hast du den denn plötzlich her?«, fragte ich Len, als wir in der Küche standen.

»Er ist ein alter Freund«, lachte sie.

»Woher kennst du ihn denn?«

»Weiß nicht mehr.«

»Wie kann er dann ein alter Freund sein? Du hast ihn nie erwähnt.«

»Also, weißt du, hör doch auf mit dieser Fragerei. Ich kenne ihn, seit wir Kinder waren, sein Vater ist Ire, seine Mutter hat ein Haus hier. Sean könnte uns helfen, das Baumhaus zu bauen.«

»Wann hast du ihn denn das letzte Mal gesehen?«

»Keine Ahnung. Vielleicht als ich acht war.« Sie lachte.

Sean kam rein.

»Wo ist der Korkenzieher?«, fragte er und umarmte Lenica von hinten.

Sie trug ein weißes trägerloses Kleid, es sah aus wie aus Satin, wie ein Nachthemd eigentlich, man sah auch, dass sie keinen BH drunter hatte, aber sie trug es so souverän wie einen Hosenanzug. Um den Hals, auf dem man die Leberflecke zählen konnte, hatte sie vier Silberketten mit großen Anhängern. Die oberste Kette umschnürte ihren Hals, als schnürte sie ihr die Luft ab.

Auch wenn es so aussah, Lenica ließ sich nie die Luft abschnüren. Von nichts. Und vor allem von niemandem.

Sie umarmte ihn ganz selbstverständlich zurück und führte ihn zur richtigen Schublade, als sei es ihre Küche. Und ihr Sean.

»Baust du Elsa ein Baumhaus? Du kannst das doch. Wir brauchen eins! Wann haben wir uns eigentlich das letzte Mal gesehen?«, fragte sie ihn.

»Haben wir uns denn überhaupt schon mal gesehen?«, sagte er und grinste. »Klar bau ich Elsa ein Baumhaus.« Er sah mir direkt in die Augen.

»Gut, dann wäre das mit dem Baumhaus geklärt. Bist du jetzt zufrieden, Elsa? Ich habe dir einen Mann für dein Baumhaus gebracht.«

Sie lachte und zog Sean fester an sich.

»Jetzt sag doch mal«, sagte ich. »Wann habt ihr euch denn nun das letzte Mal gesehen?«

»Keine Ahnung, mit vier? Acht? Zwölf? Sechzehn? Gestern? Keine Ahnung«, sagte Len.

»Spielt auch keine Rolle«, sagte Sean.

»Hauptsache, wir sehen uns heute, mein Sean«, sagte Len und hatte immer noch den Arm um ihn gelegt. »Elsa war schon immer die, die alles genau wissen wollte. Und sie weint im Kino.«

Ich verdrehte die Augen.

»Oh, du bist süß, wenn du so schaust, meine Elsa«, sagte sie und legte ihren anderen Arm um mich. »Du bist natürlich auch süß«, sagte sie zu Sean. Und sie stand zufrieden zwischen uns und hielt uns beide ganz fest, oder mich zumindest. Wie fest sie Sean hielt, konnte ich natürlich nicht wissen. Nur erahnen.

Sean war der Erste, der sich löste. Er sagte: »Wartet kurz.« Er ging in den Flur und kam mit einer großen Kamera zurück und fing an, Fotos von uns zu machen.

Len posierte wie ein Kind, das stolz ist, zum ersten Mal fotografiert zu werden, neugierig und vollkommen unverstellt und offen. Ich konnte das nicht.

Mir fiel auf, wie ähnlich sie sich waren. Sean ähnelte Len in geradezu schockierender Weise. Wie es sonst nur Geschwister tun. Das Welpenhafte und zugleich Verrückte. Es war mir unheimlich, aber es ermöglichte mir, ihn zu verstehen, weil ich sie verstand. Und es brachte ihn mir noch näher.

Ich wusste plötzlich, es war wie bei Len auch: Wenn ich ihn haben und behalten wollte, musste ich ihn in Ruhe lassen. Wilde Geschöpfe. Ich musste warten, bis er von selber kam. Und das war verdammt schwer.

Irgendwann später kamen noch Héloïse und ein paar Freunde aus dem Ort. Héloïse brachte eine riesige Käseplatte von ihrem Vater mit, unzählige verschiedene Sorten, von denen einige sommerwarm vor sich hinliefen, am Rand des Tellers lagen rote Weintrauben und Feigen.

Dieser Abend bestand vor allem darin, dass wir uns Blicke zuwarfen. Sean und ich, Marie und ich, Fanny und ich. Blicke, die unterschiedliche Dinge bedeuteten.

Nur Lenica war entspannt und nicht so blickfixiert wie wir anderen, sondern plapperte fröhlich vor sich hin, flirtete mit Sean und öffnete ständig neue Weinflaschen.

Wir redeten und lachten und hörten Musik, und später spielten wir uns gegenseitig Lieder vor und irgendwann spielte Fanny *Love hurts* und sagte: »Das ist für Elsa.«

Ich lachte.

Damals wusste ich noch nicht, wie recht sie hatte. Oder vielleicht wusste ich es doch, aber nur insgeheim.

Fanny fing mich auf dem Weg zum Klo ab.

»Lass die Finger von ihm, er bringt nur Ärger.«

Marie kam dazu: »Ja, Ärger ist sein zweiter Vorname.«

Sie schauten mich beide an.

»Ihr seid doch verrückt geworden«, sagte ich. »Er studiert Fotografie. Und ihr kennt ihn doch gar nicht.«

»Oh, Fotografie, na, dann ist ja alles klar«, sagte Marie ironisch. »Man muss so einen nicht kennen, es reicht, wenn man diese Spezies kennt«, sagte sie dann.

»O Gott, Marie, siehst du nicht, es ist schon zu spät«, sagte Fanny. »Elsa ist schon verloren!«

»Ruf nicht an, wenn du heulst«, sagte Marie in ihrem strengen Ärztinnentonfall, aber es klang nicht böse. Ärztin wurde sie zwar erst später, aber den Tonfall konnte sie schon gut.

Fanny umarmte mich.

Dann mussten wir alle drei lachen.

Am Ende des Abends stand ich mit Sean draußen. Ich weiß nicht mehr, wie wir es endlich geschafft hatten, allein zu sein, denn alle waren ständig um ihn herumgeschwirrt, er war wie ein Magnet, alle mochten ihn und er mochte alle. Er hatte witzige Geschichten erzählt und gelacht und Musik aufgelegt, über seine Lieblingsfilme geredet, über alles, was ihn so umtrieb. Er war wie ein Strom, der uns alle mitriss.

Jetzt redeten wir eine ganze Weile gar nicht.

Dann hielt er mir seine Zigarette hin. Wie Marie das immer bei mir tat. Ich nahm sie und zog daran und atmete dabei so tief ein, dass ich husten musste.

Er lachte.

»Was willst du aus deinem Leben machen?«, sagte er.

Ich schaute irritiert.

»Was soll aus dir werden, wenn du schon bei Zigaretten husten musst«, lachte er.

Ich lachte auch und verschluckte mich und musste noch mehr husten und lachen.

Wir blieben ziemlich lange draußen und redeten. Ich wollte alles über ihn wissen, aber obwohl wir so viel gemeinsam hatten, trennte mich etwas von ihm, wie eine mysteriöse Schranke, eine Grenze, die ich nicht genauer deuten oder benennen konnte.

Es gab ein paar Augenblicke, da dachte ich, was mache ich hier eigentlich?, und erwog Fluchtversuche. Doch jedes Mal sagte er etwas, was ich mochte, oder machte eine Bewegung, als wollte er mir seine Hand auf den Arm legen, aber tat es dann nur beinahe.

Irgendwann fingen Sean und ich an aufzuräumen, Marie half uns halbherzig, unschlüssig, ob sie ins Bett gehen oder bleiben sollte. Dann gähnte sie laut und sagte: »Ich muss schlafen, lasst uns das morgen machen.« Ich sagte: »Ich mach das noch, geh du ruhig, ist ja nicht mehr viel.« Sie sagte »Gute Nacht« und warf sich Sean um den Hals, er schien das zu mögen und hatte seine Hand viel zu nah an ihrem Hintern. Und mir dauerte die Umarmung auch zu lange. Ich war schon eifersüchtig, bevor irgendwas begonnen hatte.

Als Marie endlich die Treppe hochging, war ich erleichtert.

Sean legte *The Cure* auf, und wir räumten die Spülmaschine aus und sangen mit, lachten und waren plötzlich ganz ausgelassen, und wie zufällig berührten sich unsere Hände beim Geschirrsortieren. Und mein Herz raste die ganze Zeit, und gleichzeitig war ich so ruhig, weil ich wusste, er würde mein Schicksal werden.

Wir räumten sehr gründlich auf. So ordentlich war diese Küche noch nie zuvor gewesen. Ich wünschte, es wäre etwas anderes passiert, als nur Teller zu stapeln oder Flaschen zusammenzustellen, aber ich machte nicht den Anfang und er auch nicht.

Als wirklich nichts mehr aufzuräumen war, ohne dass es nach verzweifeltem Frühjahrsputz ausgesehen hätte, nahm er plötzlich ein Buch aus dem Regal.

»Komm«, sagte er und zog mich aufs Sofa. »Ich lese dir was vor.«

Wir lagen in entgegengesetzten Richtungen auf dem Sofa, und er begann mir *Alice im Wunderland* vorzulesen und sagte, es sei sein Lieblingsbuch.

»Dieser Schacht war nun entweder wirklich überaus tief, oder aber sie fiel ihn sehr langsam herunter, denn sie konnte sich während des Sturzes in aller Ruhe umsehen und überlegen, was mit ihr jetzt wohl geschehen sollte.«

Ich hob den Kopf.

»Ja, das frage ich mich auch«, sagte ich.

Er schaute mich an und lächelte und sagte: »So hörst du doch gar nichts«, und zog mich auf seine Seite. Er fuhr mir mit der Hand über den Rücken, und dann merkte ich nur noch, wie mein Kopf zuerst an seiner Schulter und dann auf seinem Schoß lag und er mir mit seinen Fingern durch die Haare fuhr, und ich spürte seine Arme auf meinen.

Als ich aufwachte, war er weg.

Es war acht Uhr morgens.

Ich war hellwach und todmüde zugleich. Und ich versuchte mich zu erinnern.

Ich sprang auf und suchte ihn, aber er war weder im Garten noch sonst wo.

Ich ging nach oben in mein Zimmer, warf mich auf mein Bett und grübelte.

Den ganzen Abend hatte ich mit ihm verbracht und wir hatten ununterbrochen geredet, aber ich wusste fast gar nichts über ihn. Fast gar nichts.

Ich wollte ihn so sehr, dass ich es kaum aushielt. Ich dachte jede Sekunde an ihn und hielt es nicht aus. Ich hielt es nicht aus, keinen Kontakt zu haben. Jede Minute, die ich ihn nicht sah, war eine Qual.

Ich ging zum Fenster und öffnete es mit einer Wucht, dass es knallte. Vor lauter Sonne sah ich das Meer nicht.

Nach diesem Abend mit Sean versuchten Fanny und Marie mich auszuquetschen, was noch passiert war, und keine von ihnen glaubte mir, dass nichts passiert war. Eigentlich konnte man nicht sagen, dass *nichts* passiert war, aber es war ja auch nicht *etwas* passiert. Einerseits reichte es mir, weil es schon so schrecklich aufwühlend gewesen war und es mich so durchgeschüttelt hatte, aber gleichzeitig reichte es mir natürlich nicht. Noch lange nicht und so was von nicht.

Ich konnte nicht aufhören, an diesen Abend zu denken und mich wie besessen immer und immer wieder an jedes Detail zu erinnern. Ich versuchte jede kleinste Einzelheit in meinem Gedächtnis festzuhalten, alles, was Sean gesagt hatte, alles, was ich gesagt hatte, alles, worüber wir geredet hatten. Ich versuchte Sean, den ganzen Sean festzuhalten, als fürchtete ich, ihn zu verlieren, wenn mir die Erinnerung abhandenkäme. In meinem Kopf herrschte Panik.

Diese Begegnung mit Sean kam mir vor, als sei sie schon Jahre her, eine Ewigkeit, ein früheres Leben, und trotzdem waren erst ein paar Tage vergangen.

Seitdem hatte ich ihn nicht gesehen.

Ich wusste nicht, ob er noch hier oder wieder abgereist war. Ich wusste nicht einmal, wo er wohnte. Und am wenigsten wusste ich, was ich tun sollte.

Ich überlegte, Lenica zu fragen. Sie musste wissen, wo er war, denn sie hatte ihn ja angeschleppt. Aber ich hatte mich nicht getraut. Und gestern war sie mit ihrem Vater auf irgendeinen Markt gefahren und kam heute erst wieder.

Ich versuchte mich abzulenken und mir einzureden, dass alles schön war. Es waren Ferien, wir waren alle zusammen, und der Sommer hatte gerade erst begonnen.

Ich versuchte auf andere Gedanken zu kommen.

Schließlich wusste er ja, wo er mich finden konnte.

Fanny und Marie waren mit Héloïse und ein paar ihrer Freunde am Morgen segeln gegangen. Fanny hatte einen riesigen Picknickkorb gepackt. Manchmal hatte ich das Gefühl, sie machte die ganzen Ausflüge nur der Picknicks wegen.

Ich war zu Hause geblieben, ich hatte mir eine Ausrede ausgedacht, denn ich wollte nicht riskieren, dass Sean vorbeikam und ich nicht da war. Fanny und Marie glaubten mir meine Ausrede nicht und hielten mich für verrückt. Fanny schaute mich an und tippte sich an die Stirn.

Ich lag den ganzen Vormittag draußen in der Hängematte, hörte Musik und las *Alice im Wunderland*, weil ich es lange nicht mehr gelesen hatte. Ich wollte mich eincremen. Ich suchte Sonnencreme und konnte sie nicht finden. Wahrscheinlich hatten Fanny und Marie sie mit zum Segeln genommen. Im Bad war keine mehr. Ich beschloss, bei Marie im Zimmer nachzuschauen, bei ihr war das Kosmetikdepot. Ich sprang die Treppe hoch und öffnete die Tür.

»Geht's noch?«, schnauzte mich Marie an.

Sie lag unter der Decke, mitten am Tag, im Sommer, und der Fensterladen war halb geschlossen.

»Entschuldige, ich dachte, du bist mit den anderen segeln.«

»Ich hasse Segeln«, schnauzte Marie.

»Das stimmt doch gar nicht«, sagte ich. »Du liebst segeln.«

»Sag mir nicht, was ich liebe und was nicht«, schnauzte Marie.

In ihrem Zimmer sah es aus, als hätte eine Bombe eingeschlagen. Alle Klamotten lagen auf dem Boden, leere Gläser und Teller, zwei volle Aschenbecher.

»Hab ich hier was verpasst? Feierst du heimlich Partys?«

»Sehr witzig«, schnauzte Marie mich an.

»Du könntest mal aufräumen. Und lüften.«

Ich ging zum Fensterladen und wollte ihn öffnen.

»Wer bist du, meine Mutter? Das hab ich irgendwie gar nicht mitgekriegt«, sagte Marie sarkastisch.

»O nein, deine Mutter möchte ich wirklich nicht sein, die kriegt viel zu schnell Ärger mit dir.«

Ich setzte mich zu ihr aufs Bett.

Sie hatte eine ganz rote Nase.

»Ist irgendwas? Willst du einen Tee?«

»Zu heiß. Außerdem bin ich nicht erkältet, was soll das?«

Ich musste lachen. Das war so ganz und gar untypisch für Marie.

»Willst du ein Eis?«

»Wir haben kein Eis. Das weiß ja sogar ich. Wir haben nicht mal eine Tiefkühltruhe.«

Ich musterte sie.

»Hast du geweint?«

»Natürlich nicht. Ich weine nie«, sagte sie und empörte sich noch mehr.

Ich hatte Marie tatsächlich noch nie weinen sehen.

»Was ist dann los?«

»Nichts. Ich brauche nur mal meinen Frieden.«

»Frieden? Stimmt irgendwas nicht mit dir? Es ist Sommer, wir haben Ferien. Wir sind hier, zusammen. Mehr Frieden geht nicht.«

Sie schnaubte verächtlich.

»Hast du Zoff mit Tomas?«

Vielleicht hatte ich irgendwas nicht mitgekriegt.

»Nein, mit ihm hat man keinen Zoff. Nie. Man hat mit ihm so wenig Zoff, dass es schon wieder langweilig ist.«

»Du findest ihn langweilig?«

Marie seufzte und setzte sich auf. Sie zog die Knie an den Körper und umschlang sie mit ihren Armen. Sie hatte ein Unterhemd an und gestreifte Männer-Boxershorts.

»In welcher Hinsicht?«

»In jeder. Aber nicht immer, nur manchmal.«

»Aber er liebt dich.«

»Ja, ich weiß.«

»Das muss man doch erst mal finden, einen, der einen liebt.«

»Gott, du klingst wie meine Oma. Was hat man davon, geliebt zu werden, wenn man nicht selber liebt?«

»Aber du liebst ihn doch auch«, sagte ich.

Sie schwieg.

Dann sagte sie: »Ja, klar. Ich kenne ihn schon viel zu lange, um ihn nicht mehr zu lieben.« Sie starrte auf ihre Füße. »Was ist wohl besser, zu lieben und nicht zurückgeliebt zu werden oder umgekehrt? Nicht zu lieben, aber geliebt zu werden?«

»Ich sehne mich gerade nur danach, geliebt zu werden.«

»Im Ernst? Von diesem Wahnsinnigen etwa? Na, dann viel Spaß.«

»Ja, aber woher willst du wissen, dass er ein Wahnsinniger ist? Du kennst ihn doch gar nicht.«

»Den muss man nicht kennen. Fanny hat das Gleiche gesagt.«

»Ich verstehe gar nicht, was ihr gegen ihn habt!«

»Hat er sich bei dir gemeldet, seit letztens abends? Nein! Da hast du es! Er interessiert sich nicht für dich, sonst hätte er sich gemeldet.«

»Das weißt du doch gar nicht!«

»Natürlich weiß ich das! Du hängst völlig umsonst die ganzen Tage zu Hause rum und wartest, bis er vorbeikommt.«

»Mir reicht's. Tomas ist vielleicht ein bisschen langweilig, aber er liebt dich, und eigentlich sollte ich ihm sagen, dass du irre bist und eine Giftspritze! Ich bin weg!«

Ich stand von ihrem Bett auf, nahm ein Kissen und warf es auf sie.

Das war das erste Mal, dass ich mich mit Marie stritt, fiel mir ein.

»Hey, mit dir kann man sich ja richtig gut streiten«, rief sie und warf mir das Kissen hinterher.

Anscheinend dachten wir doch immer das Gleiche.

Ich knallte die Tür zu und ging zurück in mein Zimmer. Ich legte mich auf mein Bett, zuerst auf den Rücken, dann drehte ich mich um und bohrte mein Gesicht in mein Kissen. Das Bett quietschte beim Umdrehen, es war nervtötend. Ich setzte mich im Bett auf und es quietschte wieder. Ich schlief hier jede Nacht, meistens mit Lenica, aber heute erschien mir das Quietschen unerträglich.

Ich saß da und betrachtete mein Bett. Ich hatte es noch nie

gemocht. Es war uralt. Ich roch am Holz und fand, es roch eklig. Nach Moder. Und Räucherlachs.

Ich legte mich wieder auf den Rücken und dachte nach und beschloss dann, in die Stadt zu fahren, um mir ein neues Bett zu kaufen. Ich wollte gern ein Bett mit Schubladen, oder noch lieber so ein altmodisches weißes Metallgestell, wie aus alten Filmen. Ich wollte ein Bett, das meinen Albträumen angemessen war.

Ich beschloss zu fahren, obwohl ich Angst hatte, dass Sean inzwischen vorbeikommen könnte und mich suchen. Und dann träfe er Marie an. Ich erwog kurz, sie zu fragen, ob sie mitkommen wollte.

Andererseits wollte ich alleine sein. Um nachzudenken. Über Sean und alles.

Ich nahm meine Tasche und kritzelte eine Nachricht für Marie auf einen Zettel, den ich durch den Türspalt ihres Zimmers schob.

Ich ging durch den Garten zur Einfahrt, wo massenhaft Unkraut zwischen den Kieselsteinen hervorspross, und überlegte kurz, es rauszurupfen, verwarf die Idee und setzte mich in die DS. Ich drehte den Schlüssel und startete sie. Das heißt, ich versuchte sie zu starten, aber sie hatte einen Choke, und ich hasste das. Ich vergaß immer wieder, wie es funktionierte. Ich drehte den Schlüssel, zog den Choke. Der Wagen stotterte und soff ab. Ich versuchte es noch mal. Er stotterte wieder. Ich wurde wütend. Ich versuchte es erneut, der Wagen stotterte, ich fluchte. Ich fragte mich, wie lange das Auto und ich das noch durchhalten würden und wer als Erstes aufgeben würde. Ich stieg aus und trat heftig gegen das Blech, dabei flog mir meine Sonnenbrille vom Kopf und meine Haarspange löste sich.

Da hörte ich ein Lachen hinter mir.

Es war ein leises, warmes Lachen, das ein bisschen wie tiefes Ziegenmeckern klang.

»Brauchst du Hilfe?«

Ich wusste nicht genau, was mir peinlicher war, dass ich das Auto nicht ankriegte oder der Wutausbruch. Jedenfalls war es peinlich.

Und als ich Sean ansah, wusste ich nicht, was ich sagen sollte.

Weil ich immer noch wütend war, aber jetzt auf mich selbst, trat ich noch mal gegen das Auto und schnaubte.

»Du machst es noch kaputt.« Er lachte. »Wo willst du hin?«, sagte er und hob meine Sonnenbrille und meine Haarspange auf. Er hielt mir die Sonnenbrille entgegen, als wollte er mich damit anlocken. Meine Haarspange steckte er ein.

Ich ging vorsichtig einen Schritt auf ihn zu, nahm dann die Sonnenbrille und versuchte dabei seine Finger nicht zu berühren. Ich setzte die Sonnenbrille auf, obwohl es bewölkt war.

»Ich fahr in die Stadt«, sagte ich. »Ich muss mir ein neues Bett kaufen.«

»Soso, ein Bett?«

Ich spürte, wie ich rot wurde, und war froh, dass ich die Sonnenbrille aufhatte.

»Ja, ganz genau, ein Bett«, sagte ich tapfer. »Meins ist Schrott.«

Jetzt mussten wir beide lachen. Wenn er lachte, bekamen seine Augen etwas unendlich Sanftes und Schalkhaftes zugleich und verloren dieses Durchdringende.

»Komm, steig ein«, sagte er, und er setzte sich auf den Fahrersitz, als sei das sein Auto. Ich konnte ihn nur anstarren. Er startete den Wagen und rief mir zu: »Los, komm schon, spring rein.«

Als ich neben ihm saß, beugte er sich zu mir und umfasste meinen Nacken.

»Bist du Elsa«, sagte er, und es war keine Frage.

Er zog mich ganz nah an sich ran.

»Ja«, sagte ich. »Ja, das bin ich. Elsa.« Und ich musste lächeln.

»Wusste ich's doch«, sagte er, und er gab Gas, dass die Kieselsteine knirschten.

Er fuhr aus der Einfahrt und raste um die Kurve auf die kleine Dorfstraße.

Er fuhr so schnell, dass ich dachte, der Citroën hebt gleich ab.

Ich versuchte mich zu entspannen.

Er drehte am Autoradio, schaute dabei mehr auf das Radio als auf die Straße und riss ab und zu das Steuer herum, wenn uns ein anderes Auto entgegenkam.

»Wie lange hast du schon deinen Führerschein?«, fragte ich.

»Welchen Führerschein?«, lachte er.

Ich war mir nicht sicher, ob er sich über mich lustig machte oder das ernst meinte.

Aber es war mir im nächsten Moment auch nicht mehr wichtig.

In Seans Nähe erfasste mich entweder eine unerträgliche innere Anspannung, eine Nervosität, eine elektrisierende Ungeduld oder das andere Extrem, eine Sicherheit, ein innerer Friede, der mich unbezwingbar machte, der mich alles ertragen ließ. Es war die unerschütterliche Gewissheit seiner Zuneigung.

Und ich merkte sofort, wenn ich mir seiner Zuneigung sicher sein konnte, würde mir nichts mehr passieren.

Wir fuhren über Landstraßen, an frisch gemähten Feldern mit gelben Strohballen vorbei, an Kuhweiden, durch Dörfer mit kleinen romanischen Kirchen und altmodischen Bäckereien, vorbei an kleinen Seen und Flusslandschaften.

Wir hatten die Fenster runtergekurbelt und im Radio lief französische Popmusik und Sean verzog das Gesicht.

Ich kramte im Handschuhfach, da lagen noch mixed tapes, die ich während der Jahre immer für den Sommer aufgenommen hatte.

»Das ist besser«, sagte ich.

Serge Gainsbourg sang *Sous le soleil exactement*.

»Ich steh auf Gainsbourg«, sagte er.

»Ich auch«, sagte ich.

»Aber noch mehr auf Jane Birkin«, sagte er und grinste mich sehr unanständig an. Er brachte mich zum Lachen.

Es roch nach Hitze und der Fahrtwind wehte mir die Haare ins Gesicht. Sean legte seine Hand auf meinen Oberschenkel. Es hatte gar nichts Anzügliches oder Ungewohntes, es war vielmehr so, als sei das ihr Platz und als hätte sie schon immer da gelegen. Als gehöre sie einfach dahin.

Es machte so einen Spaß.

Es war mehr als das. Es war die Essenz vom Leben. Mit ihm spürte man das Leben körperlich, von den Zehenspitzen bis in die Haarwurzeln.

Ich wusste sofort, mit ihm war alles leicht und einfach und lustig und schön. In diesem Moment, in diesem Sommer. Und der Schmerz am Ende war der Preis, den man dafür zahlte. Das war es, das Leben. Aber das war es wert.

»Man sollte nicht darüber nachdenken, wenn es schön ist«, sagte er plötzlich. »*Dance first, think later*, wie wir Iren sagen.«

Ich beschloss, diese Iren für immer zu lieben.

Wir erreichten die Stadt mit der Kathedrale und den Fachwerkhäusern, der alten Markthalle und dem Fluss mit dem komischen Namen.

Die Sonne war hervorgekommen. Es war heiß, und Sean hatte seine Sonnenbrille vergessen, also gingen wir eine Sonnenbrille kaufen, da er sagte, er habe so empfindliche Augen, und er schaute mich mit seinem Hundeblick an, er konnte einen sehr überzeugenden Hundeblick, aber in Wirklichkeit war ihm die Sonnenbrille gar nicht so wichtig, erkannte ich, sondern er wollte nur Quatsch machen. Er war hervorragend im Quatschmachen, so wie in vielen anderen Dingen, vor allem, wie ich schnell erfahren sollte, im Sich-Entziehen. Er war wie ein Tigerbaby, das nur spielen wollte. Das einem aber dabei aus Versehen ganz schön wehtun konnte, die Hand abbeißen oder das Gesicht zerkratzen.

Wir probierten alle möglichen Sonnenbrillen auf, und er flirtete mit der Frau im Brillenladen, die ihm innerhalb von Sekunden verfallen war. Ich war nicht sicher, ob er mich ärgern wollte oder ob ihm das vielleicht auch gar nicht klar war, dass mich das tatsächlich ärgerte. Ich schenkte ihm die Sonnenbrille, eine viel zu teure, und wir spazierten durch die Altstadt und kamen zu dem Bettengeschäft, das ich rausgesucht hatte.

Die Verkäuferin fragte, ob sie uns helfen könne, und er sagte: »Chérie, welches Bett wollen wir?«, und er wusste, dass er mich damit in Verlegenheit brachte. Ich wurde rot und er zog mich an sich, und ich spürte, wie ich noch roter wurde, falls das überhaupt möglich war, und dann sagte er zu der Verkäuferin: »Vielen Dank, Madame, wir schauen uns um.«

»Natürlich«, sagte sie und lächelte uns vielsagend an.

Und dann wurde er vollkommen albern und warf sich auf jedes Bett und wälzte sich herum. Davor hatte er sich ganz ordentlich die Schuhe ausgezogen.

»Ich mag das hier«, sagte er und rollte sich auf einem riesigen lindgrünen Samtbett herum. »Komm, leg dich neben mich.«

Ich kam aus dem Rotwerden gar nicht mehr raus und wusste nicht, ob ich seufzen oder lachen sollte, und machte irgendwas dazwischen. Er fand die plüschigsten Betten am besten, und ich wollte mein schlichtes weißes Metallbett oder das mit der Schublade.

Ich kaufte das weiße Metallbett. Es stand im Ausstellungsraum und ich legte mich drauf und er legte sich neben mich und sagte: »Das wollen wir, ja?«

Ich sagte: »Ja, das will ich«, und er sagte: »Ich habe noch nie so eine Matratze erlebt, hat die eine tolle Federung«, und schaute mich an.

Eigentlich hatte ich eine andere Matratze nehmen wollen, aber ich musste immer an Seans Blick denken, als wir so nebeneinander auf der Matratze lagen, also kaufte ich die und wollte nie mehr eine andere.

Ich kaufte auch noch eine blasstürkise Überdecke aus Leinen, die Farbe hatte er ausgesucht, genauso wie die meerfarbene Bettwäsche und drei verwaschen aussehende dunkelblaue Kissen.

»Gehen wir was essen«, sagte er und schaute mich lange an. Ich wurde wieder rot. Er konnte Worte wie »Essen« oder »Bett« so aufladen, dass man einfach rot werden musste.

Wir entdeckten ein vietnamesisches Restaurant mit einer Terrasse, die auf den Fluss ging, und wir aßen Nem und scharfe Nudeln mit Gemüse und knusprige Ente und tranken vietnamesisches Bier.

Und dann liefen wir am Fluss entlang, der träge und grün neben uns herfloss, an seinem Platanenufer, ich glaube, es waren Platanen, oder vielleicht waren es auch nur in meiner Erinnerung Platanen, aber ich mochte die Idee.

Wir redeten und redeten, und Sean blieb manchmal stehen, wenn er redete, als müsse er sich auf bestimmte Dinge, die er sagte, besonders konzentrieren, und wir kamen deswegen nur sehr langsam voran, aber das machte nichts, wir mussten ja nirgends hin. Manchmal blieb er auch einfach so stehen, und dann sagte er: »Schau mal«, »Sieh doch nur«, und er zeigte auf ein Boot mit rotem Segel oder auf einen Schwarm Vögel, der gerade aufstieg, und wir sahen den Ausflugsschiffen und Kähnen nach. Wir teilten eine Liebe zum Wasser und zu Booten, das stellten wir schnell fest. So wie wir nach und nach noch so viel anderes feststellen sollten, was uns vereinte und uns verband. Und nie mehr trennen sollte.

In diesem sehr langsamen Tempo gingen wir den Fluss entlang und ließen die Stadt hinter uns. Die Spaziergänger wurden weniger, die Enten wurden mehr.

Plötzlich blieben wir stehen. Er stand vor mir und schaute mir genau in die Augen. Dann küssten wir uns.

In diesem Moment fiel ich in Ohnmacht.

Als ich wieder zu mir kam, hielt Sean mich in den Armen.

»Was ist passiert?«, fragte ich.

Er küsste mich wieder.

»Das ist passiert.«

Ich schloss die Augen.

»Darauf warte ich schon so lange«, sagte ich.

»Wie lange denn?«

»Mein ganzes Leben. Und noch länger. Ewigkeiten. Lichtjahre.«

»So lange kennen wir uns doch noch gar nicht.«

Ja, dachte ich, es waren natürlich nur Tage und keine Lichtjahre, aber es kam mir so vor, sogar mehr noch, als sei es eine ganz neue Zeitrechnung, irgendeine Einheit im Universum, die noch niemand entdeckt hatte.

»Aber es war schon an diesem einen Abend so intensiv, weißt du noch?«, sagte er.

»Ja, das war es wirklich«, sagte ich, aber das hieß ja noch lange nicht, dass klar war, worauf es hinauslief. Obwohl ich es bei ihm ja auch gespürt hatte.

»Ich weiß auch nicht, warum, aber es war intensiv. Hast du es denn in meinem Blick gemerkt oder in meinem Abschiedskuss?«

»In beidem«, sagte ich.

Ich log, denn an den Abschiedskuss konnte ich mich gar nicht erinnern.

»Ich kann mich gar nicht an den Abschiedskuss erinnern«, lachte ich. Er schaute mich an und ich spürte, er war sich unsicher, ob ich kokettierte. Und er wusste nicht, dass ich die Wahrheit sagte.

Er nahm mein Gesicht in die Hände und küsste mich wieder.

Ich küsste zurück.

»Du musst bei mir aufpassen, sonst werde ich zu stürmisch«, sagte ich und blickte in seine grünen Augen. Ich sah in ihnen das ganze Universum.

Er ließ mich nicht los, nein, er hielt mich fest, sehr fest.

»Ich werde nicht aufpassen«, sagte er.

Ich wusste nicht, ob ich ihm glauben sollte. Aber ich wollte ihm glauben. Mehr als alles andere wollte ich ihm glauben.

Wir küssten uns wieder.

Ich fühlte mich, als würde ich noch mal ohnmächtig werden. Aber wir saßen immer noch auf dem Weg am Ufer des Flusses mit dem komischen Namen.

Ich wollte ihm sofort sagen, ich liebe dich, lass uns heiraten, ich will mit dir Kinder haben. Ich will dich nie wieder loslassen.

Aber ich tat es nicht. Ich sagte es nicht. Natürlich nicht. Da wäre selbst ein normaler Mann abgehauen, aber einer wie Sean in Lichtgeschwindigkeit. Das war zumindest mein Gefühl. Und ich hatte genau davor Angst.

Doch ich wünschte mir, mehr als alles andere in der Welt, dass es ihm genauso ging.

Ich wünschte, dass wir ewig zusammenbleiben würden, uns nie voneinander entfernen würden, nie streiten würden, dass keine Nacht vergehen würde, ohne dass ich neben ihm lag, ich ihn riechen konnte und fühlen. Kein Augenblick mehr sollte ohne ihn vergehen.

Diese ganzen Wünsche rasten durch meinen Kopf, während wir, ich weiß nicht wie lange, auf dem Uferweg saßen und uns weiterküssten.

Wir hörten den Fluss leise und zart rauschen. Zwischendurch redeten wir und erzählten uns von allem, was wir liebten, von unseren Lieblingsfilmen, von gemeinsamen, oder wir schwärmten dem anderen vor, wenn er sie nicht kannte. Dann sagte einer: »Den muss ich sehen«, und der andere sagte: »Den schauen wir uns zusammen an.« Wir redeten von Büchern und Landschaften, unserer Kindheit, von dem, was wir vermissten, und von dem, was wir uns wünschten, und hofften, dass es noch vor uns läge.

Wir sprachen nicht von vergangenen Lieben, als gäbe es in der Hinsicht keine Vergangenheit oder keine Zukunft, nur uns und nur hier.

Wir sprachen auch nicht darüber, ob er eine Freundin hatte.

Ich wollte die Zeit anhalten und einfach für ewig so sitzen oder zumindest, bis ich sterbe.

Plötzlich, nach Stunden, ich weiß nicht, wie spät es war, und es hätte mich auch nicht gewundert, wenn Sean mir gesagt hätte, es sind Monate und Jahre vergangen, fiel ein kleiner Funke Wirklichkeit in mein Gehirn.

»Ich muss den anderen Bescheid sagen, dass wir später kommen. Lenica macht sich sonst Sorgen.«

Es schien ihn nicht zu beeindrucken, was ich sagte. Er ignorierte es und küsste mich.

Ich versuchte mich zu befreien.

»Komm, wir suchen eine Telefonzelle. Nur ganz kurz.«

»Nein, Elsa«, flüsterte er mir ganz leise durch meine Haare ins Ohr, »lass uns einfach so sitzen bleiben«, sagte er, »sie macht sich schon keine Sorgen, Len weiß, sie muss sich keine Sorgen machen, wenn du mit mir unterwegs bist.«

Mir fiel ein, dass sie das ja gar nicht wusste.

Ich versuchte aufzustehen, und Sean lachte und hielt mich fest.

»Da musst du dich schon noch ein bisschen anstrengen, um von mir loszukommen.«

Ich will gar nicht von dir loskommen, nie mehr, dachte ich.

Es schien die Stadt mit den wenigsten Telefonzellen auf der ganzen Welt zu sein, und als wir endlich eine fanden, warteten wir eine halbe Stunde davor, weil eine Frau in einem roten Kleid ein anscheinend sehr wichtiges Gespräch führte. Als ich endlich drankam, ließ ich es lange klingeln, so lange, bis die Leitung zusammenbrach. Dann versuchte ich es bei Lenica zu Hause. Niemand nahm ab.

Sean drückte von außen seine Nase an der Telefonzelle platt und schnitt Grimassen, und dann kam er zu mir in die Telefonzelle. Irgendwann klopfte jemand dagegen und rief: »Das ist eine Telefonzelle!«, und wir mussten so lachen.

»Ich sterbe vor Hunger«, sagte Sean und zog mich weiter.

»Haben wir nicht eben erst gegessen?«

»War das eben?«

Ich hatte die Zeit vergessen. Und auch die Orientierung verloren. Das passierte mir nicht gerade ständig.

»Wo sind wir?«, fragte ich ihn.

»Das musst du nicht wissen, solange ich bei dir bin«, sagte er.

Wir liefen weiter durch die Stadt, über Plätze mit Cafés und Restaurants, die sich langsam leerten, aßen irgendwas in einem winzigen Laden, tranken noch ein Glas in einer Bar am Fluss und liefen weiter und weiter und redeten und redeten. Wir mussten die Stadt bestimmt hundertmal durchquert haben. Wir erzählten uns unser ganzes Leben, alles, so kam es mir vor, aber es war doch nicht alles, lange nicht. Er erzählte mir Geschichten von seiner Familie, die aus Donegal kam und ganz früher, vor Jahrzehnten oder Jahrhunderten, nach Chicago ausgewandert war und dann in Chicago von den grünen Hügeln Donegals träumte, bis sie wieder dorthin zurückkehrten. Er erzählte mir von seiner Schulzeit, von seinen Jahren als Punk, von seiner Band, von seinem Lieblingspub in Dublin, von der grünen Weite Irlands, wo man tagelang mehr Schafe als Menschen treffen konnte. Ich erzählte ihm von meinem Leben und Plänen und Sehnsüchten, aber vor allem sog ich seine auf.

So redeten wir weiter, bis es Morgen wurde und über dem Fluss mit dem komischen Namen die Sonne aufging. Wir standen auf der Brücke, die die beiden Teile der Stadt verband, und blickten auf das Wasser, das die ersten Sonnenstrahlen zum Glitzern brachten.

Als wir wieder im Auto saßen, sagte ich: »Jetzt hab ich viel zu viel erzählt.«

»Nein«, sagte er und sah mir so lange in die Augen, dass es mir eine Ewigkeit schien. »Du fängst hoffentlich erst an.«

»Schau auf die Straße«, sagte ich und rückte ihm das Steuer gerade.

Ich tat so streng, aber im Inneren rastete ich aus. Vor Glück. Und vor anderen Gefühlen, die ich befürchtete, nicht kontrollieren zu können. Nein, eigentlich hatte ich gar keine Angst. Ich war so verliebt und ich wollte ihn so sehr, dass ich ihm überallhin gefolgt wäre. In jeden romantischen Sonnenuntergang. Und auch in jeden Abgrund.

Seine Hand lag, wie auf der Hinfahrt, während der ganzen Zeit auf meinem Oberschenkel. Mir fiel seine Uhr auf, die er rechts trug, weil er Linkshänder war, sie war sehr schön und schien sehr alt zu sein, mit einem abgewetzten braunen Lederarmband. Ich entdeckte ein Tattoo an seinem linken Unterarm, das ich noch nicht bemerkt hatte. Ein grünrotes Schriftzeichen in einer Sprache, die ich nicht kannte und die es vielleicht auch gar nicht gab. Und plötzlich wusste ich, dass ich Sean schon einmal gesehen hatte.

Wir rasten durch die Morgendämmerung nach Hause.

Von diesem Moment an sahen wir uns jeden Tag. Wir verbrachten den ganzen endlosen Sommer miteinander.

Ich liebte Sean vom ersten Moment an und ich wusste, dass ich ihn für den Rest meines Lebens lieben würde. Ich wusste damals nicht viel über Liebe, aber ich wusste, er würde mich verbrennen. Und so kam es auch. Er hatte mich zerstört, aber ich war aus der Asche wiederauferstanden. Und das war auch nur sein Verdienst.

Ich erinnerte mich an Seans letzten Blick an dem letzten Tag dieses Sommers. Dem letzten Tag, an dem wir uns sahen. Er ging durch mich durch bis in meine innersten Eingeweide.

Ich wusste ziemlich genau, wie lange ich nicht mehr da gewesen war. Seit diesem einen Sommer nicht mehr.

Rückkehr in ein Ferienhaus am Atlantik. Es war genauso, wie ich es aus Filmen kannte: Das altmodische gusseiserne Schloss klemmte, obwohl es frisch hellgrau gestrichen war, ich musste etwas ruckeln, und die hellgraue Holztür quietschte, als ich eintrat. Ein leicht muffiger, aber nicht unangenehmer Geruch. Nach Stein und Holz. Und ein bisschen nach Lavendel. Die Erinnerung schlug mir sofort entgegen. Ich wurde von einer heftigen Übelkeit erfasst, weil ich mir einbildete, Seans Eau de Toilette zu riechen. Ich griff in meine Handtasche, die immer so vollgestopft war, als würde ich einen ganzen Hausrat mit mir tragen, und holte eine Flasche Rotwein heraus, ging in die Küche und öffnete die richtige Schublade mit dem Korkenzieher, nahm ein Glas und goss es randvoll. Ich hatte den ganzen Tag nichts gegessen, und die Übelkeit wich einer leichten Betrunkenheit. Das hatte ich gehofft.

Ich ging nach oben in mein Schlafzimmer. Ich streifte die Tagesdecke herunter, die von damals, blasstürkis, wie der Himmel an einem diesigen Gewittersommertag. Die Bettwäsche war ein bisschen klamm. Ich sah Seans schwarzes Bob-Marley-T-Shirt auf meinem Kopfkissen liegen. Ich wünschte, es läge wirklich noch da, als hätte er es gerade noch angehabt.

Alles sah genauso aus, als wären wir gerade aus der Tür gegangen, als wäre die Zeit nicht vergangen, als wäre das

Haus nicht zwischendurch an Freunde und Feriengäste vermietet gewesen. Es hatte meinen Eltern gehört, es war immer einfach da gewesen. Mittlerweile war es etwas in die Jahre gekommen. Für mich war es immer »unser Haus«, das von Lenica, Fanny, Marie und mir. Und von Sean.

Ich öffnete die Fensterläden und riss das Fenster weit auf. Die Luft roch nach Meer und nach Vergangenheit.

Ich legte mich auf das Bett, das ein kleines, ächzendes Geräusch machte. Ich war plötzlich unendlich müde. Die Vergangenheit beschwor sich von selbst herauf, ich versuchte gegen sie anzukämpfen und genoss sie gleichzeitig so sehr.

Ich wachte auf, weil mir die Sonne direkt ins Gesicht schien. Keine Ahnung, wie lange ich geschlafen hatte. Ich stand auf, holte meine kleine Reisetasche und leerte den Inhalt auf dem Bett aus, viel hatte ich nicht mitgenommen, ich reiste nicht gerne mit großem Gepäck.

Ich ging wieder in die Küche und stellte den Kühlschrank an. Ich kontrollierte alle Sicherungen und ließ das Wasser laufen, kleine Gewohnheiten, die man auch nach Jahrzehnten nicht ablegte.

Das Haus war ursprünglich von der Jahrhundertwende, aber es war so häufig umgebaut worden, dass man keinen Stil mehr erkennen konnte. In meiner Erinnerung war es viel größer gewesen, unten die offene Küche und das Wohnzimmer mit dem alten Holzfußboden, über die knarzende Treppe ging es nach oben, links das Mezzanin mit dem alten Futon, meinem Lieblingsplatz zum Lesen, und der mit Büchern und Tausenden zerfledderten Comics vollgestopften Ecke, und ein weiterer Flur mit den Schlafzimmern, die aufs Meer oder in den anderen Teil des Gartens blickten.

Ich hatte ganz vergessen, wie viele Bilder hier hingen, Landschaften, Sonnenuntergänge, Panoramen von Paris und südfranzösischen Dörfern, ich mochte sie alle, aber vor allem mochte ich die Rückseiten der Bilder, von irgendwem vollgekritzeltes altes Holz, brüchig und doch widerständig gegen alle Zeit. Ich hatte mich oft gefragt, welche Geschichte diese Bilder hatten, wem sie vor uns gehört hatten, wer sie weshalb gekauft und wiederverkauft hatte. In welchen Wohnungen sie wohl gehangen hatten. Aber vor allem fragte ich mich, welche Leben die früheren Besitzer geführt hatten.

Im Garten standen alte Apfel- und Pflaumenbäume, zwei Feigenbäume, ein Birnbaum, längs des Hauses blühte Lavendel. Blassrosa und süß duftende Heckenrosen überwucherten eine alte Holzpergola, im Kirschbaum das nie fertig gebaute Baumhaus. Die Kamelie war riesig geworden, und ich konnte mir vorstellen, wie sie im Winter blühte.

Der Pool war ohne Wasser und die hellblaue Farbe blätterte langsam ab. Abblätternde Farbe hatte immer so etwas Melancholisches. Plötzlich überkam mich ein Bedauern, dass ich nie mit den Kindern da gewesen war, ich hatte das Haus fast ganz verdrängt – ich hatte nicht anders gekonnt –, und dabei war es so schön hier. Andererseits wusste ich natürlich genau, warum ich es gemieden hatte. Es wäre einfach unmöglich gewesen herzukommen. Zu viel war passiert. Die ganze Sache mit Sean. Die ganze Sache mit Lenica. Und wie als Bestätigung fiel mein Blick plötzlich auf die Hängematte, die früher bunt gestreift war, jetzt war sie ganz verblichen. Niemand hatte sie abgehängt. Sie hing da wie ein Denkmal. Ein Denkmal dieses einen Sommers. Ich konnte nicht anders, ich musste hingehen, strich mit den Händen über den brüchig gewordenen Stoff und schaukelte sie etwas hin und her. Ich hielt sie wieder an, und dabei fiel mir etwas buchstäblich in die Hand. Ein blaues Glasperlenarmband. Ich schloss ganz langsam meine Finger darum und drückte sie an meinen Mund.

Dann legte ich es vorsichtig wieder zurück in die Hängematte. Ich wagte nicht, es einzustecken.

Ich zog meine Joggingschuhe an und lief los, durch den Garten über den schmalen Schotterweg in Richtung Meer, an den gemähten Feldern mit Strohballen vorbei, an Wiesen mit hohem Gras, voller Mohn und Margeriten, dann bog ich ab in den kleinen Zöllnerpfad.

Ich konzentrierte mich auf das Laufen und versuchte nicht darüber nachzudenken, wie wir unzählige Male hier langgegangen waren. Noch war wenig los, die Saison hatte kaum begonnen, ein paar andere Jogger kamen mir entgegen, zwei Spaziergänger mit Hunden und eine Familie mit kleinen Kindern, den Kleinsten Huckepack, und das Mädchen trödelte, Blumen pflückend, hinterher, und es war diese sommerliche Stimmung, die alle fröhlich machte, es war warm und alle wirkten zufrieden und alle grüßten sich. Es war schön.

Ich lief schneller und stolperte dabei fast.

Es war ziemlich staubig, anscheinend hatte es lange nicht richtig geregnet. Ich spürte, wie warm die Sonne schon war. Es würde richtig heiß werden in den nächsten Tagen.

Ich mochte diesen Weg und ich mochte vor allem die Vorstellung, dass man immer weiterlaufen könnte, die ganze Küste entlang, durch das ganze Land. Und ich mochte die Vorstellung, dass es hier einst wild zuging, mit Piraten und Schmugglern und Goldschätzen, dass es um Ehre ging und um Begehren, um Liebe und um Tod.

Rechts glitzerte das Meer und es ging ganz steil runter, und links zog sich eine Weißdornhecke den Weg entlang. Ich lief zwischen der Hecke und dem Abgrund. Ich erinnerte mich nicht daran, dass es so steil runterging. Aber vielleicht war mir damals der Abgrund noch nicht so nah gewesen wie jetzt. Immer kurz vor dem Abgrund, immer kurz vorm Fallen.

Ich lief am Strand vorbei, der lang und breit war, dann blieb ich stehen, zögerte kurz und lief weiter zum Felsen. Ich kannte jeden Schritt dorthin im Schlaf.

Es war Ebbe und vor dem Felsen lag ein kleines Stück Strand frei. Ich streifte mir die Schuhe ab. Das Meer war kalt und der Himmel war diesig und pastellgrau. Aber es war warm.

Ich zog meine Sachen aus und ging in Unterhose und BH ins Wasser. Erst ganz langsam, die Füße, dann bis zu den Knien, die Oberschenkel – und dann musste man schnell machen, sonst würde es eine Qual. Es sei denn, man wollte die Qual. Ich liebte es, wenn das Wasser so kalt war und sich wie kleine Nadeln anfühlte, die sich in die Haut bohrten.

Wenn man in Unterwäsche schwimmen geht, fühlt man sich ganz anders als in Badesachen, verletzlicher. Man würde es nur vor Menschen tun, die einem sehr, sehr nah sind. Vor allen Menschen, mit denen ich Momente auf diesem Felsen verbracht hatte, wäre ich in Unterwäsche schwimmen gegangen. Mit manchen Menschen ist das Leben leicht wie Watte und es gibt keine Blöße.

Damals schwammen wir immer so lange den Strand entlang, bis wir auf der Höhe der Dusche waren, die zur Saison installiert wurde. Dann drehten wir um. So machte ich es jetzt auch.

Ich legte mich auf den warmen Felsen und schloss die Augen.

Ich dämmerte kurz weg und wurde von ein paar Regentropfen geweckt. Riesige schwarze Wolken zogen auf. Bevor es richtig anfing, machte ich mich auf den Weg nach Hause. Kurz bevor ich wieder auf den Zöllnerpfad kam, drehte ich mich um und blickte aufs Meer. Ich spürte eine plötzliche Befreiung von jeglichen Verpflichtungen. Ein unendlicher Frieden breitete sich in mir aus.

Ich fühlte mich schon besser. Sicher würde es schön werden.

Ein Treffen mit alten Freundinnen. Wir hatten so viel zu erzählen. Wir hatten ja gerade erst angefangen.

Als ich wieder im Haus war, fiel mir auf, dass mein rechter Ohrring fehlte. Er musste sich beim Ausziehen in meiner Kleidung verheddert haben. Es machte mich ganz traurig, und das, obwohl ich beschlossen hatte, dass mir Besitz nicht mehr so viel bedeutete. Aber manchmal reichte es nicht, Dinge einfach zu beschließen.

Es dämmerte schon, und da es so diesig war, wurde das Licht ganz weiß, und ich lief schnell zurück zum Strand, weil ich den Ohrring wiederfinden wollte. Ich suchte alles ab, den Felsen, den Sand davor, doch ich konnte den Ohrring nicht finden, vielleicht war er in eine Spalte gerutscht.

Eine seltsame Panik überkam mich bei dem Gedanken an den Verlust. Das Licht wurde noch weißer und bleicher, und ich wusste, gleich würde es dunkel sein und die Flut würde kommen.

Ich lief zurück.

Zu Hause zog ich meine Joggingschuhe und meine verschwitzten Sachen aus, und beim Ausziehen machte es plötzlich leise »pling« und mein Ohrring fiel auf den Boden. Er musste irgendwo hängen geblieben sein. Ich dachte, ich hatte ihn verloren, und dabei war er immer bei mir.

Ich ging ins Badezimmer. Es lag in einer Dachschräge und man musste immer aufpassen, dass man sich nicht den Kopf an der Decke stieß. Das Waschbecken stand auf dunkelgrauen Holzpaletten, die ich damals mit Sean gestrichen hatte, weil wir Paletten toll fanden und das ganze Haus damit ausstatten wollten.

Das traurige Stück Lavendelseife, das am Waschbecken lag, war so brüchig und vertrocknet, als läge es schon seit Ewigkeiten hier.

Ich riss das kleine Fenster auf. Man konnte von hier den Garten des Nachbarn sehen, die alten Mirabellenbäume, die wir abernten durften, es aber nie taten.

Ich schaute mich um. Am Rand des Waschbeckens stand ein minzgrüner Porzellanbecher mit einem Rasierapparat und zwei vergilbten Zahnbürsten. Ich öffnete den Schrank im Badezimmer, weil ich ein Handtuch suchte. An der Innenseite der Tür war ein Kleiderhaken angebracht. Ein kurzer weißer Seidenkimono mit riesigen roten Blumen an filigranen grünen Zweigen hing daran. Ich spürte etwas wie einen Schlag tief in mir drin. Lenica hatte ihn immer morgens getragen, über irgendetwas anderem Fadenscheinigem. Manchmal hatte sie auch in dem Kimono geschlafen.

Ich erinnerte mich noch an die Kopfbewegung, wenn sie morgens ihre Zöpfe löste, sie schlief immer mit einer Nachtfrisur, sie schüttelte sich dann wie ein Hund, und die dunklen Haare fielen ihr ins Gesicht und über die Schultern.

Sie musste ihren Kimono hier vergessen haben.

Ich stellte mich schnell unter die Dusche, das Wasser war im ersten Moment eiskalt und ich musste aufschreien. Die Dusche stotterte und machte andere komische Geräusche und ich haute dagegen. Dann zischte sie und das Wasser schoss in kleinen explosiven Stößen heraus, und als es endlich normal lief, griff ich nach einer der Shampooflaschen oder was immer es war, ich konnte es nicht erkennen, weil mir das Wasser in die Augen floss, und als ich es mir in die Haare rieb, merkte ich, dass es kein Shampoo, sondern eine Spülung oder so etwas war, denn meine Haare fühlten sich total glitschig an. Es roch nach Mandeln. Ich tastete nach der anderen Flasche. Es war ein apfelduftendes Gel, und meine Haare quietschten nach dem Waschen.

Ich legte Serge Gainsbourg auf und trank noch einen Wein.

Eigentlich wollte ich es mir schön machen. Das Haus, das Meer, und meine Freundinnen würden morgen kommen. Doch alles, was ich tun konnte, war mit Tränen in den Augen die Wand anzustarren. Ich war plötzlich so rausgeworfen aus allem, aus meinem Alltag, meiner Gegenwart, hinein in ein Etwas, in die Vergangenheit, in einen Strudel der Gefühle und der Erinnerungen.

Es war, als ob zwei Zeiträume plötzlich gegeneinanderknallten, eine Zeit, die vergangen war, die vergangen schien und von der ich merkte, dass sie immer noch da war, in mir war, auch wenn ich sie manchmal ganz vergessen hatte. Aber sie war immer da.

Und wenn die Jugend so schlagartig wieder nahe ist, hat das auch etwas Angsteinflößendes. Es ist unwirklich und schön. Aber es macht Angst.

Wahrscheinlich war das alles damals gar nicht so, wie ich mich erinnerte. Wahrscheinlich war alles irgendwie gebrochener, ambivalenter, wahrscheinlich trauriger. Aber ist nicht das Wichtigste, wie wir es erinnern? Nein. Das Wichtigste ist, wie wir es erinnern wollen.

Später, sehr viel später, ging ich raus auf die Terrasse. Es wurde langsam richtig dunkel, Wind kam auf, und Fledermäuse flogen um mich herum. Sie flogen genau auf mich zu, und immer, wenn ich dachte, sie flögen genau in mich rein und würden sich in meinen Haaren verfangen, dann bogen sie ab.

Das grüne Licht des Leuchtturms auf der Insel gegenüber leuchtete alle drei Sekunden auf, ich zählte mit.

Ich erinnerte mich an Lens Vater, der mir irgendeine alte Fischerregel erklärt hatte, die er, wie ich ihn kannte, selbst nicht verstand: Wenn es so aussah, als würde die Insel mit der

Westseite herausragen, dann ließ der Wind nach und das Wetter wurde schön. War es die Ostseite, kam Sturm auf. Aber möglicherweise erinnerte ich mich auch falsch daran und es war in Wirklichkeit umgekehrt.

Ich trank weiter Rotwein und wartete auf den Sternenhimmel. Um Sternschnuppen zu zählen. Und zu jeder Sternschnuppe würde mir ein Wunsch einfallen.

A wish, hörte ich Seans Stimme im Ohr.

Ich dachte seit jeher, ich würde irgendetwas von mir in diesen Sternen erkennen, deswegen starrte ich gerne ohne Unterlass hinauf. Sie sahen aus, als hingen sie an sehr dünnen Fäden und fielen beinahe auf mich herunter.

Man fühlte sich gleichzeitig verloren und beschützt.

In dieser Nacht schaffte ich es nicht, in meinem Bett zu schlafen, in diesem Bett, das in meiner Erinnerung nach Sean roch und nach Lenica. In dem Bett, das ich mit Sean gekauft hatte und in dem wir einen Sommer lang geschlafen haben.

Ich nahm mein Bettzeug, legte mich auf den Boden und schlief sofort ein.

Der nächste Morgen war ein strahlender Sommertag.

Ich wachte auf und wusste nicht, wo ich war. Mein ganzer Körper tat mir weh.

Als es mir einfiel, nahm ich die Leere neben mir wahr und war froh, dass ich auf dem Fußboden lag und nicht im Bett. Einen leeren Fußboden konnte ich irgendwie besser verkraften.

Ich merkte, dass ich total verstochen war. Ich hasste diese Myriaden Mücken, aber gleichzeitig wusste man, dass Sommer war.

Ich nahm die leere Flasche Wein und das Glas, ging in die

Küche runter, stellte das Glas in die Spüle und öffnete alle Türen zum Garten. Die frische kühle Morgenluft wehte herein. Ich setzte Kaffee auf in der kleinen Espressokanne, die uralt und doch noch funktionstüchtig war.

Als ich meinen Kleiderschrank durchwühlte, fand ich ein Kleid von damals, es war ein dunkelblaues Blusenkleid mit einem weißen Muster und kurzem Arm. Ich probierte es an. Damals war es mir zu weit und jetzt war es ein bisschen eng. Ich zog es trotzdem an und schminkte mich und dachte dabei über den Tag nach.

Nachmittags musste ich am Bahnhof sein, um Fanny abzuholen, Marie wollte mit dem Auto kommen. Sie hatte nicht gesagt, wann genau sie losfuhr, nur, dass sie am Nachmittag da wäre.

Ich hatte Zeit und beschloss, mich auf den Weg zum Bäcker zu machen, ich hatte Lust auf Croissants. Außerdem brauchte ich Milch, der Kaffee schmeckte scheußlich.

Ich ging in den Schuppen und holte eins der Fahrräder raus. Sie sahen besser aus, als ich sie in Erinnerung hatte, klapprig zwar, aber jemand schien auch sie gepflegt zu haben. Ich fuhr über den Feldweg, entlang an frisch gemähten Wiesen mit gerollten Heuballen, es roch so gut und es sah so schön aus, man wollte sich einfach reinwerfen, obwohl man wusste, es würde piken.

Mir kam jemand auf einer alten schwarzen Vespa entgegen. Auf dem Gepäckträger eine riesige gelbe Posttasche. Obwohl er einen Helm trug, was er früher nie getan hatte, erkannte ich Yann, Lenicas Onkel. Den Briefträger.

Er machte eine Vollbremsung und drehte in einer Staubwolke quer über den Feldweg, sodass ich gar nicht anders konnte, als auch anzuhalten. Ich verlor etwas das Gleichgewicht, und als ich mich fing, stand er schon vor mir.

Yann nahm wie in Zeitlupe seinen Helm ab, er war ziemlich ergraut und noch hagerer als früher. Er trug ein ärmelloses T-Shirt, seine Arme waren nicht mehr so muskulös. Wie alt mochte er jetzt sein?, fragte ich mich.

»Ich freu mich, Sie zu sehen«, sagte ich.

»Du hast dich nicht verändert, Elsa.«

Wir küssten uns zur Begrüßung.

»Ich sehe, es fährt«, sagte er, an mein Fahrrad gewandt.

»Oh, Sie waren das! Danke!«

»Natürlich, ich lasse eure Räder doch nicht verrotten!«

Ich lächelte.

Dann fasste er mich mit beiden Händen an den Schultern und umarmte mich plötzlich. Er drückte mich kurz und ließ mich dann wieder los.

Eine Träne lief ihm die Wange runter.

Wir standen uns immer noch gegenüber.

Ich wischte sie ihm weg.

»Was treibt dich wieder in diese Gegend?«, fragte er. »Es ist alles so lange her. Weißt du, die Sterne stehen zwar einen Moment still, und das Universum hält den Atem an. Aber dann geht es weiter.«

Ich merkte, wie ich zitterte, und ich hätte ihm am liebsten gesagt, nein, nichts hätte weitergehen dürfen, aber ich hatte ja selbst zugelassen, dass es weitergeht.

Nichts hätte weitergehen dürfen, nein, nicht ohne sie.

Er sah mich besorgt an, als würde er hören, was ich dachte.

Er strich sich die Haare aus der Stirn. »Du bist gar nicht zur Beerdigung gekommen«, sagte er.

»Nein«, sagte ich.

»Du musst es nicht erklären«, sagte er. »Ich verstehe das. Es ist nicht leicht, sich zu verabschieden.«

»Wie geht es Édouard?«, fragte ich.

Ich wollte diese Frage eigentlich gar nicht stellen.

»Lens Mutter lebt schon lange nicht mehr. Nun ja, du kannst dir denken, wie es ihm geht, ohne Nadia. Nein, das kannst du vermutlich doch nicht. Es ist schwer, sich so etwas vorzustellen. Die beiden wichtigsten Menschen seines Lebens zu verlieren.«

Ich starrte ihn an.

»Ja, Sie haben recht«, sagte ich, »das kann man sich nicht vorstellen.«

Ich muss das ja gar nicht, dachte ich, ich wusste es doch zu gut.

Es war rührend, weil er mich noch duzte, wie damals, und ich hatte ihn natürlich immer gesiezt. Ich mochte das so. Damals fühlte sich der Altersunterschied größer an. Jetzt war ich selbst wahrscheinlich älter als er damals.

»Lebt Édouard noch in dem Haus? Und was macht Héloïse?«

»Ja, meine Liebe, er lebt noch da. Willst du ihn besuchen?«

Ich war mir nicht sicher.

Yann wartete nicht auf meine Antwort und erzählte weiter.

»Héloïse war ein paar Jahre weg gewesen, hier und dort, dann ist sie zurückgekommen.«

»Hat Édouard wieder jemanden gefunden?«, fragte ich.

»Nein, Édouard ist alleine geblieben, meine Liebe, er sagt, alles andere fühlt sich falsch an. Und außerdem kann er Nadia so für immer anbeten. Als sie noch lebte, hat sie es ihm damit etwas schwer gemacht. Jetzt kann er das tun, ohne dass ihn jemand davon abhalten kann. Und dabei war ihre Anbetung sein Lebensinhalt. Seine Mission.«

»War das wirklich so? Ich habe ihn eigentlich immer als eigenständigen Menschen empfunden«, sagte ich.

»Sei nicht albern, meine Liebe, das schließt sich doch nicht aus. Man kann im anderen eine Mission haben und trotzdem eigenständig sein.«

Meine Liebe. Das hat er auch früher immer zu uns gesagt. Als wir wirklich noch jung waren.

»Und du? Was ist mit dir? Bist du verheiratet, meine Liebe?«

Ich fühlte mich in Yanns Gegenwart noch genauso wie damals. Jung. Aber vor allem fühlte ich mich nicht erwachsen. Irgendwie unerfahren. Ich musste fast lachen, als ich mich antworten hörte: »Ich war verheiratet. Und es war ganz schön. Und danach habe ich irgendwann auch beschlossen, allein zu bleiben, genauso wie Édouard. Manche nennen es Alleinsein, manche Unabhängigkeit.«

»Ich bin ein Einzelgänger, ein einsamer Samurai aus den Bergen, ein Kreuzritter, fern von zu Hause«, das hatte Sean immer gesagt.

Yann legte den Kopf schief und schmunzelte: »Du siehst trotzdem etwas skeptisch aus. Was ist gegen das Alleinsein einzuwenden? Nadia war Édouards große Liebe. Er hatte mehr als die meisten Menschen. Warum sollte er da noch nach mehr suchen?«

»Ja, sie war seine große Liebe, das hat man gespürt«, sagte ich. »Doch er hat auch viel für Nadia aufgegeben.«

Ich wusste das natürlich nicht. Lenica hatte das bloß immer gesagt.

»Jeder, der nicht schon mal irgendwas für irgendwen aufgegeben hat, ist ein sehr einsames Wesen, meine liebe Elsa.«

Ich fand diesen Satz unendlich schön und weise und wusste nicht, ob ich schon jemals so gedacht hatte.

»Ich muss los. Es ist gut, dass du da bist, Elsa«, sagte er und startete seine Vespa. »Grüß Fanny und Marie.« Dann fuhr er davon und hob die Hand, ohne sich umzudrehen.

Ich schaute ihm hinterher.

Als ich vom Bäcker kam, die Fahrt hatte viel länger gedauert, als ich sie in Erinnerung hatte, setzte ich mich auf die Terrasse und aß zwei Croissants aus der braunen Papiertüte. Egal, was ich hier tat, alles erinnerte mich an damals.

Ich erstellte mir im Kopf eine Liste, was ich noch alles machen wollte. Ich müsste die Betten beziehen, Handtücher rauslegen, mich um alles kümmern.

Ich ging durch die Kieseinfahrt in den Garten. Eine Katze saß auf dem Tisch und leckte meine Schale Milchkaffee aus. Als sie mich sah, blieb sie kurz regungslos sitzen, und dann sprang sie davon. Meine braune Bäckertüte war ans Ende des Gartens geweht.

Die Hängematte hing ganz still und sah in diesem Augenblick ganz verlassen aus, und ich spürte diese Verlassenheit. Es war ja schließlich meine.

Ich blickte mich unschlüssig um, dann ging ich ins Haus, drinnen war es kühl und wieder roch ich Seans Eau de Toilette. War es gestern doch mehr als eine Erinnerung gewesen? Oder war es immer noch eine?

Ich zog wieder meine Sachen von gestern an. In dem Kleid kam ich mir unglaublich albern vor. Ich knüllte es zusammen und warf es in eine Ecke meines Schlafzimmers.

Ich musste einkaufen und wollte alles erledigen, bevor Fanny und Marie kamen.

Als ich die Garage öffnete, klemmte ein Zettel an der Windschutzscheibe der DS: »Hab die Batterie gewechselt. Alles prima. Du kannst fahren. Yann.«

Ich musste lächeln.

Ich fuhr über die Landstraße in den Supermarkt, mit offenem Fenster, und der Wind wehte mir durch die Haare, im Radio lief französischer Pop. Ich hatte diese Sprache so schmerzlich vermisst. Das Herz ging mir auf, als würde ich nach langer Zeit einen alten Freund wiedersehen.

Dennoch war ich nervös, ich hatte so lange keinen Großeinkauf mehr gemacht. Wie konnte Einkaufen einen bloß so nervös machen? Ich kaufte Milch, Butter, Eier, Kaffee, und da versagte meine Fantasie. Was und wie viel brauchten wir? Wasser. Olivenöl und Essig, Kirschen und Nektarinen, Salat, Tomaten, Honig für Tee. Wein. Ich musste mich in der Gartenabteilung des Supermarktes auf einen weißen Plastikstuhl setzen, weil mich ein heftiger Schwindel und eine Übelkeit überkamen. Kaum saß ich, schossen mir die Tränen in die Augen. Ich vermisste Lenica so sehr, und es war, als würde ich es jetzt erst bemerken.

Damals hatten sie noch keine Gartenabteilung gehabt.

Ich entschied mich, zum Abendessen zwei Côte de bœuf auf den Grill zu legen, das war nicht aufwendig. Käse, Baguette, Salat. Fanny wäre sicher zufrieden.

Ich kaufte auch eine neue Hängematte. Eine blau-weiß gestreifte.

Als ich die Einkäufe aus dem Kofferraum ins Haus brachte und alles einräumte, dachte ich wieder, vielleicht war alles eine blödsinnige Idee gewesen, dieses Treffen und alles. Vielleicht wollte ich ja einfach nur die Zeit zurückdrehen und das ging gar nicht. Oder vielleicht ging es für einen Moment, für den einen Abend in Luxemburg, aber das war's. Und jetzt wäre alles für einen Moment erleuchtet und wir würden ganz seelentaub und, mehr noch, unglücklich womöglich in unsere Leben zurückkehren.

Gleichzeitig war es die Möglichkeit etwas wiederzufinden,

das ich so lange nicht gehabt hatte. Das mir so gefehlt hat. Deine Erinnerungen sind wie ein goldenes Armband, das kann dir keiner nehmen, kein Mann der Welt, kein einziger Mensch auf der Erde. Komischerweise fiel mir dieser Satz von Lenicas Mutter ein. Ich hatte sie nur ein einziges Mal gesehen. Und da hatte sie mir das gesagt.

Ich hatte plötzlich einen Riesenkorb voller Erinnerungen. Wenn man sie einmal hervorgekramt hatte, konnte man sie nicht einfach wieder weggeben. Da musste man sehen, wie man damit klarkam. Und das machte man am besten nicht alleine.

Ich hatte alles erledigt.

Ich hatte die Betten bezogen und Handtücher verteilt. Irgendjemand hatte getrockneten Lavendel in die Schränke gelegt, der zerbröselt war. Ich hatte ein paar Heckenrosen abgeschnitten und sie in Wassergläser gestellt und in den Zimmern verteilt.

Ich hätte gerne noch mehr gemacht. Das Haus könnte eine kleine Grundüberholung vertragen.

Ich überlegte, länger als nur das Wochenende zu bleiben. Ich trug mich mit dem Gedanken, den ganzen Sommer zu bleiben. Ich hatte schließlich Sommerferien. Und keine Verpflichtung.

Am Nachmittag fuhr ich zum Bahnhof, um Fanny abzuholen. Ich parkte genau vor dem alten Bahnhofsgebäude. Ich war etwas zu früh und ging langsam in Richtung des Haupteingangs. Ich fühlte mich verloren.

Da kam mir ein Mann entgegen, mit weißen längeren Haaren, er war sicher so alt wie Lens Vater und Yann, trug eine Jeans und ein weißes Hemd, das nur mit einem Knopf geschlossen war. Der Wind wehte in sein Hemd und durch seine Haare.

Er ging beschwingt, nicht energisch, sondern einfach beschwingt, so, dass seine Schritte ihn jünger wirken ließen. Und sein Lächeln auch. Er schaute mir direkt in die Augen und lächelte mir auf eine Art und Weise zu, die mich unwillkürlich zurücklächeln ließ. In seinem Lächeln lag seine ganze Lebenslust, eine unbändige Lebenslust, die seinem Alter trotzte und allem, was er erlebt hatte. Und er sah nicht so aus, als hätte er ein ruhiges Leben geführt.

Ich verstand, was er mir sagen wollte.

Ich hörte auf zu zweifeln und zu hadern.

Ich schaute nach, auf welchem Gleis Fanny ankam.

Als Fanny aus dem Zug stieg, sah ich sie schon von Weitem. Sie sah mich noch nicht, blieb auf dem Gleis stehen und stellte ihren kleinen Lederkoffer neben sich und zog ihren dünnen Trenchcoat eng um sich, als würde sie frieren. Sie hatte sich einen Pferdschwanz gemacht, eigentlich waren ihre Haare viel zu kurz dafür. Es ließ sie jünger wirken.

Als sie mich sah, winkte sie, ließ ihren Koffer stehen und rannte los. Ich rannte auch los. Wir fielen uns in die Arme.

Wir warfen ihren Koffer ins Auto und fuhren los, und als Fanny und ich in die kleine Straße einbogen, die zur Einfahrt des Hauses führte, da raste uns beinahe ein anderer Wagen rein, der wie irrsinnig hupte. Er machte vor uns eine Vollbremsung. Marie sprang raus, sie war ganz aufgekratzt und umarmte uns durch die heruntergekurbelten Fenster.

Jetzt waren wir alle da.

Nein, nicht wir alle. Aber wir drei.

Als ich die erste Flasche Wein öffnete, lag Marie barfuß in der blau-weißen Hängematte, Fanny spazierte durch den Garten und betrachtete die Hortensien.

Ich zog zwei Liegestühle in die Nähe der Hängematte und gab Marie ein Glas.

»Gehen wir schwimmen?«, fragte ich.

»Ja, zum Felsen, klar«, sagte Marie.

»Zum Felsen? Jetzt?«

Fanny schaute skeptisch in den Himmel. Er war grau. Es war warm, aber der Himmel war grau.

Ein Regentropfen fiel in mein Glas.

»Wisst ihr noch«, sagte Marie, »... als?«

Das war das Stichwort für ein Spiel, das wir damals immer gespielt hatten, eigentlich schien es absurd, es hieß das Weißt-du-noch-als-Spiel, und damals, so kam es uns im Nachhinein vor, waren wir viel zu jung, um so was spielen zu können.

Wir tranken Wein und spielten das Weißt-du-noch-als-Spiel, bis es so spät war, dass wir kaum mehr Zeit zum Schwimmen hatten, wir fuhren schnell mit den Rädern ans Meer und Marie und ich sprangen ins Wasser. Fanny war es zu kalt. Sie stand auf dem Felsen und sie schlang die Arme um sich und sah uns zu. Wir schwammen gar nicht richtig. Wir tauchten nur einmal unter.

Es war ganz anders, als ich mir das vorgestellt hatte, das erste Mal wieder zusammen am Felsen.

Plötzlich überkam mich eine körperliche Sehnsucht. Die mich fast umbrachte.

Es hatte nicht angefangen zu regnen.

Später kam die Sonne hervor. Ich trug den Grill aus dem Schuppen und wischte ihn halbherzig ab. Fanny machte noch den Salat, ich legte Baguette auf den Tisch. Marie pickte Oliven und telefonierte mit ihrer Tochter.

Plötzlich stand er im Garten.

Ich erstarrte.

Sean.

Er sah mich und ging auf mich zu. Ganz dicht vor mir blieb er stehen. Er strich mir eine Haarsträhne zurück. Dann nahm er mein Gesicht in beide Hände und sagte meinen Namen. Ich konnte nicht sprechen. Ich war kurz davor, tot umzufallen. Er gab mir die Hand, wie damals, und sagte, wie damals: »Du hast einen festen Händedruck«, aber seiner war so fest, dass ich nicht standhalten konnte. Wie damals.

Er zog seine Lederjacke aus, so lässig, dass ich beim Zusehen schon fast umgekommen wäre. Und er hängte sie dann mit einer gar nicht zu dieser Lässigkeit passenden, beinahe vorsichtigen Geste über eine Stuhllehne. Er trug die Haare kürzer und einen Etwas-mehr-als-drei-Tage-Bart, der vorne und an den Seiten grau war, eine tiefe Furche neben dem rechten Auge. Ein bisschen wie zerknautscht. Er hatte ein schwarzes T-Shirt an und darüber ein dunkelrot kariertes Holzfällerhemd. Ich erkannte das Flanellhemd.

Ich fragte mich, ob er es mit Absicht angezogen hatte.

Er küsste uns alle ohne Umschweife. Als hätten wir uns gestern das letzte Mal gesehen. Marie und Fanny machten mit. Wir saßen gerade beim Aperitif, er zog mich auf den Platz neben sich und goss, ohne zu fragen, sein Glas mit Rotwein voll. Wir stießen mit ihm an. Es war ganz schnell so, als wäre er immer da gewesen. Als wäre gar keine Zeit vergangen. So wie es mit Lenica auch immer gewesen war, eine geradezu unheimliche Selbstverständlichkeit.

Ich rückte etwas näher an ihn ran.

»Was machst du hier?«, fragte ich ihn.

Ich konnte es nicht fassen. Ich wusste nicht, ob ich verzweifeln oder ihn schlagen sollte. Oder mich auf ihn werfen.

»Was machst *du* hier?«, fragte er mich zurück und lachte.

Ich konnte nicht antworten.

»Ich lebe jetzt wieder in Irland«, sagte er, obwohl ich gar

nicht gefragt hatte. »In einem Haus am Meer. Nur ich und meine Hunde. Aber ich bin viel unterwegs.«

»Das wusste ich gar nicht, dass du wieder in Irland lebst«, sagte ich.

Was für eine blöde Feststellung von mir, dachte ich, woher sollte ich das auch wissen.

»Was machst du hier?«, fragte ich noch mal.

Er lachte wieder.

»Ich hab zwei Aufträge in der Nähe, Fotos. Und muss hier ein paar Sachen erledigen. Entscheidungen treffen. Ich überlege, das Haus meiner Mutter zu verkaufen. Oder zu renovieren. Und was machst *du* hier, Elsa?«

Ich wusste nicht, was ich antworten sollte. Mein Leben war im Begriff, aus den Fugen zu geraten, seit ich angefangen hatte, meine Vergangenheit wieder zu treffen.

Mein Herz raste. Ich versuchte von zehn rückwärts zu zählen, aber es ging nicht.

Er nahm unter dem Tisch meine Hand, drückte sie und redete dabei weiter, als wäre nichts.

In diesem Moment fühlte ich mich wie siebzehn. Die Haut mag altern, aber das, was die Berührungen auf ihr auslösen, nicht.

Ich stand vom Tisch auf, machte Marie ein unauffälliges Zeichen und ging in die Küche.

»Hast du ihn angerufen? Bist du verrückt geworden?«, fragte ich Marie und schüttelte sie. Ich schrie sie fast an und war kurz davor loszuheulen.

»Nein, ich bin doch nicht bescheuert, auf keinen Fall! Bleib doch ganz ruhig, Elsa.« Sie umarmte mich.

»Doch nicht etwa Fanny?«

Fanny kam zur Tür rein.

»Was hab ich?«

Ihre Haare waren irgendwie verstrubbelt und ihre Augen glasig und sie sah nicht ganz so elegisch aus wie sonst. Ihre Bluse spannte über ihrem Busen und war einen Knopf zu weit geöffnet.

»Ihm Bescheid gesagt!«

»Nein! Ich dachte, eine von euch war das. Ich bin hier nicht die Verrückte.«

Wir schauten uns an.

Fanny legte mir ihre rechte Hand auf die Wange.

Es konnte kein Zufall sein. Es konnte nicht sein, dass er plötzlich auftauchte, ohne dass eine von uns ihn angerufen hatte. Magische Fähigkeiten hatte er ohne Zweifel. Und ich traute ihm ja viel zu, aber nicht das.

Eine von uns musste lügen.

Marie und Fanny schienen sich ziemlich schnell damit abzufinden, dass Sean da war. Sie schienen es sogar zu genießen. Vor allem Marie wirkte überglücklich. Sie schäkerte mit ihm und auch Fanny fiel ihm immer wieder in die Arme. Wir taten alle so, als seien die Jahre gar nicht vergangen, als sei nichts passiert.

Wir lachten und tranken Wein, und Sean und ich grillten das Côte de bœuf, und Sean schnitt es an, wir arbeiteten Hand in Hand. Ich sagte: »Wo ist der Senf?«, er sagte: »Ich hole ihn«, wir aßen und stießen an, auf das Leben, auf unsere Jugend, auf die Liebe, die Kinder und dann wieder auf unsere Jugend.

Ich verbrannte mich beim Grillen, und Sean zog mich zum Gartenschlauch und sagte: »Du musst die Hand unter kaltes Wasser halten«, aber das Wasser war lauwarm.

Ich fluchte heftig und mir schossen Tränen in die Augen und Sean umarmte mich und lachte. »Das ist nicht schlimm, das geht vorbei«, sagte er, und ich sah ihn entgeistert an.

»Es ist nicht wegen der blöden Verbrennung, das macht mir nichts aus«, sagte ich.

Was ich in Wirklichkeit in diesem Moment verfluchte, war unsere Jugend und was daraus geworden war, ich verfluchte uns und Lenica und den ganzen Sommer damals. Weil es so schön und so furchtbar und so vergangen war.

Sean blieb die ganze Zeit neben mir sitzen.

Irgendwann später nahm er wieder meine Hand unter dem Tisch und drückte sie. Noch fester als das erste Mal. Es tat weh. Es war die Hand mit der Verbrennung.

Ich sagte mir, ich würde den Abend schon überleben. Ich wusste nur nicht, wie. Ich war überwältigt von so vielen Gefühlen und furchtbar nervös und furchtbar unsicher, als wir uns so gegenübersaßen und Rotwein tranken. Es war vor allem er, der redete, und er redete viel und ich mochte das, schon immer. Und wenn es eine kleine Pause gab, sagte er: »Was kann ich dir noch erzählen?«, und dann überkam ihn fast eine Art Unruhe, als sei das Reden ein Band zwischen uns, das nicht reißen durfte.

Und ich hatte das Gefühl, ich saß nur da wie das Kaninchen vor der Schlange.

Ich hatte wirklich Angst. Panische Angst. Wie vor etwas Unausweichlichem. Und gleichzeitig die Angst, etwas zu verpassen. So kannte ich mich nicht. War ich überhaupt interessant genug? War ich schön genug? War ich selbstsicher genug? Konnte ich das überhaupt noch? Es fühlte sich an, als hätte ich versagt. Dabei war ich einfach nur besessen. Ich wurde immer unsicherer. Wie konnte ich eigentlich glauben, dass er sich noch für mich interessierte? Ich kam mir zunehmend lächerlich vor. Ich war kurz davor zu verzweifeln und wollte in Tränen ausbrechen.

Ich hatte das Gefühl, ich wusste gar nicht, wo ich war und wo ich wieder anfangen sollte.

Und außerdem schien weder ich noch jemand anders in der Runde ihren Namen erwähnen zu wollen, oder vielleicht hoffte jeder, der andere würde es tun. Möglicherweise warteten alle darauf, dass ich ihn zuerst erwähnte. Denn war es nicht das, was wir in Wirklichkeit alle dachten? Lenica. Lenica. Lenica.

Und unsere Jugend lag wie ein unsichtbarer Schleier über dem Abend.

»Welches war das Alter, das dir am liebsten war?«, fragte Marie Sean.

»Sechzehn«, sagte er. »Alles ist offen. Das ganze Leben liegt noch vor einem.«

»Trotzdem ist sechzehn so ungefähr das blödeste Alter, da ist man doch immer nur unglücklich verliebt«, sagte ich und griff über den Tisch nach der Flasche Rotwein.

Er packte mein Handgelenk und hielt es fest.

»Du liebst doch den Schmerz, Elsa«, sagte er. »Außerdem, ist das denn mit neunzehn anders? Oder mit zweiunddreißig? Und jetzt? Ist es jetzt anders, Elsa?«

Ich versuchte seinem Blick auszuweichen, aber ich schaffte es nicht. In Wirklichkeit wollte ich es auch gar nicht. Ich wollte mein ganzes Leben lang weiter in diese Augen schauen.

»Ja, verdammt, noch mal sechzehn oder besser siebzehn mit dem Wissen von jetzt. Wissen, dass man nicht daran sterben würde«, sagte Fanny.

»Das weiß man doch auch heute nicht«, sagte ich. »Man ist doch immer sicher, man überlebt es nicht.«

Fanny hörte mir gar nicht zu.

»Noch mal so richtig unglücklich verliebt sein, auf diese schöne, herzzerreißende Art, eigentlich war man dabei doch ganz glücklich«, seufzte Fanny.

»Ich bin mir da nicht so sicher«, sagte ich.

»Wenn man es von heute aus betrachtet, erscheint einem unglückliches Verliebtsein als die einzig adäquate Form von Verliebtsein. Und überhaupt die einzige Form von Verliebtsein«, sagte Fanny.

»Manchmal ist der beste Sex auch der, der gar kein richtiger ist«, sagte Marie.

»Und manchmal ist es auch der beste, der einem so richtig das Herz rausreißt«, sagte Fanny.

Sean hielt immer noch mein Handgelenk fest. Er sah mich an.

Und ich sah in die Sterne.

Es wurde spät.

Fanny stand mit Sean am Kirschbaum. Sie schauten auf das Baumhaus und redeten. Ich konnte nicht hören, worüber.

Irgendwann kamen sie wieder, und nach überschwänglichen Verabschiedungen von Sean gingen Fanny und Marie ins Bett. Sean räumte noch mit mir auf. Wir trugen das Geschirr von draußen in die Küche, und die Luft war so kühl und frisch, und wie in der Nacht zuvor, als ich alleine draußen gesessen hatte, konnte man die Milchstraße sehen. Das Feuer im Grill glimmte noch und man roch verbrannte Holzkohle.

Ich blieb kurz im Garten stehen und blickte in die Dunkelheit. Ich merkte, dass ich fror und eine Gänsehaut hatte, und schlang die Arme um mich. Ich hatte Sean gar nicht kommen hören, er schlich sich, genau wie früher, einfach an. Er zog sein Hemd aus und legte es mir über die Schultern. Ich legte meine Hände auf den weichen Flanell und roch sein Eau de Toilette auf dem Hemd. Es roch sehr gut. Aber es war nicht dasselbe wie damals.

Wir redeten nicht. Wir berührten uns auch nicht, doch ich

konnte spüren, dass er hinter mir stand, selbst wenn ich ihn nicht einmal atmen hörte. Wir blieben einfach so stehen und schauten beide in die Nacht. Ich weiß nicht, wie lange wir so standen, ohne ein einziges Wort zu sagen, es kam mir wie eine Ewigkeit vor.

»Du musst doch jetzt frieren«, sagte ich irgendwann und schob ihn ins Haus.

Wir reihten so selbstverständlich und in einem geradezu unheimlichen Einklang Gläser und Teller nebeneinander und aufeinander, und ich sah seine muskulösen Unterarme mit den Tattoos, es waren weitere hinzugekommen, und natürlich dachte ich daran, wie wir früher zusammen die Küche aufgeräumt und dabei *The Cure* gehört hatten, während alle anderen bereits im Bett waren. Mir hatte das schon immer Spaß gemacht, es hatte eine solche Leichtigkeit, ein letztes Glas Wein und genau die Musik, auf die man Lust hatte.

Als wir fertig waren, beschloss ich, mich noch einen Moment rauszusetzen, um über den Abend nachzudenken. Ich wollte Sean verabschieden und nur fragen, ob wir uns noch einmal sähen, falls er länger in der Gegend wäre – als Sean mich anschaute, sich streckte, sodass sein T-Shirt hochrutschte, ganz beiläufig sagte, er lege sich aufs Sofa, er habe zu viel getrunken, um noch nach Hause zu kommen.

Ich musste mich fast übergeben. Ich konnte nicht anders, als ihn entgeistert anzustarren. Er ging ganz langsam auf mich zu.

Zwei Minuten später waren wir in meinem Schlafzimmer. Wir liebten uns auf dem Fußboden. Ich hatte das Gefühl, die Zeit werde zurück- und gleichzeitig vorgedreht. Ich wurde verrückt.

Als ich im Morgengrauen aufwachte, war er weg.

Über dem Stuhl hing sein Flanellhemd.

Ich lag noch auf dem Boden, aber er hatte mich zugedeckt.

Neben mir auf dem Boden, ich hätte es beinahe übersehen, fand ich ein verblichenes Polaroidfoto. Ich hob es auf. Hintendrauf klebte ein kleiner weißer Zettel mit einem Gedicht von E. E. Cummings.

I carry your heart with me (I carry it in
my heart) I am never without it (anywhere
I go you go, my dear, and whatever is done
by only me is your doing, my darling).

Es war seine Schrift.

Ich erinnerte mich an das Foto. Es zeigte Len und mich, hier am Strand: Sie hat die Haare mit einem Gummi ganz oben auf dem Kopf zusammengeknüllt, ich trage Maries schwarze Pilotensonnenbrille mit verspiegelten Gläsern, ein Bikinioberteil und an den Knien zerrissene Jeans, sie ein kurzes Jeanskleid und rote Stiefeletten mit hohen Absätzen. Len und ich umarmen uns, und sie küsst mich so schräg auf die Wange und lacht dabei in die Kamera. Sean hatte das fotografiert. Es war der letzte Tag dieses letzten gemeinsamen Sommers gewesen.

Ich dachte plötzlich, als ich so in meine Decke eingewickelt war, die nach ihm roch, er kann mich lesen wie ein Buch. Ich zog sein Flanellhemd an, nahm meine Bettdecke und setzte mich in einen Liegestuhl auf die Terrasse. Es war neblig und alles war voller Tau.

Das mit Sean war nicht vorhersehbar gewesen.

Er war ein Wahnsinniger. Immer noch. Ein Lebewesen aus Sternenstaub. Ein Timelord, ein Zeitreisender.

Warum war er so plötzlich aufgetaucht? Was wollte er so plötzlich wieder in meinem Leben? Wollte er da überhaupt etwas? Und warum war er dann plötzlich wieder weg? Warum hatte ich das gemacht?

Ich konnte es nicht fassen.

Doch natürlich wusste ich, warum ich das gemacht hatte. Weil ich das die letzten dreißig Jahre jeden Tag machen wollte.

Ich war noch immer hingerissen von dem, was passiert war, und gleichzeitig verwirrt und unendlich wütend auf mich selber. Wie konnte ich sehenden Auges in mein Unglück reiten, hineinrennen, hinein in Unglück und Verderben? Hinein in den Abgrund, als würde er Glück und Zuversicht verheißen, dabei war es einfach ein Abgrund. Und das bedeutete, man fiel und würde aller Wahrscheinlichkeit nach hart aufkommen. Das wusste ich doch, alt genug war ich doch. Aber nein, ich sprang fröhlich in den Abgrund, ohne zu zögern. Wie Alice im Wunderland, die nicht wusste, ob der Brunnen, in den sie fiel, sehr tief war oder ob sie einfach nur sehr langsam fiel, denn auch ich konnte mich beim Fallen umsehen und wunderte mich, was nun wohl geschehen würde.

Ich musste komplett, aber wirklich komplett irre geworden sein. Wie kam ich dazu, mich so zu verhalten? Und das Allerschlimmste: Ich fühlte mich von Minute zu Minute älter, ich fühlte mich so furchtbar alt, so alt, so alt, dass ich hätte heulen können.

Körperliche Anziehung war so scheiße schmerzhaft.

Es war aber nicht nur diese unerträgliche körperliche Anziehung, die vom ersten Moment an da gewesen war. Es waren gleichzeitig, und so war es schon immer gewesen, trotz dieses fatalen Auf und Abs von Nähe und Distanz, ein unerträgliches

Vertrauen, als könnte ich sofort mein Leben anheimgeben, meinen kompletten Seelenfrieden, und das unbedingte Gefühl, ihn aus einem anderen Leben zu kennen. Obwohl ich nicht an so etwas glaubte.

Er raubte mir den Verstand und gab mir das Gefühl zu leben.

Ich schlief, in meine Decke gewickelt, auf der Terrasse, als mich Marie weckte. In diesem Moment, beim Aufwachen, fiel mir wieder ein, was passiert war. Und dass Sean weg war.

»Was machst du hier? Warum bist du nicht in deinem Bett?«, fragte sie.

»Ich weiß auch nicht, was ich hier mache«, sagte ich.

Sie hielt mir einen Milchkaffee hin.

»Was ist gestern passiert?«, fragte sie.

Ich schaute sie an. »Wer von euch hat ihn angerufen? Jetzt ist er weg.«

»Ach du liebe Zeit. Fanny!«

Fanny kam angelaufen.

»Was ist los?«

Ich zog mir die Decke über den Kopf.

»Wir wissen es auch nicht, wer ihm Bescheid gesagt hat, wirklich«, sagte Marie.

»Es war doch so ein schöner Abend!«, sagte Fanny. »Endlich war es wieder wie früher!«

»›Wie früher‹? Das nennst du ›wie früher‹? Und überhaupt, wer wollte es denn wie früher?«

»Was? Das versteh ich jetzt nicht. Wollten wir es denn nicht alle wie früher? Deswegen sind wir doch hier, weil wir es wie früher wollten!«

»Ich bin nicht wegen früher hier«, sagte ich.

Was nicht stimmte.

»Was ist denn überhaupt passiert, Elsa?«, fragte Fanny.

»Na, das ist doch nicht zu übersehen«, sagte Marie.

»Oh«, sagte Fanny, »wirklich? Elsa?«

»Mach jetzt vor allem kein Theater, Elsa. Du bist erwachsen. Und du wolltest es so«, sagte Marie streng.

»Woher willst du das wissen? Wir haben gar nicht darüber geredet.«

»Wir kennen dich«, sagte Marie. »Sean hat recht, du liebst den Schmerz. Aber jetzt hör auf, ein Drama daraus zu machen! Aus dem Alter bist du raus!«

»Wieso sollte sich das denn mit dem Alter ändern?«, sagte ich. »Das Alter hindert einen doch leider an nichts. Und Sicherheitsmaßnahmen gegen den Schmerz habe ich sowieso noch nie ergriffen, wie könnte man das auch, es wäre so, als würde man mit einem Fahrrad in ein Boot steigen, um schnell weiterfahren zu können, falls das Boot sinkt, aber ein Fahrrad im Wasser bringt nichts.«

»Elsa reitet noch immer in vollem Galopp ins Verhängnis, weil am Horizont ein glutroter Sonnenuntergang ist«, sagte Fanny und umarmte mich. »Damals bist du zumindest noch eine Weile fröhlich am Abgrund entlanggaloppiert, bis du dich reingestürzt hast.«

»Ja, ich sah zwar das Ende, aber spürte den Schmerz noch nicht. Jetzt spüre ich ihn schon, bevor ich ihn sehe. Ja, ich wusste um den Schmerz, bevor es losgegangen ist. Aber die Bremse konnte ich trotzdem nicht ziehen.«

»Aber warum nicht, wenn dir alles klar war?«, fragte Marie.

»Genau. Wenn du es wusstest, warum hast du es dann getan?«, sagte Fanny.

»Darum hätte ich es lassen sollen? Nur, weil ich es hätte wissen können? Was redest du überhaupt plötzlich? Du hast selber gesagt, es war die beste Zeit unseres Lebens. Und ich will sie wiederhaben«, sagte ich und stöhnte wieder.

»Fest steht, wenn du es nicht gewollt hast, hättest du es lassen können«, sagte Marie. »Du weißt doch, wovon ich rede! Was erwartest du denn? Du kennst ihn.«

»Was soll das heißen? Und ja, ich kenne ihn«, sagte ich.

Ich warf die Decke auf den Boden und ging rauf ins Badezimmer. Als ich in den Spiegel schaute, sah ich, dass meine Wimperntusche verschmiert war und ich ein Muster im Gesicht hatte. Ich musste auf irgendetwas gelegen haben.

Ich drehte die Dusche auf und ließ das Wasser auf mich laufen, zuerst heiß und dann kalt. Dann wickelte ich mich in mein Handtuch und setzte mich im Badezimmer auf den Boden.

Das Einzige, was ich denken konnte, war: Sean. Ich dachte an den Abend gestern und an die Nacht. Ich dachte an Seans Körper und an seine Haut, an seinen Geruch. Nein, es war anders, ich musste gar nicht daran denken, ich spürte ihn, ich roch ihn, er war von meinem Körper nicht mehr wegzukriegen. Vielleicht war er auch nie weg gewesen. Er war in mich eingebrannt wie eins von seinen Tattoos. Ich dachte daran, dass sich alles angefühlt hatte wie immer und doch ganz anders. Es war eher das Gefühl, dass mein Kopf explodierte, dass die Vergangenheit oder die Gegenwart, eine Vermischung der beiden Zeitebenen, meinen Kopf explodieren ließ.

Als ich wieder nach unten kam, sah ich Marie im Garten sitzen. Sie war damit beschäftigt, eine Jeans in Höhe der Oberschenkel abzuschneiden.

»Was machst du da?«, fragte ich.

»Die hab ich im Schrank gefunden. Anscheinend hatte ich sie hier vergessen.«

»Und die passt dir noch? Wahnsinn.«

»Ja, Wahnsinn, oder? Ich wollte die Hosenbeine schon vor dreißig Jahren abschneiden. Aus irgendeinem Grund hab ich das damals nicht gemacht. Jetzt ist es wieder angesagt.« Sie lachte ihr raues Marie-Lachen.

»Fühlst du dich nicht zu alt dafür?«

»Nein«, sagte sie bestimmt.

»Also ich würde das nicht anziehen«, sagte ich und merkte selbst, wie blöd das klang.

»Na, dir steht das auch gar nicht.«

Marie hob den Kopf, schaute mich an und grinste.

Ich seufzte.

»Und du sagst mir, aus dem Alter ist man raus?«

»Das gilt für Dramen, aber nicht für Klamotten«, sagte Marie.

Ich wusste nicht, ob sie das ernst meinte.

Ich ging zu Fanny, die in der Hängematte lag und las.

»Was soll ich bloß tun?«, fragte ich.

»Warte erst mal ab. Er meldet sich bestimmt.«

»Zu alt für ein Drama bin ich nicht, aber ganz sicher zu alt, um zu warten«, sagte ich.

Marie kam zu uns.

»Also, du darfst dich auf keinen Fall melden. Er muss das tun. Ein bisschen Würde musst du bewahren.«

»Ach, Marie, das ist doch immer alles nur Theorie, das mit der Würde. Oder, Fanny?«

»Ich bin da keine gute Ratgeberin.« Fanny lachte. »Wir lassen uns jetzt aber nicht runterziehen, bitte«, sagte sie.

»Ja, los, wir gehen schwimmen.«

»Und wenn er kommt, während wir weg sind?«

»Wenn er dich finden will, findet er dich.«

Wir gingen zusammen den Weg, den wir immer gegangen waren. Fanny hatte ihre Strandsachen in einer riesigen blauen Stofftasche, bedruckt mit kleinen weißen Walfischen, und mit einem roten Innenfutter. Marie hatte ihren Bikini schon an, hatte sich nur ein Strandtuch über die Schulter geworfen und trug ihre neuen Hotpants, in denen sie wirklich gut aussah.

Wir kletterten den Felsen runter und breiteten unsere Handtücher auf dem Felsen aus. Es war Flut und wir mussten uns direkt vom Felsen ins Wasser gleiten lassen. Wir schwammen unsere Runde. Anders als damals redeten wir nicht beim Schwimmen.

Wieder war es nicht wie früher mit uns auf dem Felsen.

Wir legten uns auf den warmen Stein.

Fanny wickelte sich elegant ein buntes Seidentuch um den Kopf und sagte: »Zieht euch trockene Sachen an, ihr kriegt eine Blasenentzündung.«

»Von so was kriegt man keine Blasenentzündung«, sagte ich.

»Ich hab nichts Trockenes dabei«, sagte Marie und streckte sich aus.

Fanny wühlte in ihrer Tasche. Sie hatte außer dem Badeanzug, den sie anhatte, noch zwei Bikinis und einen zweiten Badeanzug dabei.

»Du könntest den nehmen, Elsa! Und Marie, du den oder auch den!«

Sie warf alle raus und hielt sie hoch, als wollte sie uns überzeugen.

Marie und ich lachten.

»Vielleicht solltest du ja Bademoden verkaufen statt Bücher!«

Fanny verdrehte die Augen.

Ich lag nur da und spürte die Wärme des Steines und die Sehnsucht.

Ich hörte, wie Fanny und Marie redeten und lachten, und ihre Stimmen traten immer weiter in den Hintergrund und verhallten langsam.

Ich wachte auf, weil mir kalt war. Ich öffnete die Augen, und eine riesige Wolke stand genau über uns.

Fanny hüpfte gerade über mich und Marie um mich herum, und beide suchten hektisch die Sachen zusammen.

»Wir müssen los, da kommt ein Gewitter, hopphopp, Bewegung.« Marie warf mir meine Espadrilles zu.

Kaum hatte sie es gesagt, da spürte ich die ersten Tropfen. Ich stopfte meine Sachen in meine Strandtasche.

Wir kletterten schnell den Felsen hoch, und als wir auf dem Weg angekommen waren, ging ein Wolkenbruch los, wie ich ihn selten erlebt hatte. Der ganze Himmel war schwarz. Wir fingen an zu rennen, aber es war sinnlos.

»Wir können genauso gut in Ruhe nach Hause gehen, klatschnass sind wir sowieso schon«, sagte Fanny.

Wir trotteten nebeneinanderher. Unsere Kleidung klebte an uns, und unsere Schuhe machten ein komisches knatschendes Geräusch, das vom Regen beinahe ganz übertönt wurde.

»Was planst du jetzt?«, fragte Fanny unvermittelt und löste ihren Seidentuchturban. »Schließlich war er deine große Liebe. Trotz allem, was passiert ist.«

»Ich weiß noch nicht«, sagte ich.

»Also ich meine ja nur, ich beneide dich im Grunde«, sagte Fanny. »Ich hab nie meine große Liebe getroffen. Ich dachte zwischendurch mal, ich hätte sie gefunden. Aber es war nur einseitig. Muss man überhaupt mit der großen Liebe zusammen gewesen sein? Reicht es nicht, die große Liebe einseitig geliebt zu haben?«

»Nein, das reicht nicht, mit der großen Liebe muss man schon auch Höhen und Tiefen durchgestanden haben, vor allem muss man durchgehalten haben, sonst ist es doch nicht die große Liebe. Eine einseitig große Liebe ist viel zu einfach«, sagte Marie.

»Bei großer Liebe geht es doch nicht nur ums Durchhalten«, sagte ich.

»Es geht immer ums Durchhalten«, sagte Marie. »Und ums Sich-Arrangieren.«

Als wir auf die Dorfstraße kamen, hörte es auf zu regnen. Der Asphalt dampfte.

Kurz sah es so aus, als würde die Sonne durch die Wolken brechen.

Fanny kam aus der Dusche und hatte jetzt einen Frotteeturban auf dem Kopf. Sie kramte in der Küche herum.

»Ich koch jetzt«, sagte sie.

»Ich muss los«, sagte ich.

Den ganzen Tag hatte ich gehadert und gekämpft und überlegt und gelitten. Jetzt hatte ich beschlossen, es einfach auszuprobieren.

Ich musste ihn finden. Es konnte doch nicht sein, dass er plötzlich wieder weg war. Mir fielen zwei Orte ein, an denen ich ihn suchen würde.

»Wo willst du denn hin, Elsa?«, sagte Fanny. »Es ist schon spät.«

»Du weißt doch, wo sie hinwill«, sagte Marie.

»Ich *muss*«, sagte ich. »Wartet nicht auf mich.«

»Du weißt doch gar nicht, ob er da ist. Ob er überhaupt noch da ist. Zieh dir wenigstens eine Jacke an«, rief Fanny.

Ich schnappte das Flanellhemd, das ich den ganzen Tag an-

und wieder ausgezogen, über den Stuhl gehängt und wieder angezogen hatte. Ich zog es über mein Kleid, holte mein Fahrrad und fuhr los.

Er musste da sein. Er würde da sein. Es konnte einfach nicht anders sein.

Die Gewitterwolken hingen immer noch tief, und ich holperte auf meinem Fahrrad über den Feldweg durch mehrere Riesenpfützen, die der Regenschauer hinterlassen hatte, bis ich vor dem Haus stand.

Oben im ersten Stock brannte Licht. Und unten im Wohnzimmer. Das im ersten Stock war heller. Es war ein altes, weiß gestrichenes Steinhaus. Es gab keinen Garten und keine Einfahrt, man kam von der Schotterstaße und stand direkt vor der Tür.

Ich stellte mein Rad an die Hauswand und klingelte. Es war eine altmodische Klingel. Ich hörte Schritte. Und war so erleichtert.

»Ich bin's«, rief ich.

»Die Tür ist offen«, sagte er.

Er kam mit nacktem Oberkörper die Treppe runter.

Mein Herz raste. Ich ging auf ihn zu und blieb kurz vor ihm stehen. Ich zog sein Flanellhemd aus und reichte es ihm.

»Du hast das Hemd vergessen.«

»Behalte es. Ich möchte, dass du es behältst, Elsa.«

Wir schauten uns an.

Er legte eine Hand auf meine Wange und strich mir mit der anderen durch die Haare.

»Du zitterst ja«, sagte er.

Ich zitterte wirklich. Obwohl mir gar nicht kalt war.

Er umarmte mich, ich wurde gegen seinen Oberkörper

gedrückt und dachte kurz daran, seine Schulter zu küssen. Dann beherrschte ich mich und bereute es im nächsten Moment.

Er hielt mich so fest, dass ich mich nicht bewegen konnte. Und ich merkte wieder, man muss nicht glücklich sein, um glücklich zu sein.

Ich schrieb Marie: »Ich komme später, esst schon ohne mich.«

Dann schrieb ich Marie: »Ich komme noch später.«

Marie antwortete: »Fanny und ich hoffen, dass alles o.k. ist.«

Stunden später, ich wusste nicht, wie viel Zeit vergangen war, es musste schon spät sein, sagte ich ihm, dass ich losmüsse.

Er fragte nicht, warum.

Er sagte auch nicht: »Bleib«, das hatte er noch nie gesagt, und vermutlich würde er das auch nie sagen. Obwohl ich es mir natürlich gewünscht hatte.

Aber er sagte: »Ich bring dich nach Hause.«

Wir liefen durch die Nacht und ich trug wieder das Flanellhemd. Ich schob mein Fahrrad und er lief neben mir her, zuerst auf der falschen Seite, sodass mein Fahrrad zwischen uns stand, dann kam er auf die richtige Seite und wir konnten so nah nebeneinander gehen, dass unsere Arme sich berührten.

Als wir uns an der Tür verabschiedeten, fragte ich: »Willst du nicht noch mit reinkommen?«

Er lachte leise. »Und dann würdest du mich wieder nach Hause bringen und ich dann dich?«

»Ja, und so würde es ewig weitergehen.« Ich musste auch lachen.

»Gute Nacht«, sagte er und war in der Dunkelheit verschwunden. Ich hörte ihn nicht einmal mehr.

Ich stellte mein Rad an der Hauswand ab.

Marie und Fanny schliefen schon.

Sean und ich hatten ein Spiel begonnen, für das es keine Regeln gab.

Am nächsten Morgen fuhr ich zum Bäcker, kaufte Unmengen Croissants und Pains au chocolat und schrieb Sean: »Kommst du zum Frühstück?«

Ich kaufte die Croissants natürlich auch für Marie und Fanny, hoffte aber vor allem, er würde auftauchen.

Fanny und Marie kamen die Treppe runter. Marie nahm sich einen Kaffee und einen Apfel und setzte sich an den Terrassentisch. Sie schnitt ihn in Viertel und aß ihn.

Fanny stand auf, nahm ein halbes Croissant und zerpflückte es.

»Was ist mit euch los?«, sagte ich. »Esst ihr nichts mehr?«

»Kommt Sean noch?«

»Ich weiß es nicht«, sagte ich.

»Hm. Was machen wir beide denn heute, Fanny? Gehen wir segeln? Oder fahren wir in die Stadt?«

»Wieso ihr beide? Wir können doch warten, bis er kommt, und dann was zu viert machen«, sagte ich.

»Elsa, vielleicht braucht ihr wirklich erst mal etwas Zeit für euch«, sagte Fanny ernst. »Nach all den Jahren. Nach allem. Um über alles zu reden.«

»Ja«, sagte Marie.

»Ja, genau«, sagte Fanny und schaute Marie an. Und beide schauten mich an.

»Oder habt ihr schon mal geredet? Gestern?«

Ich antwortete nicht.

»Er muss dir doch erst einmal alles erklären. Warum er sich damals so verhalten hat. Ich verstehe das bis heute nicht.«

»Genau – willst du denn überhaupt nicht wissen, warum?«, sagte Fanny.

»Ich weiß es doch«, log ich.

Marie und Fanny schwiegen.

»Ich bin gleich zurück«, sagte ich und ging ins Bad.

Als ich wieder auf die Terrasse wollte, hörte ich Fanny sagen: »Elsa und Sean müssen über Lenica und diese ganze Sache reden. Wir alle.«

Ich blieb stehen.

»Warum hast du dann das Foto von ihr und Elsa von deiner Kommode genommen, Fanny? Das wäre doch ein Anlass gewesen. Der Abend, als wir bei dir waren, in Luxemburg.«

»Ich dachte, wir müssen ja nicht gleich am ersten Abend über sie und über alles reden. Aber irgendwann schon.«

»Ich weiß nicht mal, woran sie gestorben ist«, sagte Marie.

»Sie hatte einen Autounfall«, sagte Fanny.

»O Gott«, sagte Marie. »War sie allein unterwegs?«

»Ja.«

»Woher weißt du das eigentlich?«

Fanny zuckte mit den Schultern. »Keine Ahnung, irgendjemand hat es mir erzählt, es ist ja wirklich schon lange her«, sagte sie.

»Weißt du auch, was sie sonst so gemacht hat?«

»Ja, sie hatte einen kleinen Laden, hier irgendwo in der Gegend, wo sie Käse und so verkauft hat.«

»Und weißt du, ob sie da noch mit ihm zusammen war oder ob …?«

Ich betrat die Terrasse und Marie hörte auf zu reden.

In meinem Kopf drehte sich alles.

»Du siehst ja ganz blass aus, Elsa.« Fanny umarmte mich. »Ihr müsst einfach reden, Sean und du, dann wird schon alles.«

Sie nahm ihre Tasse und ging in den Garten. Sie ging an der Hängematte vorbei und strich mit der Hand an ihrem Rand entlang.

Ich war mir da plötzlich gar nicht mehr sicher. Aber ich konnte nichts sagen.

Ich schaute auf mein Telefon.

»Kann heute nicht, bin unterwegs«, schrieb Sean.

Ich musste den anderen damals gar nichts sagen. Nichts erklären.

Sie wussten es von diesem einen Abend an. Dass Sean und ich zusammen sind.

Das war zu Beginn des Sommers damals gewesen, dieses unglaublichen, einzigartigen Sommers, der so legendär, so anders und so lebensverändernd werden sollte und der nie hätte enden dürfen, weil ich Sean traf.

Sean, dieser verrückte Ire, der in unseren friedlichen Sommer einbrach wie eine Naturkatastrophe und ihn wendete. Mehr noch, er rüttelte ihn durch, er ließ das Meer toben, bis die Gischt spritzte. Ließ die Bäume sich im Sturm biegen, die Äste brechen, er war der Funke, der ganze Wälder niederbrannte und die Welt dem Erdboden gleichmachte.

Danach wurde nichts mehr so, wie es gewesen war.

Und während wir uns noch fragten, was das wohl für ein Sommer werden würde, ein leichtfüßiger, einer, der ebenso schnell verginge wie alle anderen, der irgendwie herausstechen, sich endlich von den anderen unterscheiden würde, nahm er einfach seinen Lauf.

Als Sean und ich zurückkamen von unserem Ausflug in die Stadt mit der Kathedrale, ging gerade die Sonne auf. Lenica lag in der Hängematte. Sie schlief. Sie war in unsere Bettdecke gewickelt und schien das Auto nicht gehört zu haben, so tief schlief sie. Neben ihr stand eine halb leere Flasche Rotwein, und ein umgekipptes Glas lag auf der Wiese. Es sah so aus, als hätte sie hier draußen übernachtet.

Lenica setzte sich in der Hängematte auf und schaute uns ganz verwundert an. Sie schien zu überlegen, wo oder wer sie war oder wer wir waren. Dann rief sie: »Elsa!«, und sprang uns entgegen. Sie stolperte über ihr Kleid, das sich zwischen ihren Beinen verheddert hatte, fiel hin und hatte einen riesigen Grasfleck auf dem Knie.

Sie hatte noch ihr Kleid von gestern an, ein langes Jeanskleid, das vorne zugeknöpft wurde und das Fanny gehörte.

»Na, ihr Kleinen«, rief sie, nun gar nicht mehr verschlafen oder verwundert, sondern gut gelaunt, und küsste uns. Sie fragte nichts und kommentierte auch nicht, dass Sean meine Hand festhielt, nichts, sondern umarmte und küsste uns beide gleichermaßen überschwänglich.

»Marie und Fanny schlafen anscheinend noch«, rief sie empört, als sei das ein Skandal.

Sie stürzte sich auf die Papiertüte mit den Croissants, sie waren noch warm und sehr, sehr buttrig, und biss rein.

Dann warf sie das Croissant auf die Wiese, zog ihr Kleid aus und sprang in der Unterhose in den Pool.

»Kommt doch auch!«, rief sie.

Sean und ich schauten uns an, zogen uns aus und sprangen ihr hinterher.

Zu Beginn des Sommers war das Wasser immer eiskalt, fast so wie das Meer, aber nach und nach, mit jedem heißen Sommertag, wurde es etwas wärmer.

Wir schwammen und spritzten mit dem Wasser, und Lenica quietschte, als Sean sie untertauchte. Lens Hund Paco stand am Rand und bellte Sean vorwurfsvoll an.

Wir planschten im Pool rum, bis uns kalt wurde.

Ich ging schnell duschen und hinterließ große Pfützen Wasser auf dem Boden. Ich hatte gehofft, dass Sean vielleicht mitkommen würde, ich hätte ihn zumindest nicht weggeschickt. Aber er kam nicht.

Er machte Milchkaffee und deckte mit Len den Tisch im Garten, und wir saßen zu dritt da und aßen Croissants, als wäre alles wie zuvor und nichts hätte sich geändert.

Lenica sagte immer noch nichts zu unserem Ausflug. Sie fragte nicht, wo wir gewesen waren oder was wir gemacht hatten. Was ich seltsam fand. Wie war es für sie, dass Sean und ich zusammen waren? Er war ja ein enger Freund von ihr.

Doch ich wusste, Len hatte diese totale emotionale Großzügigkeit, die allen Lebewesen jede Freiheit gestattete. Vermutlich sagte sie deswegen nichts.

Fanny kam runter und sagte nur: »Da seid ihr ja«, und umarmte mich und Sean.

Sie fragte auch nicht nach, was für Fanny wirklich untypisch war.

»Wie war das Segeln gestern?«, sagte ich.

»Einfach herrlich, wir waren auf dem Archipel, es war wundervoll. Ihr habt wirklich etwas verpasst.«

Sean lächelte mir zu und schüttelte nur den Kopf.

Ich konnte nicht anders, als zurückzulächeln. Und auch den Kopf zu schütteln.

»Schläft Marie noch?«, fragte ich.

»Weiß nicht«, sagte Fanny und wich meinem Blick aus.

»Ich geh mal rauf.«

»Nein, lass sie in Ruhe.«

Ich verstand nicht, was los war.

»Marie ist knatschig«, sagte Fanny. »Nichts Schlimmes, nur etwas neben der Spur.«

In diesem Moment tauchte Marie in der Terrassentür auf.

»Oh, das ging ja schnell«, sagte ich und schaute Fanny an. »Und so neben der Spur sieht sie gar nicht aus.«

Nein, sie sah nach dem Gegenteil aus. Sie war frisch geduscht, die Haare noch nass und nach Apfel duftend, und trug ein rotes Sommerkleid mit Spaghettiträgern.

»Salut, salut«, sagte Marie und küsste uns alle, auch Sean.

In ihrem Blick lag, anders als in ihrer Stimme, etwas Hartes, beinahe Aggressives, ihre Kieferknochen schienen mir viel markanter als sonst, die Haut blasser, und die Haare waren streng hinter das Ohr gesteckt. Ich wunderte mich und sah Fanny an. Doch wir sagten beide nichts, auch später nicht, obwohl irgendwas komisch war. Wie schon am Tag zuvor, als sie nicht mit segeln gegangen war.

Jetzt tat sie aber wieder ganz wie Marie und redete und aß Croissants, und da keiner von uns Lust auf etwas anderes als Glück und Freundschaft und Sommerferien hatte, machten wir mit. Wir redeten und aßen und tranken Milchkaffee, und Marie warf mit einer hektischen Bewegung ihre Schale um und vergoss ihren Kaffee quer über den Tisch.

Wir machten uns nichts draus und wischten alles mit ein paar Papiertüchern weg, und Sean sagte: »Ich hol dir einen neuen.«

Der Milchkaffee wurde irgendwann von Weißwein abgelöst, die Croissants von Baguette und Langustinen mit Zitrone, die Sean und Fanny beim Fischhändler geholt hatten, und wir saßen im Schatten der Bäume und aßen und tranken und schwammen im Pool, und Sean machte Fotos und schlief dann auf der Wiese ein.

Später am Nachmittag lag ich mit Lenica unter einem Baum im Garten und wir überlegten, was der Sommer wohl noch bringen würde.

»Ich erwarte einen Sommer voller vertrödelter Mußestunden und spärlich bekleideter Frauen«, sagte Lenica und zwinkerte mir zu.

Ich drehte den Kopf zu ihr und schaute sie an. Wir lagen so nah nebeneinander, dass ich ihren Atem spüren konnte.

»Erwartest du den nicht jedes Jahr?«, lachte ich und stupste sie mit meinem Fuß an.

Ihr Jeanskleid war hochgerutscht. Sie hatte eine ziemlich lange Narbe am Oberschenkel. Mir fiel ein, dass ich sie immer noch nicht gefragt hatte, woher sie die hatte. Und die anderen Narben. Ich wusste, sie hatte einige.

Lenica schloss die Augen.

Unsere Knie berührten sich.

Paco lag unter der riesigen Kamelie, die nur im Winter blühte.

»Wir werden das Leben auf den Kopf stellen«, sagte Fanny mit geschlossenen Augen aus der Hängematte, auch wenn sie gerade gar nicht danach aussah, als würde sie das machen wollen. Ihre nackten Arme waren hinter dem Kopf verschränkt, ihr Pony stand von der Stirn ab, und sie ließ die Beine rausbaumeln. »Ja«, sagte sie, »dieses Jahr werden wir das tun. Alles wird anders. Wir werden Wein trinken und auf schwarzen Panthern reiten.«

»Quatsch nicht, Wein trinken wir ja schon die ganze Zeit. Mach lieber noch eine Flasche auf«, sagte Marie, »die hier ist leer.« Sie nahm mir ihre Zigarette wieder weg, zog daran, dann führte sie die Weinflasche in weitem Bogen zum Mund und die letzten Tropfen fielen auf ihre Zunge.

»Oh, Marie!«, rief Fanny.

»Wenn die Flasche nicht so leer wäre, müsste ich sie auch nicht ausquetschen. Los, hopphopp! Hol noch eine!« Marie versuchte Fanny aus der Hängematte zu schubsen.

»Okay, okay, bin schon unterwegs.« Fanny ließ sich rausfallen und lachte. »Meine Lieblingswörter sind: Böse, Trottel und Schmutz«, rief sie und sprang auf.

»Sie hat Tourette«, sagte Len.

»Herrlich, Fanny lässt sich so gut herumkommandieren.«

»Ihr denkt nur, ihr kommandiert mich rum«, rief Fanny. »In Wirklichkeit hab ich euch in der Hand!«

Marie zündete sich noch eine Zigarette an und ich streckte meinen Arm aus und griff danach.

Ich rauchte nicht viel, aber wenn, dann rauchte ich gerne Maries Zigaretten weiter. Ich mochte das und sie auch, obwohl sie dann immer so tat, als ob sie sich aufregte, und mir die Zigarette wieder wegnahm, ein Spiel, das wir gerne spielten, so wie jede Freundschaft ihre Eigenarten hatte, und das war nicht die einzige Eigenart.

Fanny kam mit einer Flasche Weißwein zurück und öffnete sie. Sie schüttete uns allen etwas in unsere Gläser und trank selbst einen Schluck, dann sprang sie in den Pool. Er war so flach, dass man nicht kopfüber springen durfte.

»Kommt«, rief sie und tauchte unter.

Paco lief an den Rand und bellte Fanny an.

Dann lief er zu Marie und stupste sie.

»O nein, ich geh auf keinen Fall schwimmen«, sagte sie zu Paco, »ich will nicht.« Marie drehte sich auf den Bauch.

Sean schlief immer noch, nichts schien ihn zu stören.

Lenica und ich setzten uns an den Schwimmbeckenrand und hängten unsere Beine ins Wasser.

»Weißt du«, sagte Len plötzlich, »dass wir uns schon viel länger kennen, als du denkst? Ich bin früher immer hier in eurem Pool geschwommen, mit Héloïse und ein paar anderen. Manchmal, wenn ihr nicht da wart. Das durften wir eigentlich nicht …«

»… aber ihr habt es natürlich trotzdem gemacht«, lachte ich.

Paco kam und legte seinen Kopf auf ihren Schoß.

»Klar«, sagte Len. »Und es war toll.«

»Wie so ziemlich alles, was man heimlich macht«, sagte ich.

»Ja, vermutlich.«

Sie steckte sich einen Grashalm in den Mund.

»Damals hatte ich einen Bikini, den meine Mutter mir aus einem dunkelblau-weißen Stofftaschentuch genäht hat.« Sie wollte auf dem Grashalm kauen wie ein Cowboy. Es funktionierte natürlich nicht so, wie sie es sich vorgestellt hatte, weil der Grashalm ihr einfach aus dem Mund hing, und sie zog den Grashalm in den Mund wie eine Spaghetti.

Ich musste lachen, wir mussten beide lachen und ließen uns nach hinten fallen und drehten uns die Köpfe zu und schauten uns an. Ich sah die kleine Narbe in ihrem Gesicht, unterhalb des rechten Mundwinkels.

Der Schatten des Baumes hinterließ ein Muster aus Lichtflecken auf ihrem Körper.

Ich liebte die Vorstellung, dass Lenica schon als Kind hier geschwommen war, dass wir beide hier geschwommen waren und uns auf diese Weise nahe waren, ohne dass wir es wussten.

Ich bedauerte, auch nur eine Minute im Leben mit ihr verpasst zu haben, und ich wünschte, es gäbe unsere Trennungen während des Jahres nicht, diese verlorene Zeit, in der wir uns nicht sahen.

Niemand verlor ein Wort darüber, dass Sean plötzlich immerzu bei uns war. Fanny und Marie dachten sich ihren Teil, so vermutete ich. Was Lenica dachte, wusste ich nicht, wir hatten nie über Sean gesprochen. Mich beruhigte, dass Lenica und er sich schon lange kannten. Ich hatte zwar noch immer nicht herausgefunden, woher genau und seit wann und wie gut eigentlich. Doch mit der Zeit verloren sich diese Fragen in der Schönheit unseres Zusammenseins. Des Zusammenseins mit Sean. Und des Zusammenseins mit Lenica.

Sean verbrachte die meiste Zeit bei uns, bei mir, es ergab sich einfach so. Ich musste nicht einmal, wie man das aus Filmen kannte, eine Schublade für ihn freimachen, er verteilte seine wenigen Sachen gleichmäßig auf meinen, sodass sie ineinander übergingen. Sosehr eigenständig und eigensinnig er war, wurde er doch, ohne dass wir uns versahen, zu einem Teil von uns, zu einem Teil unserer Gemeinschaft, unserer Freundschaft. Unseres Bündnisses. Unser Leben, unser Sommer verlief mit Sean nicht anders als zuvor. Er passte sich unserem Rhythmus scheinbar mühelos an. Wir schliefen lange, wir lagen zusammen auf dem Felsen, wir schwammen zusammen, statt wie sonst Fanny cremte nun er Marie den Rücken ein. Wir schleppten mehr zum Felsen mit, aber mit ihm konnten wir ja auch mehr tragen. Es war alles wie zuvor.

Nur eben mit Sean.

Sosehr wir das Zusammensein mit den anderen liebten, so oft ergriffen Sean und ich die Gelegenheit, um allein zu sein. Sean fuhr gerne Auto und mir machte es plötzlich auch Spaß. Er lachte zwar jedes Mal, wenn ich das mit dem Choke nicht schaffte, aber es lag etwas Warmherziges und Verständnisvolles in seinem Lachen. So cool und hintergründig und unnahbar er auf den ersten Blick gewirkt hatte, so schnell zeigte er mir seine andere Seite, die mir immer wieder, wenn auch nur für Momente, das Gefühl gab, er sei immer für mich da, er werde mich nie verlassen und mich für immer beschützen. Es war diese Art, die ihn manchmal wirken ließ, als sei er ein großer Bruder, obwohl ich wusste, dass er selbst der jüngere der Geschwister war. Anfangs, als ich ihn mit Len sah, hatte ich auch diesen Geschwistergedanken, und erst viel später merkte ich, wie falsch ich gelegen hatte. Es war etwas anderes, vielmehr eine Seelenverwandtschaft zwischen ihnen. Manchmal überkam Sean auch eine eigenartige Ernsthaftigkeit, und ich konnte einen Schmerz in seinen Augen oder besser gesagt irgendwo hinter seinen Augen erkennen, den ich nicht zu deuten wusste und nach dem zu fragen ich nicht wagte. Ein Schmerz, der, als ich ihn Jahrzehnte nach diesem Sommer wiedertraf, einer düsteren Distanz zu allem, zu den Menschen und zur Welt, gewichen war und der erst später wieder hervorbrach.

All das, all diese inneren Abgründe störten mich nicht an ihm und hielten uns, mich, glücklicherweise nicht davon ab, vollkommen verrückt nacheinander zu sein.

Und das ist vermutlich, zumindest dachte ich das später, doch ein Vorzug der Jugend und des jugendlichen Herzens.

Wir liebten es, unterwegs zu sein. Es war, und wir haben es schnell gemerkt, lustiger, wenn Sean fuhr. Auch wenn ich mir Mühe gab, ich würde nie diese unbeschwerte Lässigkeit beim Fahren erlangen wie er. Die hatte er in jeder Hinsicht, aber beim Fahren war sie einfach immer sichtbar, Fahren war für ihn Freiheit. Und er hatte ein großes Freiheitsbedürfnis, das wusste ich und das konnte ich ihm ansehen. Zu viele Tage nur auf dem Felsen, im Garten und meinem Zimmer hielt er nicht aus. Dann spürte ich, wie er unruhig wurde. Ich merkte es gar nicht an dem, was er sagte oder tat, es war vielmehr sein Blick. Es war plötzlich eine Art Alarmbereitschaft darin zu erkennen, und auch die Augenfarbe veränderte sich, von grünbraun zu dunkelgrün.

Wir nahmen dann die DS und fuhren herum. Meistens suchten wir uns Orte aus, die weit weg waren, um lange fahren zu können. Manchmal in einen kleinen Hafen mit einem Bistro, das wir mochten, oder in die Stadt am Fluss mit dem komischen Namen, wo alles begonnen hatte, oder einmal in ein Dorf, das ungefähr eine Stunde entfernt war, auf den Flohmarkt.

Das Dorf war unspektakulär, nur eine kleine romanische Kirche, aber der Flohmarkt war legendär, es gab alte Armeegürtel mit Messingschnallen und Silberfeuerzeuge aus den Zwanzigerjahren und Ringe mit bunten Steinen. Und auch der Markt war der schönste der Gegend: Stände mit Blumen, die aussahen, als wären sie gerade von der Wiese gepflückt worden, tausend verschiedene Würste aus Wildschwein oder mit Nüssen oder in hundert anderen Variationen, und Schinken, Berge Nektarinen und Weintrauben und Melonen, deren Duft einem schon ganz süß in die Nase stieg, wenn man das Auto auf dem Parkplatz vor der Kirche abstellte. Fanny liebte diesen Markt, aber wir waren nur selten hier gewesen, weil wir die Fahrt zu weit fanden. Fanny behauptete, der Obststand einer kleinen, uralten Frau mit blauem Kopftuch und rot karierter Schürze sei der Allerbeste der Welt. Alles aus ihrem eigenen Garten, sagte die uralte Frau und zeigte auf Mirabellen und Kirschen und Stachelbeeren. Sie verkaufte auch selbst gemachte Marmelade, und so einen riesigen Garten konnte man sich gar nicht vorstellen.

»Das muss ja eine Menge Arbeit sein«, sagte ich einmal zu ihr.

»Ach, weißt du, Kindchen, man muss nur genug Pausen machen. Ich ernte immer ein bisschen, und dann lege ich mich auf die Wiese und mache ein Nickerchen, dann ernte ich wieder ein bisschen, und dann plaudere ich mit meiner Nachbarin und abends koche ich Marmelade und trinke ein halbes Gläschen Portwein. Manchmal auch ein ganzes oder zwei, und so vergehen die Tage.«

Sie erzählte, dass ihr Mann schon lange tot war und dass ihre Kinder immer versuchten sie zu überreden, das Haus zu verkaufen. »›Maman, das schaffst du nicht mehr‹, sagen sie mir immer, aber meine Kinder haben ja keine Ahnung, die wissen ja gar nicht, wie lange ich das noch schaffen werde«, und dann kicherte sie, »nämlich so lange, bis ich beschließe, tot umzufallen.«

So erzählte es uns die kleine uralte Frau mit dem blauen Kopftuch und man glaubte ihr aufs Wort, dass sie es tatsächlich einfach irgendwann beschließen würde, und dann kaufte man ihr noch ein Glas Quittengelee vom letzten Jahr ab und ein Glas frisch eingekochte Himbeermarmelade.

Ich war jedes Jahr froh und erleichtert, sie wiederzusehen, und nun plauderten wir, und sie war Sean sofort verfallen, aber das war seine Wirkung auf die Menschen, so verschlossen und unnahbar er sein konnte: Wenn er wollte, konnte man ihm verfallen. Er machte Witze und gestikulierte wild, und plötzlich sagte die uralte Dame: »Jetzt weiß ich auch, wer du bist, ich erkenn dich an deinen Augen. Deinen Namen weiß ich nicht mehr, aber du bist der Sohn von ...«, und sie sagte den Namen von Seans Mutter, »... die, die mit dem Iren verheiratet war.«

Sie nahm Seans Gesicht zwischen ihre Hände, von denen ich dachte, sie müssten ganz runzelig sein, so alt wie sie war, aber sie sahen ganz glatt und jung aus, und das fand ich verwirrend. »Du bist Jean«, sagte sie, sie sprach seinen Namen französisch aus und schaute zu ihm hoch. Sean lächelte, und das war nicht sein typisches kokettes oder charmantes oder umwerfendes Sean-Lächeln, wie ich es in allen Varianten kannte, nein, das war ein ernstes Lächeln, so ernst und tief, dass es mich plötzlich traurig machte. Sie ließ sein Gesicht wieder los und er lächelte weiter.

»Kindchen, Kindchen«, sie nahm jetzt meine Hand in ihre und blickte mich aufmunternd an. »Versuch es. Er wird dir das Herz brechen, aber versuch es.«

Ich lachte, und Sean umarmte mich und sagte: »Ja, das war mein Plan«, und nahm zwei Kirschen und hängte sie sich ans Ohr.

Wir kauften noch eine Menge Kirschen und Melonen für Fanny, denn ich konnte ihr ja schließlich nicht sagen, wir seien hier gewesen und hätten ihr nichts mitgebracht.

»Passt auf euch auf, Kinderchen«, rief die kleine, uralte Dame uns hinterher, und Sean rief fröhlich: »Sie auch auf sich.«

Sean kaufte sich einen langen dunkelblauen Armeemantel, der viel zu warm für diesen Sommer war, und ich schenkte ihm ein altes silbernes Feuerzeug, das viel zu teuer war. Er zog mich weiter über das Kopfsteinpflaster des Marktplatzes, und der Mantel wehte hinter ihm her, er zog mich an dem Blumenstand vorbei und er küsste mich und plötzlich fragte er: »Hast du Hunger?«

An einem Stand gab es Austern und Weißwein, und obwohl wir hier in der Campagne bei all den Heuballen und kleinen Seen und Bauernhöfen und in der flirrenden Hitze waren, so waren wir doch nicht weit vom Meer entfernt, wir waren dem Meer viel näher als in Paris, wo alle ständig Austern aßen, und ich hatte Lust drauf.

»Für Austern braucht man nicht mal Hunger haben«, sagte ich, noch bevor er irgendetwas antworten konnte, und bestellte ein Dutzend und zwei Gläser Weißwein. Der Wein war so kalt, dass das Glas beschlug, und die Austern waren klein und schmeckten ein bisschen nussig und nach Meer.

»Ich hab noch nie Austern gegessen«, sagte Sean.

»Das glaub ich dir nicht«, sagte ich. »Du bist doch Ire, ihr habt doch auch Austern.«

»Ja, klar haben wir Austern. Ich hab trotzdem noch nie welche gegessen, Elsa.«

Er verschlang sie so ungerührt, als würde er ständig welche essen, und trank den Wein, und ich bestellte noch zwei Gläser bei der Frau, die die Austern verkaufte, die etwas älter war als wir und unheimlich hübsch, mit einem kurzen, bunten, luftigen Kleid, braun gebrannten Schultern und langen braunen Locken.

»Und wie findest du sie?«, fragte ich und nahm den Wein entgegen.

»Sie sieht toll aus«, grinste er.

Ich verdrehte die Augen.

Sean lachte und nahm meinen Kopf und legte ihn an seine Schulter und küsste mich in meine Haare.

Ein paar Stände weiter verkaufte Lens Vater seinen Käse, den besten der Gegend, das fanden wir nicht nur, weil es Lens Vater war und wir ihn mochten. Als er uns sah, sagte er: »Na, ihr Kleinen«, das sagte Len auch immer. Es war erstaunlich, wie ähnlich sie sich sahen, ein großer, schlaksiger, gut aussehender Mann mit dunklen Haaren und grauen Schläfen und einer leisen, freundlichen Stimme. Er war wirklich immer freundlich zu allen, seinen Kunden, seiner manchmal etwas ungeschickten, aber lustigen Mitarbeiterin, freundlich gegenüber den anderen Händlern. Auch wenn jemand ungeduldig oder laut wurde: Édouard blieb immer freundlich – und vor allem leise.

Es war viel zu warm für einen Sommer am Atlantik, aber ich mochte das, und Sean war Wetter egal, so wie ihm ziemlich viel egal war, vor allem die Dinge, die er sowieso nicht ändern konnte. Was ich bewunderte und mir ebenfalls gerne aneignen wollte, aber das war gar nicht leicht. Ich regte mich vor allem über Dinge auf, die ich nicht ändern konnte, und das machte das Leben nicht gerade einfacher.

Ich begehrte Sean nicht nur so sehr, ich bewunderte ihn auch für vieles, nicht zuletzt dafür, dass er so anders war als ich. Er war schwer zu greifen und schwer zu beschreiben, aber was ich ganz sicher wusste: Es war ihm egal, was andere über ihn dachten. Obwohl ich das manchmal nicht ganz glauben konnte, er musste doch auch geliebt werden wollen. Aber man merkte es ihm nicht an. Er wählte immer den Schmerz, statt einen Kompromiss.

Oft wirkte es, als sei er gut gelaunt, dann lächelte oder grinste er in einem fort, aber wenn man ihn besser kannte, spürte man, wusste man, wusste ich, dass es nur etwas Äußeres war, ein Schutz gegen die Unbill der Welt, eine Technik, die Dinge abprallen zu lassen, ein Schild gegen die tiefe Melancholie, die ihm innewohnte. Ich konnte nie wirklich ausmachen, ob er die Menschen liebte oder ob sie ihm gleichgültig waren.

In einem Moment glaubte ich das eine, und im nächsten Moment war ich vom anderen überzeugt.

Er war so schwer zu fassen wie ein gezähmtes Tier, das nie seine eigentliche Herkunft vergaß und für immer wild und unzähmbar blieb. Ich fand das zu der Zeit romantisch und stellte mir ein ungezähmtes Leben mit ihm vor, voller Leichtigkeit und Leidenschaft. Ich wusste schon damals, dass es eine Illusion war, aber es war eine schöne Illusion, und wenn Sean die Bühne betrat, konnte ich nicht anders, als die Illusion zu meiner Realität zu machen.

Das habe ich auch niemals bedauert.

Er verlieh dem Verwirrspiel des Lebens Sinn.

Er machte mir immer gute Laune und brachte mich zum Lachen. Vor allem aber war ich verliebt, und es war die leidenschaftlichste Verliebtheit, die es überhaupt jemals auf Erden gab. Ich hatte Lust, ihm das zu sagen, aber es fühlte sich so abgedroschen an. Ich wollte ihm schöne, einzigartige Dinge sagen, an die er sich sein ganzes Leben erinnern würde, aber tat es nicht.

Sean hatte seinen Mantel inzwischen ausgezogen und sich über die Schulter gelegt.

Wir gingen vollgepackt zum Auto, wir hatten das Obst und den Käse und ungefähr zweihundert verschiedene Würste und Baguette. Wir hatten Rotwein von dem netten Weinhändler, dessen Schwester, die man nach all den Geschichten, die er erzählt hatte, zu kennen glaubte, ihn im Süden anbaute, und er ließ uns probieren, und nach dem Weißwein waren wir eh schon so gut gelaunt, dass wir gleich eine ganze Kiste kauften. Und beim Bäcker schwarze und rote Johannisbeertörtchen mit Baiser.

Es war mittlerweile noch heißer und wir schlenderten zurück zur DS, zum Parkplatz neben der Kirche, wo man noch die Melonen roch, und fuhren los.

Ich hatte die braune Papiertüte mit Kirschen auf dem Schoß, und wir aßen die Kirschen und spuckten die Kerne zum Fenster raus.

»Wir müssen nach rechts«, sagte ich irgendwann, aber der riesige Misttransporter, der vor uns fuhr und Mist verlor, bog nach rechts und Sean fuhr in die andere Richtung.

»Wo willst du hin?«, fragte ich ihn.

»Das wirst du schon sehen«, sagte er und drehte seinen Kopf zu mir und sah mich wieder so lange an, dass mir ganz schwummrig wurde und ich sagen musste: »Schau nach vorne.« Ich drehte sein Gesicht lachend in Richtung Straße.

Er drückte aufs Gas und die DS raste über die kleine Landstraße. Ich hielt meinen Arm aus dem Fenster und er wurde ganz kalt vom Wind, obwohl es so heiß war.

Die Straße wurde immer schmaler und ging in einen Feldweg über, der in einen kleinen Wald führte, und das Auto hoppelte über die Steine, dass es staubte, und plötzlich standen wir vor einem Teich.

Sean hielt genau am Ufer. Er zog die quietschende Handbremse und schaute mich lange an. Dann legte er seine Hand in meinen Nacken und sagte: »Hier wollte ich hin.«

Wir stiegen aus.

Von Weitem hatte der Teich ganz schwarz ausgesehen, aber jetzt, als wir davorstanden, wirkte er klar und grün. Sein Ufer war an der einen Seite sandig mit hohem Schilf und an der anderen Seite moosig.

»Moos oder Sand?«, fragte Sean.

»Hmmmm. Moos.«

Er zog an meinem Pferdeschwanz und kniff mich.

»Wusste ich es doch, du meine süße, liebe Elsa.«

Er zog an meinem Kleid und hörte nicht auf, an mir herumzuzupfen, während wir zum See gingen.

Wir zogen unsere Schuhe aus und steckten die Füße ins Wasser. Ich hatte mir das Wasser wärmer vorgestellt, es war nicht so kalt wie das Meer, aber frisch.

Sean öffnete eine Weinflasche mit seinem Taschenmesser und schnitt sich dabei in den Finger. Ich tupfte das Blut mit meinem Kleid ab.

Wir breiteten alles aus, was wir gekauft hatten, aßen Käse und Brot und probierten alles und tranken den Wein, obwohl es eigentlich viel zu heiß dafür war, zu heiß, um noch mehr zu trinken, zu heiß für Rotwein.

Dann gingen wir schwimmen.

»Sollte man nicht nach dem Essen ein bisschen warten, bevor

man schwimmen geht?«, sagte ich und stand schon bis zu den Knien im Wasser. Der Boden des Teiches war angenehm, weich und sandig, aber nicht schlammig.

»Ja, meine süße, liebe Elsa, das sollte man«, sagte Sean und zog mich zu sich und tauchte mich unter. Wir schwammen durch den See und sahen Fische unter uns, so klar war das Wasser. Eigentlich mochte ich stille Gewässer nicht und hatte auch immer ein bisschen Angst, wenn ich nicht wusste, wie tief es war oder welche Tiere darin rumschwammen. Aber mit Sean hatte ich keine Angst, weil ich wusste, er würde mich retten. Ich hängte mich an seinen Rücken und sagte: »Du würdest mich doch retten, oder?«

»Klar«, sagte er und schwamm weiter.

»Fragst du gar nicht, wovor du mich retten würdest?«

»Nein«, sagte er. »Ich würde dich einfach retten.«

»Warum?«

»Warum nicht? Du bist süß und niedlich und geschmeidig und flauschig.«

Ich klammerte mich fester an ihn.

»Ich kann dich aber nur retten, wenn du mich nicht erwürgst«, lachte er.

Ich seufzte, ließ ihn los und tauchte unter.

Wir schwammen noch eine Weile, es war so herrlich kühl, und die Sonne brach durch die Bäume und die Zeit fiel von uns ab.

Dann zog Sean mich aus dem Wasser und wir legten uns Hand in Hand auf seinen Mantel, den er als Decke ausgebreitet hatte.

Ich fragte mich, ob wir tatsächlich aus der Zeit gefallen waren, es war so unwirklich und traumhaft, dieser Sommer, dieser See, der Wein.

»Ich werde noch im nächsten Jahrhundert von heute erzählen, von dir, von diesem Sommer. Und ich werde noch im nächsten Jahrhundert weinen, dass es vorbei ist«, sagte ich.

»Dann genieß es doch und denk nicht daran, dass es mal vorbei sein könnte.«

»Wird es denn mal vorbei sein?«

»Wer kann das wissen, meine kleine Elsa.«

Das war nicht die Antwort, die ich hören wollte.

»Wirst du mir wirklich das Herz brechen, so wie Madame Melon das gesagt hat?«

»Nein, brechen nicht, ich werde es dir aus dem Körper reißen und zum Frühstück essen«, sagte er und lachte.

Ich warf mich auf ihn und blieb auf ihm liegen und vergrub mein Gesicht zwischen seinem Hals und seiner Schulter.

Wir lagen auf dem Moos und unsere Füße hingen im Wasser und ich wünschte mir, was ich in den letzten Tagen und Wochen – waren es schon Wochen? – so oft gewünscht hatte, dass ich die Zeit anhalten könnte. Ich wusste, ich würde nie wieder so lieben. Es klang irgendwie seltsam, ich hatte ja noch mein ganzes Leben vor mir. Aber ich wusste es. Ich wollte nie wieder schlafen und träumen, um nie wieder auch nur einen einzigen Moment mit ihm zu verpassen.

Trotzdem wusste ich, auch wenn ich es nicht wahrhaben wollte, wir würden uns verändern, alles würde sich verändern, und wir würden uns nie wieder so verändern wie in dieser Zeit, in dieser Zeit zwischen Jugend und Erwachsensein.

An dem Tag, als das neue Bett geliefert wurde, lagen Sean und ich in der Hängematte. Lenica war noch nicht wieder da, sie machte Käse mit ihrem Vater, aber sie wollte später vorbeikommen.

Marie döste am Pool, mit einem Strohhut auf dem Gesicht, Fanny pflückte Johannisbeeren.

Seans Hand lag auf meiner Schulter, als der Transporter in der Einfahrt hielt. Zwei Männer stiegen aus, trugen alles in mein Zimmer und bauten das Bett auf.

Sean und ich stellten uns in die Tür und schauten zu.

»Mein erstes selbst gekauftes Bett«, sagte ich.

Es hatte genau die richtige Größe für mein Zimmer, und es sah überhaupt perfekt aus.

Mein Zimmer war so schön mit dem Blick aufs Meer und den alten Fensterläden. Und jetzt noch das perfekte Bett.

Als es fertig aufgebaut war und die Männer wieder weg waren, legte ich mich drauf.

Sean stand noch immer in der Tür.

Ich hatte es zwar schon im Bettengeschäft gemerkt, wie weich die Matratze war, aber noch nie hatte ich ein Bett erlebt, das so nachgab. Ich hüpfte ein bisschen draufrum.

»Wir sollten es ausprobieren«, sagte Sean.

»Das würde ich furchtbar gern mit dir ausprobieren«, sagte ich gleichzeitig.

Er schloss die Tür und legte sich neben mich.

»Gleich kommt sicher Lenica rein«, sagte er.

»Lenica würde klopfen.«

In diesem Moment klopfte es.

»Komm rein«, sagte ich.

Lenica öffnete die Tür. Sie stand im Bikini da und schaute uns nur an.

»Das ist mein neues Bett«, sagte ich und setzte mich auf, als wäre ich bei irgendwas erwischt worden.

»Schön«, sagte sie und drückte halbherzig auf die Matratze, als wollte sie sie testen. »Wir gehen jetzt zum Felsen, kommt ihr mit?«

»Klar«, sagte Sean, »klar kommen wir mit.«

Ich zog die Augenbrauen hoch und versuchte ihn so anzusehen, dass er merkte, was ich meinte. Aber irgendwie gelang es mir nicht. Vielleicht wollte er es auch nicht merken.

Er sagte nur: »Komm, wir holen unsere Sachen.«

Wir holten unsere Strandsachen, nahmen die Fahrräder, ich setzte mich vorne auf den Lenker und Lenica auf den Gepäckträger. Sean fuhr. Marie setzte sich bei Fanny hintendrauf.

»Wettrennen!«, rief Lenica und grinste Sean an.

»Nein, Hilfe!«, rief ich noch, und alle schrien los.

Wir rasten wie die Verrückten den Dorfhügel runter.

Diese Fahrt überlebten wir nur durch ein Wunder.

Irgendwann erwähnte Sean eine Insel, sie wurde »Petite Île« genannt, wie sie wirklich hieß, wusste niemand von uns, ich war auch noch nie dort gewesen, obwohl ich schon so lange hierhinkam, man konnte auf sie einen Tagesausflug mit einer kleinen Fähre machen.

Ich liebte Bootsfahren über alles, und Bootsfahren mit Sean war das Paradies für mich.

Wir brachen am nächsten Morgen auf und erreichten mit der Fähre den kleinen Hafen, an dessen Promenade sich ein paar bunte Fischerhäuser aneinanderreihten. Im Sommer war die Insel tagsüber von Feriengästen bevölkert, abends, wenn die letzte Fähre zum Festland wieder abgelegt hatte, saßen die Einheimischen in der Inselkneipe, in der es den Fang des Tages gab.

Um die Fähre zu verlassen, musste man über einen winzigen Holzsteg laufen, und meine Strandtasche war so vollgestopft, dass ich das Gleichgewicht verlor und beinahe ins Meer fiel, aber Sean fing mich auf.

Am Hafen war ein Fahrradstand, wo man sich Räder für den Tag ausleihen konnte. Sie waren noch klappriger als die von Lenicas Eltern, und sie machten scheppernde Geräusche, aber sie fuhren.

Wir radelten um die Insel herum, sie war wirklich klein und irgendwie borstig, ohne Bäume, mit Büschen und Hecken. Wir fuhren alle Strände ab und suchten uns die allerschönste Bucht aus. Als wir den Strand näher erkundeten, merkten wir, dass er um eine Landzunge herumführte und riesig war, aber es war kein Mensch da, und wir beschlossen zu bleiben.

Wir schnorchelten, obwohl das Wasser kalt war, und ich sah einen Oktopus, der mich lange anschaute. Ich schwamm in Seans Richtung, weil ich ihm den unbedingt zeigen wollte, aber er war sehr, sehr weit hinausgeschwommen und ich hatte Mühe hinterherzukommen.

»Wo willst du denn hin?«, fragte ich ihn, als ich ihn endlich eingeholt hatte. »Ich hab einen Oktopus gesehen«, sagte ich und hängte mich an seine Schultern.

»Ich will weit ins tiefe Meer«, sagte Sean.

»Da will ich auch hin«, sagte ich.

Zu dem Oktopus sagte er nichts.

Sean schwamm weiter und weiter, und ich hing an ihm dran, weil das ein schönes Gefühl war. Aber dann drehte ich mich kurz um, und plötzlich kam es mir so vor, als sei die Insel viel zu weit weg, und ich sagte: »Wollen wir nicht zurückschwimmen?«, und ich weiß nicht, ob Sean nichts hörte oder es nicht hören wollte, denn er schwamm immer weiter und weiter.

»Gibt es hier Haie?«, fragte ich.

»Keine Ahnung«, sagte er, »du kennst das Meer hier doch viel besser als ich.«

Langsam war das Wasser nicht mehr hell und blau und türkis, sondern tiefdunkelblau.

»Hey, schwimm zurück!«, rief ich.

Er reagierte nicht.

»Sean, schwimm sofort zurück, sonst schwimm ich allein zurück!«

Er wurde langsamer, hielt inne und drehte dann abrupt um. Zuerst lachte er, und dann sagte er ganz ernst: »Für dich, Elsa, tu ich alles, da schwimme ich sogar zurück. Halt dich gut fest.«

Ich klammerte mich an ihn, so fest es ging, ohne ihn in seinen Bewegungen zu stören, obwohl ich auch alleine hätte schwimmen können. Und er schwamm zurück.

Wir fielen in den Sand und selbst Sean war außer Atem.

Wir wunderten uns, dass wir immer noch die Einzigen an diesem Strand waren, der ziemlich groß war, dafür, dass die Insel so klein war.

Sean sagte: »Komm mit, hier entlang«, und wir legten unsere Decke unter einen der sehr wenigen Bäume, die hier wuchsen. Ich kannte mich mit Bäumen nicht aus, aber es war eine Kiefernart mit einem knorzigen Stamm, von dem ein Teil fast horizontal war, bevor er aufragte, sodass man sich draufsetzen konnte. Bei näherem Hinsehen fiel mir auf, dass der Stamm gar nicht knorzig war, er sah nur so aus, weil unzählige Wörter und Buchstaben in ihn eingeritzt waren, mit krummen Herzen oder Zeichen, die ich nicht kannte. Sean stand davor, als suche er etwas.

»Der Baumstamm sieht ein bisschen aus wie deine Arme«, sagte ich zu Sean.

Er runzelte die Stirn.

»Ich meine deine Tattoos«, sagte ich.

»Ich weiß, was du meinst«, sagte er.

Wir hatten kaltes Brathähnchen, Baguette und Bier dabei, und nach dem Essen lag ich mit meinem Kopf auf seinem Schoß, und wir konnten nicht anders, als einfach einzuschlafen.

Als wir aufwachten, stand die Sonne schon ziemlich tief.

»Der schönste Augenblick des Tages«, sagte ich.

»Mein Bein ist eingeschlafen«, sagte Sean und umarmte mich. Und dann zeigte er auf den Horizont: »Schau mal, da fährt unser Boot.«

»Verdammt!«, sagte ich, und dann begannen wir beide zu lachen.

»Ich hab schon wieder Hunger, komm, wir schauen mal, was es in der Kneipe gibt.«

»Ich hab auch schon wieder Hunger«, sagte ich.

»Dann schnell, du wirst schlecht gelaunt, wenn du Hunger hast.«

»Werd ich gar nicht«, lachte ich und schubste ihn. »Warte, wir können unser Hähnchen nicht so liegen lassen.« Ich schaute auf das Gerippe.

Er hielt es hoch, und sofort kamen drei große Möwen angeflogen und kreischten. Er warf die Knochen in die Luft, und die Möwen fingen sie im Flug auf und verschlangen sie. Es sah unheimlich aus.

»Ersticken sie denn nicht?«, fragte ich entsetzt.

»Nein, das sind Silbermöwen, die fressen noch ganz anderes. Du musst aufpassen, dass sie sich nicht auf dich stürzen.«

»Ich mag sie nicht«, sagte ich. »Sie sind riesig.«

Sie flogen noch eine Weile um uns herum, bis sie sicher waren, dass bei uns nichts mehr zu holen war.

»Sie haben sich nicht auf mich gestürzt«, sagte ich.

»Dafür stürze ich mich auf dich«, sagte Sean und stürzte sich auf mich.

Wir packten unseren Kram auf die Fahrräder und fuhren an den Hafen. Die Kneipe war ein unscheinbares, altes Inselhaus, das hellrosa gestrichen war, an seinen Wänden lehnten

Hummerreusen und auf dem Boden lagen bunte Fischernetze. Auf der Terrasse saßen ein paar Inselbewohner.

Wir gingen rein an die Bar.

Der Besitzer begrüßte Sean wie einen alten Freund. Ich wusste ja, dass Sean, obwohl er verschlossen sein konnte, manchmal gerne mit Menschen redete, doch so hatte ich ihn noch nie erlebt. Seine Augen leuchteten und sein ganzes Gesicht strahlte, und er gestikulierte wild. Nach ein paar Minuten kannte er die ganze Lebensgeschichte des Besitzers, der Ire war, und die der gesamten Familie.

Ich setzte mich und beobachtete Sean und mir fiel auf, wie wenig ich ihn letztendlich kannte. Wie kurz ich ihn kannte.

Wir tranken literweise Guinness an diesem Abend, wir aßen den Tagesfang, es war Tintenfisch, und ich musste an den Tintenfisch denken, den ich beim Schnorcheln gesehen hatte, wenn auch nur ganz kurz. Wir saßen auf der Terrasse unter glitzerndem Himmel, es gab auf der Insel keine Straßenlaternen, nur den Mond, und die Sterne erleuchteten alles, und als der Besitzer uns ein Zimmer anbot, sagte Sean lachend Nein. Ich sah ihn an und wollte fragen: »Aber wo sollen wir denn dann schlafen?«, aber er zog mich ganz fest an sich, und als hätte er meine gedachte Frage gehört, sagte er: »Du wirst schon sehen, du wirst sehen, meine Elsa.«

Die Inselbewohner waren schon ziemlich gut im Feiern, aber die Iren waren noch viel besser, und allen voran Sean. Keine Ahnung, wie lange wir blieben, fest stand nur, das letzte Guinness war nie das letzte.

Und wir fuhren mit unseren Rädern zurück zum Strand, und kaum waren wir da, sanken wir in den Sand, der gar nicht kalt war und gar nicht nass war, und das Letzte, was wir sahen, war das grüne Licht des Leuchtturms, und das Letzte, was ich sah, waren Seans Augen, die auch grün waren und für mich in dieser Nacht mindestens so hell wie das Licht des Leuchtturms.

Ich wachte auf, weil meine Nase fror, aber mir war nicht kalt, denn ich lag neben Sean und wir waren in unsere Picknickdecke gewickelt und er hatte einen so warmen Körper, und ich erinnerte mich noch daran, wie er mir das gesagt hatte, geradezu angekündigt, an dem Abend, als wir uns kennenlernten. Es war tatsächlich genauso, wie er das gesagt hatte, genauso warm. Und ich erinnerte mich daran, wie ich gestern Nacht die Sterne über uns sah und die ganze Milchstraße, so dicht und so nah, als hätte jemand einfach ein glitzerndes Netz über uns gespannt.

Ich setzte mich auf und sah, wie die Sonne hinter dem Leuchtturm aufging, und die ganze Welt war pastellfarben und rosa und blau, und mit jeder Minute verlor sie etwas Rosa und etwas Blau, weil die Sonne die Welt um uns herum wieder für sich einnahm, und bald war einfach alles wieder sonnig.

Ich bemerkte, dass Sean aufgewacht war.

»Hast du das gesehen?«, fragte ich ihn.

»Ja, Elsa.«

»Und war das nicht unglaublich?«

»Ja, meine Elsa, das war unglaublich, und du bist unglaublich, meine unglaubliche Elsa, meine unglaubliche Elsa.«

Und er zog mich zurück unter die Picknickdecke und dort blieben wir, bis wir wussten, gleich würde die Fähre kommen und uns wieder in die Wirklichkeit zurückbringen.

Als wir sahen, wie das Schiff im gleißenden Morgensonnenlicht auf den einzigen Quai des kleinen Hafens zufuhr, stopften wir schnell unsere Sachen in die Taschen, klemmten sie auf die Räder und radelten los, wir rasten und holperten in einem Affentempo über den staubigen, steinigen Weg, die Fähre schien so nah, aber wir mussten ein ziemliches Stück radeln, bis wir sie endlich erreichten. Ein Hügel, um den wir herumfahren mussten, hatte uns den Blick genommen, wir sahen nicht, wie sie anlegte, sahen erst wieder, wie die Tagesbesucher, mit Sonnenhüten und Rucksäcken und Sonnenbrillen ausgerüstet, die Fähre verließen, wie sie prüfend in den Himmel schauten, ob sich eine Wolke zeigte, aber da war keine einzige, es versprach ein glanzvoller Tag zu werden, und der kleine Steg wurde schon wieder beinahe eingezogen, als wir unsere Räder hinwarfen und Sean gerade noch so draufsprang und mich an der Hand hinter sich herzog. Wir fielen auf das Holzdeck der Fähre, blieben liegen und küssten uns. Der Kapitän schüttelte den Kopf und lachte und rief uns zu: »Warum seid ihr nicht dageblieben?«, und plötzlich fragte ich mich dasselbe. Und Sean sah mich an und sagte: »Ja das hätten wir machen sollen, das nächste Mal machen wir das einfach, wenn wir das nächste Mal auf einer Insel sind, bleiben wir einfach da, versprochen, Elsa?«

»Versprochen, versprochen, versprochen«, sagte ich, und glücklicher konnte ich nicht sein.

Vielleicht war das der schönste Tag meines Lebens, dachte ich, als ich neben Sean auf der Fähre stand und wir, meine Hand in seiner, die Insel im Horizont verschwinden sahen. Ich dachte es, aber sagte es ihm nicht.

Später, als wir wieder zu Hause waren und Brioches in unseren Milchkaffee tunkten, Lenica und ich, Marie und Fanny schliefen noch und Sean war nach Hause gefahren, ins Haus seiner Mutter, erzählte ich Len von unserem Ausflug auf die »Petite Île«.

»Ihr wart auf der kleinen Insel?«, fragte sie.

»Ja«, sagte ich. »Wir kannten sie beide nicht. Ich, obwohl ich schon so lange hier bin. Und Sean wollte schon immer mal hin, er mag den Namen so.«

»Ja, der Name ist schön«, sagte Lenica. »Und Sean sagte, er war noch nie dort?«

»Ja, das sagte er. Warst du schon mal da?«

Sie zögerte.

»Ja.«

»Wann war das?«

Lenica schaute mich lange an und dann schaute sie lange in Richtung Meer und Himmel und Horizont.

»Das ist ewig her. Zu einer Zeit, als es noch Drachen gab.«

Ich wollte fragen: Wann genau war das, mit wem warst du da, mit deinen Eltern?, da rief Lenica plötzlich: »Fanny, du bist ja eine Schlafmütze!«, und Fanny, die in dem Moment durch die Terrassentür trat, sah auch noch wirklich so aus. »Ich geh jetzt Marie wecken und dann gehen wir endlich zum Felsen.«

Und schon war Lenica weg und all meine Fragen blieben unbeantwortet.

An einem der nächsten Tage lagen wir alle zusammen auf dem Felsen. Es war Flut und die Wellen schlugen beinahe bis zu unseren Handtüchern. Ich lag auf der Seite und las, Sean schlief neben mir, mit seiner Hand auf meiner Hüfte. Es sah unbequem aus, aber er schien tief zu schlafen und atmete ganz gleichmäßig. Ich war gerne in der Nähe von schlafenden Menschen, sie schienen einem dann wirklich nahe zu sein, auf eine existenzielle Weise, vielleicht auch, weil man nicht unbedingt neben jedem schlief und es ein Zeichen von Vertrauen war.

Paco schlief auch, unter einem kleinen Felsvorsprung im

Schatten. Fanny lag mit dem Kopf auf Paco und hatte die Beine angezogen. Marie lag auf dem Bauch und Héloïse saß hinter ihr und cremte ihr den Rücken ein.

Lenica kam gerade aus dem Wasser, sie lief rückwärts, weil sie Schwimmflossen anhatte. Die Taucherbrille hatte sie auf ihrem Kopf und der Schnorchel baumelte an der Seite.

Sie zog die Flossen aus, kletterte auf den Felsen und stellte sich neben Marie.

Sie schüttelte sich und Marie schrie auf.

»Das machst du absichtlich!«

»Ups, nein, war ganz aus Versehen.« Lenica lachte.

Marie tötete sie mit einem Blick.

»Das ist doch nur eine kleine Erfrischung. Herrje, ihr seid alle so empfindlich.«

Len stellte ihren nackten Fuß auf Maries Oberschenkel.

Marie schnaubte und schubste Len weg.

»Ich wollte dich gerade fragen, was wir an deinem Geburtstag machen, aber jetzt feierst du am besten alleine«, sagte Marie.

»Ihr Kampfhühner, hört endlich auf zu zanken und spielt in der Sonne«, sagte Fanny.

Len warf ihren Kopf nach vorn und drückte ihre nassen Haare über Marie aus.

Marie warf sich auf sie.

Ich hob den Kopf und legte mein Buch weg.

»Ja, genau, dein Geburtstag, Len. Was machen wir an deinem Geburtstag?«

Marie verfolgte Len ins Wasser und versuchte sie unterzutauchen. Sie spritzten so rum, dass wir auch ganz nass wurden. Paco sprang auf und bellte wie verrückt.

Sean wachte auf und stöhnte.

»O diese Frauen. Und dieser Hund.«

Er warf sich ein Handtuch auf den Kopf.

»Sie sind doch noch klein und müssen sich austoben«, sagte Fanny und wir lachten.

Marie und Len schubsten sich jetzt gegenseitig aus dem Wasser, sie schüttelten sich und Paco schüttelte sich.

»Igitt, Hundebazillen«, rief Fanny.

Marie und Len legten sich auf den warmen Stein, und Paco legte sich neben sie.

»Also, Lenica, dein Geburtstag! Sag, was machen wir?«

Len legte ihren Kopf auf Maries Bauch.

»Ich weiß nicht«, sagte Len mit geschlossenen Augen und streckte sich. »Meine Mutter kommt«, sagte sie und klang zufrieden und so, als würde das schon genügen.

»Ich dachte, du magst deine Mutter nicht?«

»Du Dummerchen, trotzdem muss sie doch an meinem Geburtstag da sein. Sie ist schließlich meine Mutter. Und sie hat es versprochen.«

Es klang so, als sei das das Entscheidende. Dass sie es versprochen hatte.

»Dann feiert ihr in der Familie?«

»Nein, ich will richtig feiern. Irgendwas müssen wir machen. Man muss immer feiern. Nicht feiern kommt gar nicht infrage.« Sie streckte ihre Beine in die Luft. »Und der Sommer ist soooo langweilig, ich sterbe sonst noch vor Langeweile.«

»Du hast recht, du hast recht, du hast absolut recht!«, sagte Marie und legte ihre Hand auf Lens Kopf. »Ich sterbe auch vor Langeweile.«

»Und schon sind sie wieder beste Freundinnen, sobald es ums Feiern geht.«

»Wir sind immer beste Freundinnen, auch wenn wir uns zanken«, sagte Len und drehte sich auf die Seite. »So ein bisschen Zanken hat doch noch niemandem geschadet.«

»Ja, genau«, sagte Marie. »Es ist inspirierend und straffend. Schaut uns doch nur an! Aber geh endlich von meinem Bauch runter.«

Fanny und ich schüttelten unsere Köpfe.

»Doch, uns schadet es schon«, sagte Fanny.

»Ja, ich hasse es auch, mich zu streiten«, sagte ich.

»Gut zu wissen«, sagte Sean unter seinem Handtuch.

»Ja, ihr seid ja auch die Obermimosen.«

Wir beschlossen, Lens Geburtstag bei uns zu feiern, weil unser Garten größer war, und da der Sommer bisher so warm war, bis auf ein paar Ausnahmetage, würde es sicher auch schön bleiben, wir waren zuversichtlich.

Wir fragten Len, wen sie einladen wollte, und sie zuckte nur mit den Schultern und sagte: »Alle!«

»Dann schreib mal Einladungen«, sagte Marie.

»Ich schreib doch keine Einladungen, bist du verrückt?« Sie zeigte Marie einen Vogel. »Sagt einfach allen Bescheid.«

»Und wenn wir jemanden vergessen?«

»Das schafft ihr schon«, sagte sie und tätschelte meine Schulter.

»Und wenn jemand dann das Datum vergisst?«

»Wer das vergisst, ist nicht wert zu kommen«, sagte Len dramatisch, machte eine königliche Handbewegung und klackerte mit ihren Armbändern.

Wir luden in den nächsten Tagen alle Leute ein, die Lenica kannte, und sie kannte wirklich viele Leute, irgendwie liebten sie alle. Zugleich wusste ich nicht, wen sie eigentlich liebte oder wer ihre engsten Freunde waren in der Zeit, in der wir nicht da waren, und das war ja immerhin die längste Zeit des Jahres.

An einem der nächsten Tage lagen wir einmal nachts mit unserem Bettzeug auf der Terrasse und warteten auf Sternschnuppen, und ich fragte Len: »Wer sind eigentlich hier deine Freunde?«

Und sie sagte: »Ihr seid meine Freunde.«

»Aber wenn wir nicht da sind?«

»Wenn ihr nicht da seid, seh ich niemanden und lebe als Eremitin. Gibt es das Wort, Eremitin? Ich meine, die weibliche Form?«

»Keine Ahnung«, sagte ich. »Ich glaube schon.«

»Ich sehe niemanden und verbringe die Zeit in meinem Zimmer, mit Héloïse und Paco, und wenn ich mal rausgehe, dann nur, um mit Paco am Strand spazieren zu gehen.«

Ich glaubte ihr nicht. Und mir wurde klar, dass ich nicht alles über sie wusste.

Am Morgen ihres Geburtstages musste Len noch so lange im Bett liegen bleiben, bis wir alles gemeinsam vorbereitet hatten. Sean und Marie deckten den Tisch im Garten und ich verstreute Rosenblätter und Fanny stellte den Himbeerkuchen auf den Tisch, den sie gebacken hatte, weil Len an ihrem Geburtstag immer Himbeerkuchen haben musste und Champagner. Wir hatten ihr einen Strauß aus Feldblumen gepflückt: Margeriten, Klatschmohn und Kornblumen und Ähren.

Eine riesige Wolke stand neben der blassen Sonne am Himmel und der Himmel hatte heute sowieso eine ganz komische Farbe, eigentlich gar keine, ich hoffte, das würde sich noch ändern, weil ich für Lenica einen strahlenden Sommertag wollte. Ich wollte eine gleißende Sonne und einen strahlenden stahlblauen Himmel.

So strahlend wie Lenica, als sie aus dem Bett kam. Als wir sie riefen, öffnete sie die Fensterläden und schaute auf uns herunter, in ihrem weißen Seidenkimono mit den roten Blüten und grünen Blättern drauf. Ihre langen Haare fielen ihr über die Schultern, und an der Seite hatte sich ein Wirbel gebildet.

Sie sah in diesem Moment viel jünger aus, als sie war, wobei ich eigentlich gar nicht wusste, wie alt sie genau wurde, jedenfalls sah sie jetzt so unglaublich jung aus, und ich merkte, dass Édouard Tränen der Rührung in den Augen hatte, aber es war vermutlich vor allem der Gedanke an die Jugend, der ihn rührte. Ich konnte das erst viel später verstehen.

Lenica setzte sich in ihrem Seidenkimono zu uns, mit himbeerrot geschminkten Lippen, »passend zu Himbeerkuchen«, sagte sie.

Die Wolke war verschwunden und plötzlich war der Himmel blau.

Wir saßen alle am Tisch, aßen Himbeerkuchen und tranken Champagner, es hatte so etwas wunderbar Dekadentes, vor dem Mittag Champagner zu trinken, nur Lens Vater wollte keinen und sagte: »Um die Uhrzeit! Dafür bin ich zu alt«, und lachte leise. Yann, der Briefträger, brachte eine übergroße Geburtstagskarte für Len, von ihm bemalt und geschrieben, und er machte eine extralange Pause vom Briefeaustragen, um mit uns zu feiern.

Yann trank ein Glas und sagte streng zu seinem Bruder: »Aber Édouard, dazu ist man doch nie zu alt«, und Édouard sagte: »Pass nur auf, dass du nicht kontrolliert wirst auf deiner Vespa!«

»Wer soll mich denn kontrollieren, das ist doch höchstens Pauline, und die schick ich zu euch, dann trinkt sie auch einen.« Pauline war die Dorfpolizistin und bekannt dafür, dass sie selbst gerne pichelte.

Len trank den meisten Champagner, und Fanny sagte: »Lenica, übertreib nicht, es ist doch noch nicht mal Mittag«, doch Len lachte ihr wundervolles Lenlachen und sagte: »Ja, ich bin schon völlig betrunken, aber es ist mein Geburtstag, und außerdem sind Ferien, und da darf ich auch schon vor dem Mittag betrunken sein. Gleich mache ich auch ein Schläfchen in der Hängematte.«

Sie zupfte die Margeriten aus ihrem Blumenstrauß, flocht sich einen Kranz und setzte ihn sich auf den Kopf.

Lens Mutter war in Paris, bei irgendwelchen Dreharbeiten, aber wollte gegen Abend anreisen.

»Kommt sie denn ganz sicher?«, fragte ich Len.

»Ja, ganz sicher, ich meine, ich hab es gar nicht gedacht, und es ist mir auch ganz egal, aber sie hat gesagt, ›wenn mein kleines Schäfchen Geburtstag hat, komme ich ganz sicher‹.«

»Dir ist es ganz egal, ob sie kommt?«

»Ja«, sagte Len.

»Und du bist ihr kleines Schäfchen?«

»Ja«, sagte Len ernst.

»Letztens war es dir aber nicht egal.«

»Doch, es war mir schon immer egal.«

»Erzähl keinen Quatsch, Len.«

»Lass sie doch«, sagte Sean zu mir.

»Hör auf, Elsa, es ist mein Geburtstag«, sagte sie und warf mir einen komischen Blick zu. »Ich packe jetzt mein Geschenk aus«, sagte sie zu Sean.

Wir schenkten Len eine Polaroidkamera, das war Seans Idee gewesen, und er zeigte ihr auch, wie man damit fotografiert. Dann fotografierte Sean Lenica mit ihrem Margeritenkranz und ihrem Champagnerglas, und sie zog Grimassen. Nur auf einem einzigen Foto nicht. Da sah sie unheimlich sehnsüchtig aus, sehnsüchtig und traurig. Und schaute mich an.

Außerdem schenkten wir ihr, dass wir endlich ein Baumhaus bauten, auch wenn ich das Gefühl hatte, dass wir das vor allem mir schenkten. Sean bestand darauf.

Irgendwann gingen wir alle schwimmen, um wieder nüchtern zu werden, und dann begannen wir das Fest vorzubereiten.

Lenica legte sich in die Hängematte und sagte: »Ich mach jetzt meinen Schönheitsschlaf.«

»Ja, du brauchst definitiv einen«, sagte Marie und wir lachten. Lenicas Wimperntusche war beim Schwimmen komplett verlaufen.

»Abschminken würde auch reichen«, sagte Fanny streng.

»Lasst mich in Ruhe, ihr Kleinen, ihr Süßen«, kicherte Len und zog sich die Decke über den Kopf. Sie gehörte zu den Menschen, die überall und immer schlafen konnten. Einmal war sie sogar während einer Party auf einem Stuhl eingeschlafen, bei lauter Musik. Auch jetzt war es ein Wunder, dass sie schlief, denn wir machten ziemlich viel Krach. Aber Len hätte vermutlich nicht mal eine Bombe gestört.

Wir schmückten den Garten mit bunten Lampions und stellten Holzbänke und Holztische auf, die Édouard und Yann uns besorgt hatten, und große Fackeln, Len mochte alles mit Feuer. Und wir taten alles, was Len gerne mochte. Yann und Édouard kümmerten sich auch um das Essen. Sie hatten einen riesigen Grill aufgestellt, und auf dem Tisch daneben häuften sich Würste und Koteletts, und ein Fass Bier stand da und daneben noch ein weiterer Tisch mit Salaten und Baguette und natürlich einer großen Käseplatte, eine Schale mit Mousse au chocolat und ein großer Kirschkuchen und unzählige Weinflaschen.

Später tauchte Pauline auf, die Dorfpolizistin, ich hätte sie in Zivil fast gar nicht erkannt, sie trug eine bunte, weit ausgeschnittene Bluse, die so aussah, als hätte sie sie jahrelang nicht mehr angehabt, und einen wallenden Rock und rote hohe Sandalen, die vorne nur ein Loch für die Zehen hatten, und sie brachte auch noch einen Kuchen mit und machte Yann schöne Augen. Und Yann zog eine Krawatte aus seiner Hosentasche und band sie sich flink um, und er öffnete eine Flasche nach der anderen, und wir stießen alle unter dem Kirschbaum auf Len an, die immer noch in ihrer Hängematte lag.

Sean legte Musik auf, und ich zündete die Kerzen an. »Mit den Fackeln warten wir noch«, sagte ich. Marie sagte: »Ich geh mich schnell umziehen«, und Fanny sagte: »Jetzt müssen wir uns wirklich beeilen und vor allem müssen wir Len wecken.«

Lenica bedachte uns dafür mit zahlreichen Flüchen. Wir flößten ihr einen starken Kaffee ein und schickten sie nach oben unter die Dusche.

»Nein, ich muss nach Hause, ich muss mich doch umziehen«, sagte sie, schnappte sich Paco und ein Fahrrad und fuhr los. Sie fuhr los, und in dem Moment blitzte das Meer zwischen den Bäumen auf, als wollte es uns etwas sagen, in einem unglaublichen Blau, einem so ewigen Blau, wie es das Meer hier nur in ganz wenigen Augenblicken für uns bereithielt.

Das Fest begann spät, nach und nach trudelten alle ein, nur Len war immer noch nicht da.

»Wo bleibt sie denn?«, sagte Fanny.

Marie sagte: »Sie kommt schon, sieh lieber zu, dass du fertig wirst«, und machte sich ihre Haare mit Klammern am Kopf fest, sie machte es ganz wild und es sah toll aus.

Mir kam es komisch vor, dass Len noch nicht da war. Ich hatte das Gefühl, dass irgendwas nicht stimmte. Ich beschloss, nach ihr zu sehen.

»Bin gleich zurück«, rief ich und lief los, ich trug hohe Schuhe und wusste nicht, ob ich mit ihnen Fahrrad fahren konnte, und wollte es nicht ausprobieren, deshalb zog ich sie schnell aus und klemmte sie auf den Gepäckträger.

So schnell ich konnte, fuhr ich über den staubigen steinigen Feldweg zu Len nach Hause. Die Sonne stand schon tief, aber schien noch unentschlossen, ganz unterzugehen. Das Haus lag im Schatten. Das Holztor war halb geöffnet, und mir fiel auf, wie sehr die Klematis, die den Zaun entlangkletterte, gewachsen war, seitdem ich das letzte Mal hier war. Im kleinen Garten war eine Wäscheleine zwischen zwei Apfelbäumen gespannt, daran flatterten zwei hauchdünne Kleidchen, fast wie Unterkleider, in gebrochenen Rosatönen. Ich sah kein Licht, stürmte in das Haus und sprang die Treppe rauf in Lens Zimmer. Da war sie nicht, aber vor ihrem Bett lag ein Haufen Klamotten.

»Len? Wo bist du? Bist du da?«

»Elsa … Hier …«

Ihre Stimme klang so leise und klein, dass ich sie kaum hören konnte, sie kam aus dem Zimmer ihrer Mutter.

Ich klopfte.

»Komm rein, du musst nicht klopfen, sie ist nicht da«, sagte Len.

Len saß auf dem Steinboden, neben ihr ein zweiter Haufen Klamotten. Sie trug einen dunkelblauen Satinrock und einen bordeauxroten BH. Ihre Wimperntusche war immer noch verlaufen. Sie hatte sich Zöpfe geflochten und sah aus wie zwölf. Paco lag neben ihr und schaute ganz betreten.

»Ich weiß nicht, was ich anziehen soll«, sagte Len und fing an zu weinen.

Ich musste lachen.

»Du weißt doch immer, was du anziehen sollst«, sagte ich. »Was ist los?«

Sie zog die Nase hoch.

»Ich war schon duschen und war fast fertig, ich war fertig geschminkt und sah ganz toll aus, glaubst du mir?«

Sie sah sehr verheult aus.

»Du darfst nicht denken, dass das die verschmierte Schminke noch von eben ist. Die ist schon wieder neu verschmiert.«

»Das denk ich doch gar nicht«, sagte ich, obwohl ich es gedacht hatte.

»Meine Mutter kommt nicht«, sagte Len und fing wieder an zu heulen. Sie war ein Häuflein Elend.

Ich umarmte sie und pustete ihr in die Haare. »Sei nicht traurig«, sagte ich.

Sie befreite sich aus meiner Umarmung. »Ich bin gar nicht traurig, ich bin wütend.«

Sie riss an ihren Zöpfen.

»Sie hat auf den Anrufbeantworter gesprochen. Eine saublöde Nachricht. ›O mein Schäfchen, blablabla‹, und noch mehr ›blablabla‹, und ich darf von ihr anziehen, was ich will, und ›ich weiß, du verstehst es‹, ach verdammte Scheiße, ›maman, Küsschen, Küsschen‹, scheiß auf die Küsschen.«

Sie feuerte ungefähr hundert Flüche raus.

»Hast du es deinem Vater erzählt?«

»Nein, er ist doch bei dir, wann hätte ich ihm das erzählen sollen«, schnaubte sie mich an. »Aber ihn wird es nur traurig machen und nicht wütend.«

»So, du ziehst dich jetzt an und kommst zu deiner Party! Verdammte Scheiße.«

Sie lachte. »Du fluchst so irre schlecht, da muss ich immer lachen. Aber ich weiß nicht, was ich anziehen soll!«

Sie weinte wieder los.

»Hör jetzt endlich auf mit dem Quatsch. Zieh irgendwas an, schmink dich ordentlich und wir fahren los.« Ich nahm eine Bluse, die neben ihr lag, sie war so dunkelrot wie ihr BH. »Zieh die an.«

»Nein«, sagte Len. »Die auf keinen Fall.«

Sie nahm die Bluse und warf sie verächtlich in die Ecke. Wo auch der schlappe Margeritenkranz lag.

Ich fasste ihre Hände und zog sie über den Steinboden ins Bad. Ich hätte nicht sagen können, ob sie es schön oder schrecklich fand. Ich glaube, sie mochte es. Sie war sehr leicht und man konnte sie gut ziehen und der Steinboden war kalt und rutschig. Im Bad setzte ich sie auf den Hocker neben der Badewanne. Ich nahm einen Wattebausch und schminkte die verheulte Wimperntusche ab. Lenica saß ganz still da. Ich schminkte sie, so gut ich konnte, denn andere zu schminken ist ziemlich schwierig. Ich fand ihren Lippenstift.

»Lippenstift?«, fragte ich.

»Ja«, sagte sie und schminkte sich die Lippen, ohne in den Spiegel zu schauen. Sie machte es perfekt. Dann löste sie sich die Zöpfe. »Scheißzöpfe.« Ihre Haare waren ganz wellig.

»Fertig«, sagte sie.

»Oberteil?«, sagte ich und zog die Augenbrauen hoch.

»Nein«, sagte sie.

»Na gut.« Ich tat so, als wäre ich genervt, aber ich liebte ihre Dickköpfigkeit. »Dann wenigstens Schuhe.«

Sie seufzte, lief in das Zimmer ihrer Mutter und zog sich altmodische schwarze Lackschuhe mit Riemchen an.

Wir gingen schweigend die Treppe runter, sie immer noch in Satinrock und BH, und dann durch den Garten. An der Wäscheleine blieb sie stehen, drehte den Kopf in den Wind und löste die Wäscheklammern von dem kurzen, hauchdünnen Kleid und zog es sich über den Kopf. Es reichte genau bis unter den Hintern und es sah toll aus zu dem Rock, umwerfend.

»Ich weiß immer, was ich anziehen will«, sagte sie und lachte.

»Ich weiß«, sagte ich und umarmte sie.

Die Farbe des Himmels hatte sich verändert und war jetzt einen Ton dunkler als das gebrochene Rosa ihres Kleides.

Wir kamen bei meinem Fahrrad an, das ich auf die Wiese geworfen hatte.

Lenica nahm meine Schuhe vom Gepäckträger und setzte sich drauf. Sie hielt sich von hinten an mir fest und wir radelten über den staubigen Feldweg zu uns. Paco rannte neben uns her.

»Wir werden ganz verstaubt ankommen, wenn du so schnell fährst«, lachte Len von hinten.

»Dann trinken wir was und entstauben beim Tanzen.«

Sie zwickte mich in die Seite. »Du redest ja einen Unsinn.«

»Halt jetzt mal deine süße Klappe und freu dich auf die Party!«

Wir sahen die Lampions schon von Weitem und die Fackeln, und es sah toll aus. Ich stellte das Fahrrad in den Schuppen und Lenica wartete davor auf mich und hielt meine Schuhe in der Hand.

Es dämmerte jetzt beinahe und die Welt war in einen dunklen Fliederton getaucht und erste Fledermäuse waren unterwegs. Lenica hasste Fledermäuse. Sie hatte immer Angst, dass sie ihr in die Haare flogen.

Marie und Fanny kamen auf uns zugestürmt.

»Wo bleibt ihr denn? Es sind schon Leute da!«

»Hier sind wir doch«, sagte Len.

Weder Len noch ich hatten Lust, irgendetwas zu erklären, aber das mussten wir auch nicht. Gemeinsam schwiegen wir darüber, dass Lenicas Mutter nicht da war.

Ich warf mich Sean in die Arme und war froh, ihn endlich wiederzuhaben.

»Ich hatte solchen Sean-Mangel«, sagte ich ihm ins Ohr, ich sagte so etwas fast nie.

Er zog mich an sich und hielt mich ganz fest und küsste mich. »Elsa«, sagte er und schaute in Lenicas Richtung.

»Darf ich heute Abend mal deine Uhr anziehen?«, fragte ich Sean. »Ich mag sie so.«

»Nein«, sagte er.

»Warum nicht? Ach komm!«

»Nein, Elsa, ich verleihe sie nicht«, sagte er ganz ernst.

»Nicht mal an mich?«

»Nicht mal an dich«, sagte Sean und zog mich an sich.

»Ich hol mir was zu trinken«, sagte ich.

Er ließ mich los.

Der Garten füllte sich mit immer mehr Leuten, und jetzt war es richtig dunkel und es sah noch schöner aus, mit den Lampions und dem Feuer.

Ich sah, wie Len mit Yann und Édouard zusammenstand. Sie waren zu weit weg, als dass ich hätte verstehen können, worüber sie redeten. Dann stellte sich Héloïse noch dazu und sie umarmten sich und prosteten sich zu, und Yann küsste Len auf den Kopf.

Ein Freund von Héloïse grillte, der Käse und die Salate waren schon fast aufgegessen.

»Fragst du dich nicht auch, wo die plötzlich alle herkommen?«, sagte Fanny.

»Ja, so viele Leute haben wir doch gar nicht eingeladen. Ich wusste nicht mal, dass es hier überhaupt so viele Leute gibt.«

»Es hat sich wohl rumgesprochen.«

»Eine Party ist doch auch erst gut, wenn die Polizei kommt.«

Pauline und Yann tanzten an uns vorbei.

»Die Polizei ist doch die ganze Zeit da.« Wir lachten.

Len kam mit einem Würstchen in der Hand und umarmte uns.

»Oh, ihr Kleinen, es ist so eine tolle Party, vielen, vielen Dank.«

»Lass deine Fettfinger bei dir«, sagte Marie, und Len lachte und wischte ihre Finger an Maries Arm ab.

Sie schien sich wieder erholt zu haben, ihre Augen glänzten und ihre Wangen glühten, und sie hüpfte weiter zu den Kuchen und schnitt sich ein riesiges Stück von Paulines Apfeltarte ab. Sie blieb stehen und redete und gestikulierte wild mit einer Gruppe von Jungs, die ich nicht kannte, und der eine rückte ihr immer näher und legte den Arm um sie, als Sean hinter ihr auftauchte, den Typen zur Seite drängte und sie auf die Tanzfläche zog.

Sean und Len tanzten ausgelassen, und er wirbelte sie herum, bis ich hörte, wie sie rief: »Halt, mir ist schwindelig, hör auf, sonst muss ich kotzen.« Und er lachte und wirbelte sie noch mal durch die Gegend.

Dann wurde die Musik langsamer und Len hängte sich an Sean, als müsste sie sich ausruhen. Sie zwinkerte mir zu und hob kurz eine Hand, wie zum Winken, dann legte sie sie wieder um Seans Hals. Mittlerweile war es richtig dunkel, und trotz der Fackeln und trotz aller anderen Lichter und auch trotz der Glühwürmchen, sah man alle Sterne.

Ich weiß nicht, wie viele Lieder lang ich so dastand.

Sean und Len tanzten ziemlich eng.

»Bist du nicht eifersüchtig?«, fragte Fanny, die die ganze Zeit neben mir gestanden und geraucht hatte. Sonst rauchte sie gar nicht.

Marie hatte eine Schüssel Käsecracker in der Hand und stopfte einen nach dem anderen in sich rein. In der anderen hielt sie ihr Weißweinglas und spülte immer wieder eine Handvoll Käsecracker mit Wein runter.

»Bist du gar nicht eifersüchtig?«, wiederholte Fanny.

»Nein, warum das denn?«, sagte Marie. Sie klang aggressiv.

»Was ist denn mit dir los? Dich meinte ich doch gar nicht. Beruhige dich.«

»Ach so«, sagte Marie und nahm noch einen Cracker.

Ich stellte mich neben Marie und sagte: »Hör auf, so viele Cracker zu essen, du wirst fett.«

»Ich kann gar nicht fett werden«, sagte Marie, und man konnte nicht anders, als ihr zu glauben, wie sie so dastand, so schön und dünn, mit langen, blonden, aufgetürmten Haaren und ihrem ultrakurzen schwarzen Kleid.

»Hast du es gut«, sagte Fanny. »Ich muss denen nur zublinzeln und bin schon fett.«

Ich fing auch an, mir Cracker reinzustopfen und Wein zu kippen. Ich hatte schon drei Würstchen gegessen, mit Senf und Baguette.

»Bist du nicht eifersüchtig?«, fragte Fanny noch mal. »Ich meine dich, Elsa.«

Sie deutete mit dem Kopf auf Sean und Lenica, die den Eindruck machten, als könnten sie ewig so weitertanzen. »Also, ich wäre eifersüchtig.«

»Warum denn?«, fragte ich und nahm schnell noch eine Handvoll Käsecracker.

»Schau doch mal, wie eng die tanzen.«

»Es ist ja auch ein sehr langsames Lied«, meinte ich.

Sie tanzten wirklich eng. Len hatte ihre Hände jetzt hinten in Seans Jeanstaschen und ihren Kopf auf seiner Schulter, und er seine Arme um ihren Hals.

Ich zuckte mit den Schultern.

»Es ist doch Len«, sagte ich.

»Wenn du meinst«, sagte Fanny.

Fanny und ich standen da und beobachteten sie.

Natürlich war ich eifersüchtig, aber Lenica war meine beste Freundin. Was hätte ich auch tun sollen? Es war Lens Geburtstag, ihre Mutter war nicht gekommen, sie war vorhin noch furchtbar enttäuscht gewesen. Und ich liebte sie. Und ich liebte Sean über alles und er mich. Und es war so ein großartiger Sommer. Und Lenica war meine beste Freundin. Was sollte passieren? Sean und sie kannten sich ewig.

Was sollte schon passieren?

Am nächsten Tag schliefen wir lange, und als wir nach und nach in den Garten kamen, war alles aufgeräumt. Nur die abgebrannten Fackeln standen noch da, und die Lampions hingen noch in den Bäumen und erinnerten an gestern. Ich fand das beinahe schade, ich liebte die Stimmung nach einer Party, wenn Gläser und Flaschen rumlagen, überquellende Aschenbecher, die Erinnerungen an einen Abend mit den besten Freunden, von dem vielleicht Teile fehlten. Aber gleichzeitig fand ich es so unglaublich rührend, so eine fürsorgliche Geste, ich wusste es nicht genau, wer es war, aber ich vermutete, es waren Yann, Héloïse und Édouard. Lenica hatte, wie fast jeden Tag in diesem Sommer, bei uns übernachtet, wir hatten ihr das Zimmer schräg gegenüber von meinem hergerichtet, weil ich Sean für mich allein haben wollte. Wir hatten nie darüber gesprochen, dass sie jetzt plötzlich nicht mehr bei mir im Bett schlief, und wenn sie etwas gesagt hätte, hätte ich gesagt: »Aber du hast ihn mir ja mitgebracht«, so war es ja schließlich auch gewesen.

Auf dem großen Holztisch stand eine Thermoskanne Kaffee und daneben lag eine Tüte Croissants und wir machten uns nicht die Mühe, den Tisch zu decken, sondern saßen da und redeten über den Abend, wer alles da war, wer was gesagt hatte, welches Essen am besten war, wer was anhatte, wer am betrunkensten war. Aber nicht darüber, wer mit wem getanzt hatte. Das schien mir auch nicht so wichtig.

Len und ich lagen verkatert in der Hängematte, und Fanny und Marie hingen in zwei Liegestühlen, wir trugen alle Sonnenbrillen und fühlten uns wahnsinnig mondän und erwachsen. So richtig alt erwachsen.

Sean fing an, das Baumhaus zu bauen.

»Dein Baumhaus, Elsa«, flüsterte er mir zu. »Von mir.«

Ich lächelte und schaute ihm zu.

Er schleppte Bretter an, niemand wusste, wo er sie herhatte, aber er schleppte sie über die Wiese und stapelte sie unter dem Kirschbaum. Wir alle schauten ihm zu, wie er hämmerte und sägte und zwischendurch einen Schluck Bier trank, er stellte die Leiter an den Baum, kletterte rauf, deponierte ein Brett oben und kletterte wieder runter.

Wir vier lagen im Schatten und beobachteten Sean, der den Kirschbaum rauf- und runterkletterte, und vor allem ich konnte meinen Blick nicht von ihm wenden, und ich war glücklich, so glücklich mit ihm und versuchte nicht darüber nachzudenken, was wohl noch werden würde.

Vielleicht hätte ich weniger Fehler gemacht, wenn ich darüber nachgedacht hätte, oder mir von jemandem hätte sagen lassen, was ich hätte anders machen sollen. Aber die Menschen, die mir das hätten sagen können, waren alle selbst involviert.

Fanny freundete sich auf eine merkwürdige und besondere Weise mit Sean an, sie verschwanden manchmal und kamen erst Stunden später, mit Markteinkäufen bepackt, wieder zurück. Marie hatte dieses abwechselnde Gezanke und Geschäker mit ihm, und Lenica, ja bei Lenica war ich manchmal nicht sicher, ob sie es überhaupt bemerkte, ob es sie gleichgültig ließ oder ob sie es genoss, den alten Freund ihrer Kindheit mit ihrer besten Freundin zusammen zu sehen. Sie schien sich auch nicht von mir vernachlässigt zu fühlen.

Irgendwann, als wir so im Schatten lagen, sagte Lenica zu mir: »Na, was wird jetzt eigentlich aus euch Kleinen?«

»Du musst es wissen, du hast sie schließlich verkuppelt, Lenica«, sagte Marie.

»Verkuppelt? Nein.«

»Du hast ihn doch mitgebracht an dem einen Abend.«

Lenica runzelte die Stirn.

»Aber nicht, um ihn mit Elsa zu verkuppeln. Sie haben sich irgendwie von selbst verkuppelt.«

Klang das wie ein Vorwurf?

»Können wir uns darauf einigen, dass wir uns einfach verliebt haben?«, sagte ich und setzte mich bei Sean auf den Schoß. Wir lachten.

Lenica war aber ganz ernst.

»Ich würde nie meine besten Freunde verkuppeln. Irgendwann gehen sie wieder auseinander, und dann muss ich mich entscheiden, mit wem ich weiter befreundet sein will. Einer wird ganz sicher wütend auf mich sein, weil sich der andere mir anvertraut. Man kann nicht die Vertraute für beide sein.«

Sie schien nachzudenken.

»Sex macht eh alles kaputt und bringt uns doch alle irgendwann wieder auseinander. Keinen Sex zu haben ist sicherer und die Garantie, dass es andauert.«

»Es ist aber keine Beziehung ohne Sex«, sagte ich.

»Und es macht nicht so viel Spaß«, sagte Marie.

»Das heißt, die Typen, mit denen du zusammen bist, an denen liegt dir nichts? Weil du ja davon ausgehst, dass ihr euch sowieso wieder trennt?«

»Ich schlafe mit niemandem, der mir wirklich etwas bedeutet. Sex ist gefährlich. Er zerstört alles. Man muss gut nachdenken, mit wem man sich einlässt und worauf man sich einlässt. Ich finde tiefe Gefühle wichtiger. Das Gefühl, einen Seelenverwandten zu haben.«

Lenica warf ihre langen, dunklen Haar nach hinten, die sie offen trug, und zog ihre Jacke enger um sich.

Ich sah, wie Sean Lenica ansah. Ich konnte seinen Blick nicht deuten.

An einem dieser Tage fuhren Sean und ich wieder in die Stadt mit der Kathedrale am Fluss mit dem komischen Namen.

Wir verbrachten den ganzen Tag dort, aßen bei unserem Vietnamesen auf der Terrasse Nem und scharfe Ente mit Ingwer, spazierten am Fluss entlang. Es zog uns beide dorthin, ans Ufer des Flusses, wo wir uns das erste Mal geküsst hatten und ich in Ohnmacht fiel. Wir liefen und liefen, bis die Stadt endete, der Fluss breiter wurde und der asphaltierte Weg in einen Feldweg überging. Nach einer Weile waren ein paar Häuser zu erkennen, alte Steinhäuser, ein kleines Dorf. Wir liefen ein Stück auf der Hauptstraße, vorbei an einer Épicerie, einer Sportbar und kamen zu einem Platz mit einem einfachen Restaurant, vor dem ein paar dunkelgrüne Holztische und Stühle unter einer alten Kastanie standen.

»Lass uns da was trinken gehen«, sagte Sean. Aber es hatte geschlossen.

Wir liefen weiter, wieder auf dem Feldweg, wieder in Richtung Fluss, an Bienenstöcken vorbei, und waren kurz davor umzukehren, weil es fast schon dunkel wurde, als wir plötzlich Lichter sahen und Musik hörten. Eine mit kleinen Lampions geschmückte Péniche lag dort im Nichts, sie hatte einfach am Feld angelegt. Auf dem Boot standen vier Musiker und eine Sängerin in einem rot gepunkteten Kleid, die mit gebrochener Stimme Chansons und Schlager sang.

Die Leute tanzten auf einer provisorischen Tanzfläche an

Deck der Péniche, und am Ufer war eine U-förmige Tafel aufgebaut, an der gegessen und getrunken wurde.

»Eine Hochzeit«, flüsterte ich. »Schau mal, die Braut. Da ist also das ganze Dorf.«

»Du musst nicht flüstern«, flüsterte er.

Wir lachten beide.

»Ich habe aber Angst, sie zu stören«, flüsterte ich weiter.

»Wir sehen doch nur ein bisschen zu«, sagte Sean.

Wir gingen etwas näher heran und standen dort eine Weile. Irgendwann winkte uns ein dicker Mann mit Glatze und einem schwarzen Schnurrbart in einem deutlich zu engen, in die Jahre gekommenen Smoking zu.

»Kommen Sie, kommen Sie, trinken Sie etwas mit uns«, rief er freundlich. »Meine Tochter hat geheiratet, ist das nicht wunderbar? Dort drüben ist sie, sie tanzt gerade. Jeanne, bring mal zwei Gläser Wein! Ich bin der Imker hier, und ich habe einen Hochzeitshonig gemacht, er heißt ›Miel de lune‹. Ich gebe euch später einen Topf mit.«

Die Frau, die er Jeanne nannte, brachte uns zwei bis zum Rand gefüllte Gläser. Schwungvoll stieß er mit uns an.

»Ihr mögt doch sicher Flusskrebse, hier, setzt euch. Ihr seid meine Gäste!«

»Ich liebe Flusskrebse«, sagte Sean. »Ich habe unzählige Sommer mit meinem Vater und meinem Großvater an einem See verbracht und nichts anderes getan, als Flusskrebse geangelt, abends am Lagerfeuer gesessen und in den Sternenhimmel geschaut.«

Als wir an der großen Tafel inmitten der sehr fröhlichen Hochzeitsrunde saßen, redete Sean mit den Leuten, als würde er sie seit Jahren kennen.

»Du hast mir noch nie von den Sommern deiner Kindheit erzählt«, sagte ich, obwohl wir uns schon viel erzählt hatten.

»Auch nicht von den anderen Jahreszeiten deiner Kindheit. Stimmt das?«, flüsterte ich ihm zu. »Das mit den Flusskrebsen?«

»Nein, das stimmt nicht. Ich hab ihm nur von den Sommern meiner Kindheit erzählt, wie ich sie gern erlebt hätte. In Wirklichkeit war es anders. In Irland gibt es nicht mal Flusskrebse.«

»Wie war es dann?«, fragte ich. »Wie war deine Kindheit?«

»Das erzähl ich dir irgendwann mal.«

Der Brautvater stand auf und erhob sein Glas. Die Musik wurde augenblicklich leiser, und alle, die zuvor getanzt oder gegessen oder geredet hatten, hörten nur noch dem freundlichen alten Mann zu.

Er sagte schöne Dinge über seine Tochter und ihren Mann und wünschte ihnen tausend wunderschöne Wünsche. Und dann wurde alles, was er sagte, immer persönlicher, und er schien von seinen eigenen Worten bewegt zu sein.

»Ich weiß jetzt, worum es letztendlich im Leben geht«, sagte er. »Es geht ums Warten. Ums Begehren, ums Flüchten-wenns-sein-muss, ums Kennenlernen und ums Wieder-aus-den-Augen-verlieren. Um Angst und um die Versuchung zu verzagen. Es geht um Bereuen. Natürlich ums Küssen, um das Wieder-in-die-Arme-fallen. Um notwendige und unnötige Abschiede. Ums Loslassen und Trotzdem-festhalten. Darum, uns vom Wind tragen zu lassen. Ums Verändern und Dabei-belassen. Um die Erinnerung. Um das Licht unserer Kindheit. Darum, die Menschen zu finden, die uns guttun. Das grüne Licht der Sehnsucht. Und ja, natürlich immer, immer wieder geht es um die Liebe, natürlich, aber nicht nur um das, was ihr euch darunter vorstellt. Um die Liebe für einen Mann, eine Frau. Ein Kind. Es geht auch um die Liebe für ein Tier, eine Landschaft, einen Weg, einen Duft, ein einzelnes Blatt. Um die Liebe zu euren Freunden. Darum geht es. Und wenn ihr das verstanden habt, dann ist das schon mal was. Es macht das Leben nicht leichter, aber wer will das schon. Es wird euch helfen, das Leben zu lieben. Und es wird euch helfen, alles aus dem Leben rauszuholen, nichts unversucht zu lassen, zu kämpfen, immer weiterzukämpfen, um eure Liebe, um eure Freunde, um euer Glück. Oder aber darum, im entscheidenden Moment aufzugeben. Das ist kein Zeichen der Schwäche, nein. Das ist ein Zeichen von Frieden.«

Er hob sein Glas noch höher und wünschte dem Brautpaar nochmals alles Glück der Welt, und alle jubelten und alle tranken.

Und dann tanzten alle weiter.

Als die langsamen Lieder begannen, zog ich Sean auf die Tanzfläche. Wir tanzten ganz eng. So eng, dass ich in sein Ohr atmete.

»Elsa?«, flüsterte Sean.

»Hm?«, antwortete ich in sein Ohr.

»Ich glaube, ich liebe dich«, sagte er.

Ich hielt den Atem an und konnte mich fast nicht mehr bewegen. Ich war so glücklich, dass ich nicht wusste, was ich sagen sollte. Also sagte ich nichts.

Doch ich spürte, es war nicht das, was er wollte.

Wir tanzten weiter. Aber die Musik war jetzt nicht mehr so gut.

Nachts gegen drei oder auch noch später überlegten wir, wie wir wohl nach Hause kämen. Zwei Freundinnen der Braut nahmen uns in die Stadt mit. Sean erinnerte sich noch, wo unser Auto stand.

Wir fuhren schweigend nach Hause.

In dieser Nacht war kein einziger Stern am Himmel zu sehen.

Nach dem Frühstück mit Marie und Fanny an unserem ersten gemeinsamen Wochenende am Atlantik nach so vielen Jahren, nach dem unerwarteten Wiedersehen mit Sean und seiner ebenso unerwarteten Nachricht, dass er unterwegs sei, lief ich am Meer entlang und war ratlos.

Marie und Fanny waren in die Stadt gefahren. Ich hatte ihnen nichts von Seans Nachricht erzählt.

Es war schon Mittag und ziemlich heiß, selbst wenn es noch früh im Sommer war, und ich sah in der Ferne die Segelboote und einen silbernen Streifen, den die Sonne am Horizont zeichnete.

Ich setzte mich auf eine Bank, blickte übers Meer und zerbrach mir den Kopf.

Warum schrieb er, er sei ein paar Tage unterwegs? Wo war er? Warum war er überhaupt aufgetaucht, wenn er jetzt schon wieder wegmusste? Warum war das alles überhaupt passiert?

Im tiefsten Inneren wunderte ich mich gar nicht, dass das alles passiert war. Trotz allem, was gewesen war. Mit Lenica wäre auch alles sofort wieder wie immer gewesen.

Ich beschloss, einen anderen Weg zurückzulaufen als den, den ich gekommen war. Er führte an Weißdornhecken vorbei und man ließ das Meer hinter sich. Man konnte so einen Schlenker über den abgelegenen Teil des Dorfes gehen, über ein paar Wiesen und Felder. Das Meer war zwar immer noch ganz nah, aber die Gegend wirkte sofort ländlich und nicht mehr maritim.

Nicht mehr so sommerfrisch. Das war nicht mehr der staubige Zöllnerpfad, sondern einfach plattgetrampeltes Gras, und an den Seiten wuchsen Brombeerbüsche. Hier war ich schon ewig nicht mehr gewesen, und indem ich zwischen den riesigen Brombeerbüschen entlanglief, die im Spätsommer auch damals voller schwarzer Beeren hingen, aber längst nicht so groß waren, bemerkte ich, dass ich den Weg zu Lenicas Haus ging.

Ich überlegte umzukehren, doch ich wurde wie magnetisch angezogen. Ich sah den Garten schon von Weitem. Der alte Holzzaun sah vergammelt aus wie immer, vielleicht noch etwas vergammelter, die Farbe war abgeblättert. Ich war irgendwie erleichtert, dass er nicht gestrichen worden war, wie hätte man auch einen Zaun streichen sollen, der von einer blauen Klematis überwuchert war. Ich war überwältigt, so wunderschön war sie, so wild und unbändig, sie hatte den Zaun geradezu eingenommen.

Ich öffnete das Holztor, das, wie schon damals, nur angelehnt war, und ging ein paar Schritte durch den Garten. Es gab immer noch keinen Weg vom Gartentor zur Haustür, man lief einfach über die Wiese, die wirklich eine Wiese war, schon immer gewesen war.

Dann blieb ich stehen und schaute mir das Haus an. Oben war eine Fensterscheibe zerbrochen. Es sah verwaist aus.

Ich ging um das Haus herum und blickte unwillkürlich hoch, zu dem Fenster, das zu Lenicas Zimmer gehört hatte. Es stand offen. Das Schieferdach war grün von Moos.

Als ich unschlüssig weitergehen wollte, hörte ich Stimmen. Ich erkannte sie sofort. Auch wenn ich Édouard so lange nicht gesehen hatte. Seine Stimme war etwas brüchig geworden, aber er hatte immer noch diesen sanften und witzigen Tonfall, diesen melodischen Singsang, den er schon immer gehabt hatte, unabhängig von seinem Gemütszustand.

Ich erkannte noch eine Stimme.

Sie schienen im hinteren Teil des Gartens zu sitzen. Ich musste nur drei Meter weitergehen und ich würde sie sehen. Ich tat es. Ich tat es so, dass ich sie sah, aber sie mich nicht.

Sie saßen an dem ehemals weißen, zierlichen gusseisernen Tisch mit den verschnörkelten Stühlen, die weder zu Édouard noch zu Sean passten. Sie hatten auch nie zu Lenica gepasst. Nadia hatte diese Gartenmöbel gekauft, ich erinnerte mich daran, dass sie sie aus Paris hatte liefern lassen. Niemand hatte damals protestiert, denn Édouard hatte ihr zu Füßen gelegen, und Lenica hatte einmal gesagt, sie würde sie nicht genug mögen, um mit ihr zu streiten. Und Héloïse hatte immer so gewirkt, als gingen die Dinge an ihr vorbei, ob unabsichtlich oder vorsätzlich, das habe ich nie herausgefunden.

Zwei Flaschen Rotwein standen auf dem Tisch. Neben Sean saß ein großer, schwarzer, langhaariger Hund, der ihm aufmerksam zuzuhören schien und den Sean mit Käse fütterte. Ein Hund, der Käse aß.

Da fiel mir Paco wieder ein. Paco musste schon lange tot sein.

Ich überlegte kurz, so zu tun, als sei ich zufällig vorbeigekommen, aber dann erschreckte mich der Gedanke, plötzlich vor Édouard und Sean zu stehen, so sehr, dass ich mich fast verschluckte. Ich drehte mich um und versuchte leise und schnell zu verschwinden.

Ich war so damit beschäftigt, schnell und leise gleichzeitig zu sein, dass ich nicht merkte, wie ich Yann in die Arme lief.

»Hoppla«, sagte Yann.

Ich sagte: »Pst«, und legte einen Finger an die Lippen. Ich sah ihn an und schüttelte den Kopf, und er umarmte mich kurz.

Und dann war er schon hinter dem Haus verschwunden,

ich hörte einen Schwall fröhlicher Begrüßungsworte, und ich rannte durch den Garten und stürzte aus dem Tor.

Ich musste meinen Kopf im Gewitter verloren haben.

Warum hatte Sean mir geschrieben, dass er unterwegs sei? Wir hätten doch zusammen Édouard besuchen können.

In dem Moment, in dem ich es dachte, wurde mir klar, dass das unmöglich gewesen wäre.

Für jeden von uns.

Als ich um die Kurve gebogen war, setzte ich mich an den Rand des Weges und schrieb ihm. Ich wollte nichts Wütendes schreiben. Wütend war ich auch gar nicht. Ich fühlte mich nur alleingelassen.

Es passierte so plötzlich, innerhalb eines SMS-Dialoges. Zuerst war alles noch wunderbar, dann machte es zack. Mit einer Wucht.

Er schrieb, es ginge ihm alles zu schnell, er könne das jetzt alles nicht. Und ich sollte aufhören, ihn zu provozieren.

Das war der schlimmste Rückschlag, den ich je bekommen hatte.

Ich war außer mir und rannte nach Hause, den ganzen Weg. Ich dachte, ich sei aus dem Alter raus, in dem mir das Herz gebrochen wird. Und dann noch von demjenigen, der es jahrelang in der Hand gehalten und langsam zerquetscht hatte.

Ich verstand es einfach nicht. Es war so viel zwischen uns gewesen.

Doch das schien ein grundlegender Unterschied zwischen uns zu sein: Ihm war es zu viel, mir zu wenig, er fühlte sich unter Druck gesetzt, und ich brauchte keine Tür mehr, wenn ich erst einmal drin war. Ich brauchte keinen Ausgang, keinen Fluchtweg. Ich war gerne in einem Moment drin, selbst, wenn ich gefangen war.

Das war es dann wohl, dachte ich. Trotz dieser letzten Tage. Ich konnte nicht mal weinen, so sehr traf es mich.

Vollkommen verstaubt kam ich zu Hause an, zog mich aus und wollte in den Pool springen, als mir einfiel, dass er gar nicht eingelassen war. Ich zerrte wütend an dem Gartenschlauch und drehte ihn auf und nach einer Ewigkeit kam Wasser. Ich spritzte mit dem Wasser im Pool herum, obwohl mir klar war, wie unglaublich sinnlos diese ganze Aktion war: Ich stand in Unterwäsche in einem leeren Schwimmbecken, dessen Ablaufdeckel fehlte. Ich spritzte noch eine Weile mit dem Gartenschlauch herum, und dann rutschte ich aus und knallte mir das Knie auf. Es tat höllisch weh, und ich fragte mich kurz, wie ich jemals wieder aus dem Becken rauskommen würde, weil es keine Leiter gab. Ich versuchte es und rutschte ab. Es musste kläglich aussehen. Ich versuchte hochzuhüpfen, aber ich schaffte es nicht.

Plötzlich stand Sean am Beckenrand.

»Was machst du da?«, fragte er.

Ich schaute entgeistert zu ihm hoch. Dann nahm ich den Gartenschlauch und zielte auf ihn. Jetzt war ich doch so unglaublich wütend.

Sean ging ganz in Ruhe zum Wasseranschluss und drehte den Hahn zu. Dann stellte er sich wieder an den Beckenrand.

»Komm, Elsa«, sagte er und zog mich hoch.

Ich humpelte an seiner Seite ins Haus und legte mich, staubig und verschmiert wie ich war, aufs Sofa.

Sean ging in die Küche und goss ein Glas Rotwein ein. Er drückte es mir in die Hand, ging wieder in die Küche, holte ein zweites für sich und brachte einen Eisbeutel aus dem Kühlfach mit. Ich hatte keine Ahnung, dass ich so was überhaupt besaß.

Sean legte mir den Eisbeutel aufs Knie und stieß mit seinem Glas an meins. In diesem Moment war es mir vollkommen egal, was ich für ein Bild abgab, es war mir egal, wie ich aussah oder ob ich das Sofa verdreckte. Ich trank das Glas in einem Zug leer. Er auch.

Er legte sich zu mir aufs Sofa und umarmte mich.

Dann nahm er meine Hand. Wir lagen einfach nur so da. Irgendwann schaute er auf die Uhr. Es war eine alte Omega. Sie sah aus wie die von Fanny.

»Ich muss heute Abend noch nach Paris, hab einen Fotoauftrag. Ich müsste schon längst unterwegs sein, wollte aber noch nach dir sehen, nach dem eben ...«, sagte er.

»Für wie lange musst du nach Paris?«, fragte ich.

»Ich weiß es noch nicht. Ich melde mich bei dir, wenn ich fertig bin, und dann kommst du nach. Und dann reden wir über alles.«

Der Gedanke versöhnte mich mit allem. Zusammen mit ihm in Paris.

»Ich glaub, ich brauch jetzt eine Dusche«, sagte ich und blickte an mir hinunter.

Er lachte.

Als ich aus der Dusche kam, war er weg. Er hatte einen Zettel hinterlassen: »Bis dann in Paris.«

Damit kann ich leben, dachte ich.

Ein paar Stunden später kamen Marie und Fanny zurück, ich pflückte gerade Kirschen. »Elsa«, riefen sie, »Elsa, hilf uns mal«, und sie schleppten Bretter und eine Werkzeugkiste in den Garten.

Ich musste lachen. »Was planen wir?«

»Wir renovieren das Baumhaus.«

»Aber es wurde niemals fertig gebaut«, sagte ich.

Ich schaute hoch. Da war eigentlich nur eine Plattform. Und die sah ziemlich verrottet aus.

»Dann machen wir das jetzt eben. Das schaffen wir noch, bevor wir wieder fahren.«

»Können wir das denn?«, fragte ich.

Fanny und Marie schauten mich an.

»Klar können wir das«, sagten sie im Chor.

Fanny faltete eine Anleitung auseinander.

»Warum haben wir es damals nicht fertig gebaut?«

»Der Sommer war vorbei«, sagte Fanny und studierte den Plan. »Es ist so schade, dass wir diese Zeit verloren haben«, sagte sie, ohne aufzublicken. »Diese ganzen Jahre, die vergangen sind.«

Ich betrachtete die Bretter und aß ein paar Kirschen.

»Fragt ihr euch nicht auch manchmal: Ist das eigentlich das Leben, das wir uns vorgestellt haben?«, sagte ich.

Die beiden schauten mich an.

»Nicht, dass es schlecht ist«, sagte ich, »es ist gut, sogar sehr, sehr gut. Ich frage mich nur oft, ob es so war, wie wir es irgendwann einmal gewollt haben. Und vor allem frage ich mich, was noch kommt.«

»Aber erinnerst du dich daran, was wir einmal gewollt haben? Und was wussten wir damals schon vom wirklichen Leben?«

»Damals war es ein genauso wirkliches Leben wie heute. Wir waren einfach nur jung. Aber das Leben war auch schon wirklich«, sagte ich.

»Vielleicht spielt es auch gar keine Rolle, was wir mal wollten«, sagte Marie.

»Was meinst du?«, fragte ich.

»Worauf kommt es denn an im Leben? Lebenslange Freundschaften, lebenslange Lieben, war es nicht das, was wir wollten?«, sagte Fanny.

»Wollen wir das nicht immer noch?«, sagte Marie.

»Doch, das war es und das ist es«, sagte ich. »Das hat sich nicht verändert.« Und ich hatte das Gefühl, das war es, was wir alle dachten.

»Dabei haben wir es ja nicht einmal geschafft, unsere Freundschaft zu erhalten«, sagte Marie. »Und das wäre nicht mal schwer gewesen.«

»Ja, und wir wissen auch noch nicht, ob wir sie werden erhalten können«, sagte Fanny.

»Das werden wir«, sagte ich. »Die Wahrheit ist doch: Wir können alles tun, wenn wir nur wollen. Und gleichzeitig gar nichts. Und manchmal liegt es nicht in unseren Händen.«

»Doch, es lag an uns, wir hätten uns nicht aus den Augen verlieren müssen. Wir hatten so ein starkes Band. Es hätte nicht abreißen müssen«, sagte Fanny.

»Vielleicht hätte es einfach zu viel Kraft gekostet. Und wir sind nicht alle immer so stark und lässig, wie wir es sein sollten und wie wir so oft versuchen zu sein. Manchmal sind wir einfach nur klein und schwach und verletzt«, sagte ich.

Und wir setzten uns auf die Bretter, aßen die Kirschen und spuckten die Kerne in hohem Bogen ins Gras.

Marie, Fanny und ich verbrachten die nächsten Tage auf dem Felsen. Das Baumhaus würde wieder nicht fertig werden.

Sean meldete sich nicht.

Ich war zu erschöpft, ich schlief schlecht, weil ich mir nachts den Kopf zerbrach, und war sogar zu zermürbt, um in Tränen auszubrechen.

»Bei aller Liebe, und ich mag ihn ja auch«, sagte Marie, »aber das kannst du dir nicht gefallen lassen. Für so einen Scheiß sind wir zu alt. Er muss sich schon entscheiden, was er will.«

»Ich versteh ihn«, sagte Fanny. »Vielleicht ist für ihn einfach alles zu kompliziert, diese ganze Vergangenheit. Außerdem hat er viel zu tun.«

»Woher weißt du das denn?«, fragte ich.

»Vermute ich mal. Er hat doch erzählt, dass er irgendwelche Aufträge hat«, sagte Fanny.

»Wenn es so kompliziert ist, dann hättet ihr vielleicht gar nicht wieder anfangen sollen«, sagte Marie.

»Mich hält es ja nicht ab, dass es kompliziert ist«, sagte ich.

»So, du hörst jetzt mal auf, dich bei ihm zu melden, bis er das tut. Bis er sagt: Komm nach Paris.«

»Bist du verrückt? Sei doch nicht so streng zu mir.«

»Doch, scheinbar muss ich das. Und selbst wenn er sich meldet, lass ihn einfach mal zappeln.«

O Gott. Jemanden zappeln lassen, das konnte ich überhaupt nicht. Schon gar nicht jemanden, der mit mir nach Paris wollte. Ich war eigentlich immer die, die zappelte. Doch wenn es einen Grundsatz gab, der immer richtig war, dann war es der: Mach dich rar. Der Satz stimmte wirklich. Die Idee widersprach mir im Innersten. Ich hatte schon immer nur das Gegenteil von Mich-rar-Machen gewollt, nämlich volle Kraft voraus.

»Du musst es mir versprechen, du musst dich einfach mal entziehen«, sagte Marie.

»Versprochen«, sagte ich. Und ich dachte: So ein Quatsch.

In der Nacht, nachdem Marie und Fanny gefahren waren, saß ich im Garten und heulte in meinen Rotwein.

Ich versuchte mir eine Strategie auszudenken, die weniger anstrengend war als die, zu der mir Marie riet. Eigentlich war meine Strategie immer, keine Strategie zu haben. Aber ich fürchtete, das war ein Härtefall. Und ich brauchte wirklich eine.

Ich wollte so gern um ihn kämpfen, doch dabei fühlte ich mich wie Don Quichotte, nur noch verzweifelter.

Gleichzeitig fragte ich mich, warum ich ihn so unbedingt wollte. Vielleicht war doch zu viel passiert. Es gibt Menschen, die einen jeden Schutzmechanismus verlieren lassen, die einen wieder und wieder verletzen können, trotzdem kommt man nicht von ihnen los. Weil man es nicht will.

Ohne ihn fühlte ich mich unvollständig. So als fehlte mir ein Körperteil. Er berührte mich im tiefsten Innersten.

Dabei lebte ich ja nicht unbedingt so, dass man mir das Genick brechen musste, damit ich ein paar Sterne sah.

Am nächsten Morgen klebte eine Postkarte von ihm an der Terrassentür, der Eiffelturm war drauf. Sie war nicht frankiert.

»Ich bin aus Paris zurück, komme gleich zum Frühstück«, stand da.

Ich merkte, ich war sofort wieder bereit, an den Rand des Abgrundes zu treten, im Grunde stand ich da schon seit so langer Zeit und wartete. Bereit, mich in seine Arme zu werfen, auch wenn er sie wegzog und ich ins Leere stürzte.

Ich fragte mich, wie er es schaffte, mich in solche Alarmbereitschaft zu versetzen und mich dann so hängen zu lassen, ohne dass ich wütend auf ihn wurde.

Ich hatte keine Ahnung, um welche Uhrzeit er kommen wollte, aber ich fuhr schnell zum Bäcker. Dann setzte ich mich in die Sonne und wartete. Ich konnte nichts tun, außer zu warten. Ich hatte alles gekauft, was er mochte.

»Ich hab auch Himbeeren«, schrieb ich ihm.

»Himbeeren sind meine Lieblinge«, antwortete er.

Ich saß auf der Terrasse und wagte nicht, mich zu rühren. Ich saß da, erstarrt, in einer inneren Warteschleife.

Er kommt nicht, dachte ich. Oder er ist da gewesen, während ich beim Bäcker war, und ist dann wieder gegangen, überlegte ich.

Während ich mir alles Mögliche ausmalte, vergaß ich die Zeit.

Da stand er vor der Tür. Mit Croissants.

Ich ließ mir nichts anmerken und setzte Tee auf.

Die Himbeeren waren von der Sonne ganz zermatscht.

Sean zog sich mit einer vereinnahmenden Leichtigkeit die Schuhe aus, irgendwie jungenhaft und ganz vertrauensvoll. Wenn wir zusammen waren, war diese Vertrautheit immer da, trotz all der Jahre, die dazwischenlagen, war sie nicht verschwunden. Sie war schon damals vom ersten Moment an da gewesen, auch wenn sie sich schlagartig verflüchtigen konnte, auch wenn er für mich der gefährlichste und gleichzeitig begehrenswerteste Mann der Welt zu sein schien. Wann immer er mein Haus betrat, war da ein großes Selbstverständnis, das Gefühl, bei mir und auch bei ihm, als käme er nach Hause.

Sean hatte die beiden oberen Knöpfe seines Hemdes geöffnet. Das schaffte mich. Diese Stelle zwischen Hals und Oberkörper, die machte mich fertig.

Er löffelte Honig in seinen Tee, redete drauflos, so wie er es immer tat, vielleicht war er nervös, ich musste mich anstrengen, seinen Gedanken zu folgen, denn er sprang unheimlich schnell hin und her, und man konnte den Eindruck bekommen, er redete, ohne nachzudenken. Ich wusste, dass es nicht so war.

Als er mir gegenübersaß und mit den Croissantkrümeln kämpfte, wurde mir wieder schlagartig klar, was mich so an ihm faszinierte.

Er gab sich solche Mühe, den bösen Jungen zu spielen und sehr cool zu sein, wie er sich kleidete, die Art und Weise, wie er so tat, als sei ihm alles egal. Das war rührend. Aber er schien meinen Gefühlsüberschwang zu spüren und tat oder sagte dann das Gegenteil, irgendwas, was mich fertigmachte und mir das Gefühl gab, vollkommen falschzuliegen mit meiner Einschätzung von ihm, mit meinen Gefühlen für ihn.

Ich wollte gern wütend auf ihn sein, wütend, dass er mich so hatte warten lassen, und als ich kurz davor war, es zu werden, berührte er meinen Arm und fuhr mit einem Finger von der Stirn abwärts über mein Gesicht, und dann legte er sich mit dem Kopf auf meinen Schoß, und so lagen wir auf dem Sofa und ich knöpfte sein Hemd auf, Knopf für Knopf, und ich fragte nach jedem Knopf, ob ich noch einen Knopf öffnen dürfte.

Er lag mit dem Kopf auf meinem Schoß und ich streichelte seine Haare, die sich ganz anders anfühlten als früher oder ganz anders als in meiner Erinnerung, nämlich sehr weich, genauso wie seine Haut, trotz der Tattoos. Ich hatte gedacht, vielleicht würde die Haut durch die Tattoos mit der Zeit irgendwie härter werden, aber das wurde sie nicht, nicht bei ihm. Nur er selbst war es nicht, weich, so wie er das durchzog, was er sich in den Kopf gesetzt hatte.

Aber seine Berührungen brannten sich in meine Haut ein wie Tätowierungen, die ich nie wieder loswurde. Und die ich an seinem Körper so liebte.

Er sagte: »Komm, wir frühstücken weiter.«

»Machen wir doch«, sagte ich.

Wir lagen aufeinander, wir lagen uns in den Armen und mein Kleid rutschte hoch.

»Wir werden das jetzt nicht machen«, sagte er. »Wir müssen es langsam angehen lassen.«

Ich seufzte und wollte nicht wieder fragen, warum nicht, warum machen wir das nicht, warum nicht jetzt?, ich wurde noch verrückt.

Stattdessen blieben wir so liegen und überlegten, was wir alles nicht machen würden, weil wir es langsam angehen ließen. Und ich flüsterte: »*You know I could have loved you but you would not let me*«, im Hintergrund sang Stevie Nicks genau das, was ich fühlte.

Als er sich verabschiedete, umarmte er mich und fasste mir an den Hintern.

»Warum fängst du damit erst an, wenn du gehst?«, sagte ich. Er lachte. Und ging.

Ich schaute ihm aus dem Fenster hinterher, wie er durch den Garten verschwand, er blickte hoch und warf mir einen Luftkuss zu, und dann war er weg. So hatten wir das früher auch immer gemacht.

Ich hätte ihn so gern gezwungen zu bleiben, zu mir gezwungen und zu seinem Glück gezwungen, denn es wäre ein Glück mit uns, dessen war ich mir sicher. Ich wollte ihn dann schütteln und schlagen und anschreien.

Ich vergaß immer, dass er von allein zu mir kommen musste.

Als ich am nächsten Morgen auf die Terrasse trat und auf das Meer in der Ferne schaute, fasste ich den Beschluss, mehr Zeit hier zu verbringen. Zumindest alle Ferien. Hier, in dem Haus am Meer, dem Haus aller Erinnerungen. Ich merkte, dass ich trotz alledem, trotz der Vergangenheit, Sean und allem, was passiert war, gerne hier war. Vielleicht ja auch gerade deshalb. Hier wusste er, wo er mich finden würde.

Ich wollte mehr Zeit mit Marie und Fanny verbringen, den Kindern das Haus zeigen. Das Haus brauchte mehr Leben.

Außerdem musste ich mich irgendwie ablenken.

Ich beschloss, die Schlafzimmer oben wiederherzurichten. Zumindest zwei. Meins wollte ich lassen, wie es war. Und das gegenüber – mal sehen. Ich war nicht sehr begabt in

Renovierung und Inneneinrichtung, aber ich beschloss, es zu versuchen. Ich bestellte neue Matratzen für die Betten, wälzte Magazine und kaufte Kissen und Lampen und Farbe. Ich strich ein Zimmer hellgrau und eins hellblau, und ich fand, es sah gar nicht mal schlecht aus. Ich hatte das Gefühl, als eröffnete ich ein Hotel. Es war ja nicht so, dass ich Parkett abschliff oder Tapeten klebte, aber ich musste zugeben, dass es Spaß machte. Und es lenkte tatsächlich ab.

An einem Abend telefonierte ich zuerst mit Marie, dann mit Fanny. Ich war noch voller Farbe und hatte das Telefon auf Lautsprecher gestellt.

»Ihr müsst eure Zimmer begutachten, sie sind fast fertig«, sagte ich Marie am Telefon.

»Ich will das Haus wieder mehr nutzen«, sagte ich, als ich mit Fanny telefonierte. »Und ihr sollt das auch.«

»Wann könnt ihr kommen?«, fragte ich beide.

Zwei Tage später erhielt ich eine SMS von Fanny: »Marie und ich kommen übers Wochenende.«

Bis es so weit war, stürzte ich mich in letzte Aktivitäten, und am Tag selbst stellte ich Rosen in Wassergläsern in die Zimmer und legte Handtücher auf die Betten und fühlte mich ganz fürsorglich, und gleichzeitig war ich aufgeregt, viel aufgeregter als bei ihrem ersten Besuch.

Ich konnte es nicht erwarten, die beiden zu sehen. Meine verloren geglaubten Puzzleteile.

Ich setzte mich auf die Stufe der Terrasse, beobachtete das Rotkehlchen, das durch den Garten hüpfte, und wartete, bis ich das Auto hörte.

Wir fielen uns in die Arme und beschlossen, sofort schwimmen zu gehen, Fanny hatte ihren Badeanzug in der Handtasche und Marie durchwühlte ihren für die zwei Tage viel zu großen

Koffer, ich schnappte drei Handtücher und wir liefen zum Felsen. Wir schwammen unsere Runde und redeten und überlegten, ob wir kochen oder essen gehen sollten und später ein Lagerfeuer machen.

Es war ein lauer Abend und wir fuhren in ein Bistro am Fluss, der dort ins Meer mündete. Wir sahen bunte Boote in der Abendsonne liegen und aßen Austern und tranken Weißwein und Marie erzählte von der anstehenden Hochzeit und Fanny von irgendeinem Schriftsteller, der letzte Woche eine Lesung in ihrer Buchhandlung hatte.

Ich genoss es, den Leben meiner Freundinnen zuzuhören, andere Leben brachten mich auf andere Gedanken, und plötzlich fragte Fanny: »Wie läuft es denn mit Sean?«

Ich erschrak mich fast, als hätte ich den Namen ewig nicht gehört, und stieß beinahe mein Weinglas um.

»Er bricht mir ab und zu das Herz«, sagte ich, »wenn er nicht im richtigen Moment sagt: Komm, wir brennen durch. Und das sagt er eigentlich nie. Nicht nur eigentlich.«

»Du musst ihn vor die Wahl stellen.«

»Das ist aussichtslos. Wie das enden würde, weiß ich. Ich würde ihn nie wiedersehen. Ich dachte immer, alle Männer wollten Sex, warum er nicht, warum eigentlich nicht – oder anders –, warum eigentlich nicht mit mir? Bin ich immer zu stürmisch?«, sagte ich.

»Nein, du bist nicht stürmisch, du bist hingebungsvoll. Sei nicht so streng mit dir selbst. Aber ich hoffe, du bist dir überhaupt im Klaren, wie gefährlich Sex sein kann, wenn man es ernst meint. Natürlich auch, wenn man nicht involviert ist, nur dann in anderer Hinsicht«, sagte Marie.

»Sex ist die einzig adäquate Form, dem Tod zu trotzen. Und der Schmerz ist der Preis, den man für die Liebe zahlt«, sagte ich.

Marie lachte.

»Aber Sex ist in jedem Fall gefährlich, wenn man involviert ist. Vielleicht weiß er das – im Gegensatz zu dir. Vielleicht ist er ja einfach vorsichtig«, sagte Fanny.

»Jedenfalls darfst du dich nicht von ihm runterziehen lassen. Wenn er nicht mit dir durchbrennen will, ist er selbst schuld«, sagte Marie.

»Wir brennen sofort mit dir durch, du bist schön und einzigartig, mit gut abgehangenem Witz und Schlagfertigkeit«, sagte Fanny.

Ich musste lachen.

»Liebeskummer in unserem Alter ist demütigend«, sagte ich.

»Andererseits merkst du so, dass du lebst. Wenn du liebst, lebst du, selbst wenn du unglücklich liebst«, sagte Fanny.

»Dieses Gefühl ist herrlich und grausam zugleich. Herrlich, weil ich mich durch Sean nicht alt fühle. Selbst wenn ich nur an ihn denke. Aber grausam, weil es mir so irrsinnig viel abverlangt. Und ich mich dadurch alt fühle. Es ist der ständige und permanente Kampf zwischen Alt-sein und Jung-fühlen oder umgekehrt. Und die Tatsache, die mich dann irgendwann wie eine tückische Krankheit, eine unwiderrufliche Gewissheit heimsucht, ist: Ich *bin* alt.«

»Ja, Altern fühlt sich an wie eine persönliche Beleidigung«, sagte Marie.

»Machen wir uns nichts vor. Wir werden einfach nie wieder so gut aussehen wie früher. Und das Schlimme ist, es war uns damals nicht mal bewusst.«

»Mir jedenfalls nicht«, sagte Fanny. »Nein, ich war melancholisch und fand mich zu dick.«

»Du hattest ja schon immer eine Meise«, sagte ich.

»Wahrscheinlich spürt man die Jugend erst, wenn sie wieder vorbei ist. Und dann vermisst man sie«, sagte Fanny.

»Ich vermiss die Jugend nicht und Liebeskummer auch nicht«, sagte Marie. »Ich spüre das Leben auch in mir, wenn ich hier mit euch sitze. Dafür muss ich mich nicht körperlichen und seelischen Torturen aussetzen. Und jetzt finden wir bitte mal Lösungen. Du musst dir etwas Gutes tun, Elsa. Es gibt nichts, wogegen eine perfekte Maniküre nicht helfen würde.« Sie wedelte mit ihren perfekt lackierten Fingernägeln. »*Rouge noir* von Chanel. Und ein Hydrafacial.«

Fanny und ich schauten uns an. Sie hatte auch keine Ahnung, wovon Marie sprach. Immerhin lebte nicht nur ich an der Realität vorbei.

»Was ist das? Botox?«, sagte ich.

»Nein, nicht Botox, Quatsch. Obwohl Botox natürlich auch geht. Aber damit hättest du viel früher anfangen müssen, schon so mit Ende zwanzig, wenn du das jetzt machst, fällt es viel zu sehr auf.«

»Vielen Dank«, sagte ich.

»Hast du wenigstens einen Physiotherapeuten? Du brauchst einen Physiotherapeuten.«

»O Marie. Das ist nichts, wobei mir ein Physiotherapeut hilft.«

»Du brauchst nur den richtigen Physiotherapeuten, meiner ist jung und sieht wirklich gut aus, der hilft gegen alles.« Sie grinste.

Fanny verdrehte die Augen.

»Und wenn das alles nichts nützt, dann kauf dir einen Brillantring. Einen alten und nicht zu kleinen.«

Ich dachte nach.

»Oder eine alte Uhr. Aus den Vierzigerjahren. Einen Chronometer wie Steve McQueen. So eine, wie du sie hast, Fanny.«

Ich nahm Fannys Handgelenk.

»Ich trage sie im Moment nicht«, sagte Fanny.

Ich seufzte. »Es ist alles so ein Mist«, sagte ich.

»Das Leben ist schön, auch mit Mist«, sagte Fanny.

Wir mussten lachen.

»Ich geh ins Bett«, sagte Marie. »Ich muss mich schonen, bald ist Catherines Hochzeit. Ich bin schließlich die Brautmutter. Da darf ich nicht aussehen wie eine abgetakelte Fregatte.«

Wir fuhren durch die Nacht, und als wir wieder im Haus waren, tranken wir nicht, wie sonst immer, ein letztes Glas, wir umarmten uns, und Fanny und Marie gingen ins Bett.

Ich setzte mich auf die Stufen zum Garten und versuchte, nicht an Sean zu denken.

Ich beschloss, tapfer zu sein. Ich beschloss, stark zu sein. Es ging schief.

Als Marie und Fanny wieder abfuhren, war ich kurzzeitig ganz glücklich.

Ich hielt mich an alle ihre Ratschläge. Von Marie. Von Fanny.

Ich ließ mir in dem kleinen Schönheitssalon im Dorf die Nägel machen, von einer jungen, zierlichen, ungeschminkten Kosmetikerin mit eiskalten Händen. Sie sagte immer »Hoppla« und sie machte meine Nägel schön.

Ich ging auch zum Physiotherapeuten.

Ich probierte ein Hydrafacial.

Ich sah toll aus.

Aber nichts half.

Ich lag im Bett und schaute alte Filme. Ich löffelte nachts im Bett Schokoladeneis, ich schaffte das erste Mal in meinem Leben einen ganzen Becher, und mir wurde nicht einmal schlecht. Aber das half natürlich auch nicht.

Dann verbrachte ich meine Zeit eben wartend.

Doch das Warten war ermüdend und zermürbend. Dadurch wurde ich jedenfalls nicht schöner. Und irgendwann merkte ich, Sean war wie ein Igel. Man musste die Tür zumachen und die Milch stehen lassen.

Plötzlich, an einem sonnigen Sonntag, den ich in meiner Hängematte verbrachte, das Warten hatte ich schon beinahe aufgegeben, kam eine Nachricht: »Willst du nicht endlich kommen?«

»Wohin?«, schrieb ich.

Er schickte mir eine Standortnachricht. Von irgendwo im Nordwesten Irlands. »Komm. Ich hab vier Tage Zeit.«

So schnell hatte ich noch nie einen Flug gebucht. Er ging am nächsten Morgen. Ich zitterte, bis ich im Flugzeug saß, vor Angst, Sean würde absagen.

Als ich in Dublin landete, nieselte es. Ich war erleichtert. Irischer Sommerregen. Ich war schon unzählige Male in Irland gewesen und hatte alle Jahreszeiten und alle Wetterlagen miterlebt. Einen Sommer lang auch eine echte *heatwave*, es waren mehrere Tage zwanzig Grad gewesen, es hatte nicht geregnet und die Iren klagten. Wenn es regnete, klagten sie zwar auch, aber mit Stolz.

Am Flughafen mietete ich mir einen Wagen, ich hatte es noch nicht gemacht, weil ich nicht sicher war, ob mich Sean nicht vielleicht doch abholen würde. Er hatte mir nur seine Adresse geschickt, aber vermutlich meinte das, ich sollte selbst zu ihm fahren.

Ich warf meine alte Lederreisetasche auf den Rücksitz und fuhr los.

In den letzten Jahren war ich selten Auto gefahren, und an den Linksverkehr musste ich mich erst wieder gewöhnen. Ich würde ungefähr zweieinhalb Stunden brauchen. Sobald ich aus Dublin raus war, wurde der Verkehr weniger. Ich nahm die Straße Richtung Westen, hörte Radio, hielt einmal an einer Tankstelle, um mir eine Flasche Wasser zu kaufen. Ich hatte Hunger, aber keine Lust zu essen, und ich war auch viel zu aufgeregt.

Ich hatte mir fest vorgenommen, in diesen Tagen mit ihm über alles zu sprechen. Über damals. Und über jetzt. Ich musste diese Geschichte, die ein zweites Mal begonnen hatte und die mich gleichermaßen quälte und glücklich machte, endlich entwirren.

Als ich in die Pappelallee einbog, die er mir beschrieben hatte, war ich beeindruckt, sie war eines Landsitzes würdig. Erst viel später erfuhr ich, dass sie gar nicht zum Haus gehörte, sondern einfach eine normale Straße war. Ganz plötzlich hörte sie auf. Ich parkte, zog meine Jacke aus und nahm meine Tasche vom Rücksitz. Dann blieb ich einen Moment sitzen, schaute mich im Rückspiegel an und schminkte mich nach.

Es hatte aufgehört zu regnen.

Wo die Straße abbrach, begann ein Garten, ein riesiger verwilderter Garten, voller alter Obstbäume, Kamelien, knorziger Rhododendren und wilder Orchideen. Das Haus war kein Landsitz, sondern ein steinernes altes Bauernhaus. Ich blieb vor der Haustür stehen, die offen war, und wusste nicht recht, was ich tun sollte. Es gab keine Klingel. Ich klopfte und rief seinen Namen. Nichts.

Ich trat ein.

Ich kam in einen kleinen Vorraum mit beige-roten, teilweise gesprungenen, alten Steinfliesen, auf denen ziemlich viel Krempel herumlag, Turnschuhe, Regenjacken, auch Frauenschuhe und eine Frauenregenjacke, zwei Angeln und ein ziemlich abgenutzter Angelkasten. Dahinter fiel der Blick in ein mit alten, dunklen Holzdielen ausgelegtes Wohnzimmer. Ein riesiges braunes Ledersofa stand darin, durch eine lange Fensterfront konnte man auf die ganze Bucht sehen. Ich trat durch die offene Tür auf die Holzveranda, lief dann ein Stück steinige Wiese hinunter. Unterhalb von mir war der Strand.

Die Sonne kam zwischen den Wolken hervor.

Da sah ich ihn.

In einem Neoprenanzug jagte er zwei schwarze Labradore über den Strand, sie rannten durch die Brandung, dass die Gischt nur so spritzte, ein Surfbrett lag im Sand.

Ich war gebannt von dem Bild. Er wirkte so glücklich und in sich versunken, wie ich ihn selten erlebt hatte. Es schien nicht unbedingt so, als ob er auf Gesellschaft wartete.

Doch jetzt war ich da. Und ich war zu allem bereit. Ich lief die steilen Treppen hinunter, die ziemlich selbst gebaut aussahen, riss mir die Schuhe von den Füßen und rannte auf ihn zu. Ich sah, dass er mich sah, aber er jagte weiter mit den Hunden durch das Wasser, bis er direkt vor mir zum Stehen kam.

»Ah, da bist du«, sagte er.

Es klang wie: »Was machst du denn hier?«

Obwohl er ganz nah vor mir stand, war ich nicht sicher, ob es der Anflug eines Lächelns war, was sich auf seinem Gesicht zeigte.

Er umarmte mich nicht, er küsste mich nicht. Er nahm nur eine vom Wind verwehte Haarsträhne aus meinem Gesicht und legte sie ganz langsam zur Seite.

»Geh rauf und nimm dir was zu trinken«, sagte er, seine Haare waren nass, und er schüttelte sich wie einer seiner Hunde. »Ich komm gleich nach.«

Kommst du auch ganz sicher?, wollte ich noch sagen, ließ es dann aber sein.

Es stellte sich heraus, dass ich das Lächeln richtig gedeutet hatte.

Ich sprang die Stufen hinauf und ging zurück ins Haus.

Als ich auf der Veranda stand, drehte ich mich um und blickte zurück nach unten auf den Strand. Ich sah, wie er sein Brett ins Wasser schleppte. Ich beobachtete ihn, wie er hinauspaddelte, dahin, wo die Wellen anfingen. Wie er im Wasser an seinem Brett hing und auf die richtige Welle wartete.

Seine Hunde lagen am Rande des Wassers. Sie beobachteten ihn, genau wie ich es tat.

Ich trat ins Haus und sah mich im Wohnzimmer um.

Auf einem niedrigen Holztisch stapelten sich Bücher, und eine Duftkerze brannte, darauf stand »Tobacco & Cedarwood«. Ich konnte Duftkerzen bisher nicht ausstehen, doch plötzlich dachte ich, dass ich »Tobacco & Cedarwood« mochte.

Ich hatte in der Küche eine Flasche Jameson entdeckt, goss mir ein Glas ein und setzte mich im Schneidersitz auf das Sofa und schaute auf die grüne Irische See mit ihren Wellenkämmen und Schaumkronen und dem grauen Himmel darüber.

Meine Haare waren noch nass von seinen Händen.

Es dauerte gar nicht lange und er saß neben mir. Er stieß schweigend mit mir an. Dann nahm er mir langsam mein Glas aus der Hand, stellte beide Gläser neben das Sofa auf den Boden und umschlang mich mit seinen Beinen.

Am nächsten Morgen wachte ich auf, weil ich von zwei Hundeschnauzen abgeschnüffelt wurde.

Manchmal wachte ich morgens auf und wusste nicht, wo ich war. Jetzt wusste ich es sofort.

Sean lag neben mir. Die kurzen, widerborstigen, an den Schläfen jetzt grauen Haare verstrubbelt. Ich bemerkte, dass er neue Tattoos hatte, am Rücken und an den Armen. Er besaß noch immer einen sehr festen, sehr muskulösen Körper. Den ich so liebte, weil er anders war als alles, was ich kannte. Überhaupt war Sean anders. Anders als alles.

So distanziert und unterkühlt oder grauenhaft teilnahmslos er sein konnte, so nah konnte er einem auch sein, so unmittelbar wurde er in der Berührung. Es war, als würde sich alle Distanz schlagartig auflösen und man würde sein ganzes Ich mit seinem Körper aufnehmen. Seinen ganzen Schmerz, seinen Zweifel, seine Gedanken.

Er war auf eine Weise nah, die nicht besitzergreifend war, auch nicht alles-wird-gut-nah, nicht erwartend nah, sondern einfach unmittelbar. Und auf seltsame Weise war dann alles gut. Dann war einfach alles gut und ich war glücklich. Vor allem aber dachte ich in diesen Augenblicken nie daran, dass es auch wieder anders werden könnte.

Ich dachte über ihn nach und betrachtete ihn.

Er wachte auf.

Er sah anbetungswürdig aus, wenn er wach wurde.

»Wer bist du?«, fragte er mich verschlafen und verwirrt, und ich war nicht sicher, ob das ein Witz war.

Er lachte und zog mich an sich.

»Hmmm, Elsa. Ich weiß doch, wer du bist.«

Er hielt mich eine ganze Weile fest.

Dann stand er auf und sagte: »Willst du Tee?«, und ging runter in die Küche, ohne meine Antwort abzuwarten.

Ich ging ins Bad.

Er kam wieder die Treppe hoch und hatte eine Teetasse in der Hand.

Ich saß gerade auf der Aluminiumtruhe, die an der Wand in seinem Schlafzimmer stand, und zog mir meine Ohrringe an.

Er sah mich mit einem seltsamen Blick an, den ich nicht einordnen konnte.

»Komm da runter«, sagte er. »Und vor allem, lass die zu.«

Ich sah, dass die Truhe mit einem Vorhängeschloss verriegelt war.

»Ich könnte die gar nicht öffnen, selbst wenn ich wollte«, sagte ich und lachte. »Sind da deine Fotosachen drin?«

»Nein.«

»Deine Schätze? Edelsteine?«, versuchte ich einen Witz.

»Komm frühstücken«, sagte Sean und nahm den Tee wieder mit. Ich hörte ihn die Treppen nach unten gehen.

Ich warf einen Blick auf die Truhe, rüttelte halbherzig am Vorhängeschloss. Es blieb zu.

Dann ging ich runter.

Die Türen zur Veranda waren geöffnet, die Sonne schien und es war beinahe warm, auf dem Tisch standen eine Kanne und zwei Tassen. Ich goss mir Tee ein und nahm die Tasse mit in die Küche. Ich stellte eine Eisenpfanne auf den Herd, holte Eier und Speck aus dem Kühlschrank und fing an, den Speck auszulassen.

»Du machst das falsch«, hörte ich Sean hinter mir sagen, aber seine Stimme war ganz sanft.

Ich hatte ihn nicht reinkommen hören, er stand hinter mir und nahm meinen Arm, mit dem ich den Pfannenwender hielt, und seine Hand war ganz nass und kalt, so wie der ganze Sean, der gerade aus dem Meer kam und kalt und nass dicht hinter mir stand.

Ich habe nicht erfahren, wie man Speck richtig auslässt oder was ich falsch machte. Und es war mir auch völlig egal.

Wir verbrachten die nächsten Tage in dem alten irischen Bauernhaus. Wir schliefen lang oder standen früh auf, ganz wonach uns war, diese Tage kannten keinen festen Rhythmus, es hatte nichts von Alltag, wir rannten mit den Hunden am

Strand entlang, wir surften in den hohen atlantischen Wellen, kochten Irish Stew oder grillten selbst geangelten Wolfsbarsch, lagen abends auf dem riesigen Sofa mit den Hunden und den Katzen und schauten Filme, tranken Whiskey am Torffeuer oder lasen uns Gedichte von Byron oder Tennyson vor, gingen auf den Farmers Market einkaufen und rannten wieder mit den Hunden am Strand herum. Alles mit dem größten Selbstverständnis. Vor allem liebten, liebten, liebten wir uns.

Wir lebten so glückliche Tage.

In diesen Tagen und Stunden sprachen wir nicht über Alltägliches, nicht über irgendwelche Sorgen, nicht über Ärger oder die Arbeit – nicht über die Geschehnisse in der Welt. Nicht von irgendwas, das unbedeutend war und real. Wir lebten losgelöst und abseits von allem. Wenn es schön war mit uns, dann war es richtig schön und nichts anderes. Wir redeten viel, über Belangloses, über Existenzielles gleichzeitig. Das Belanglose gewann durch ihn an Sinn, und das Existenzielle wurde durch ihn weniger dramatisch. Alles schien durch ihn an Sinn zu gewinnen. Wir redeten über alles. Nur nie über das Entscheidende. Nicht über diesen einen Sommer und diesen letzten Tag, der unser Leben veränderte. Mein Leben.

Doch manchmal, und dann umso heftiger, durchfuhr mich, und ihn auch, obwohl er es versuchte zu verbergen, ein kaum auszuhaltender Schmerz. Eine Sehnsucht.

Wir sprachen nicht darüber, aber ich spürte, dass es ihm auch so ging.

Am Abend bevor ich fuhr, worüber wir auch nicht redeten, gingen wir in den Local Pub und trafen seine Freunde. Und seinen Bruder, der ihm sehr ähnlich sah und der auch hier lebte. Seitdem ich da war, hatten wir keine anderen Menschen gesehen, was mich nicht gestört hatte, ich war froh, Sean ganz für mich zu haben. Sean stellte mich allen vor, übertrieb dabei maßlos, sagte, wie toll ich sei und was ich alles Tolles machte, aber erwähnte mit keinem Wort, woher oder wie lange er mich schon kannte, oder was wir sonst füreinander waren. Und was hätte er auch sagen sollen, sie ist meine Freundin, eine alte Freundin, Lenicas Freundin, meine große, verloren geglaubte und wiedergefundene Liebe?

Wenn ich ganz ehrlich war, ja, das hätte er sagen sollen. Irgendetwas davon.

Aber ich tat so, als störte mich das nicht.

Sein Bruder James sagte: »*Ah, you're the girl Sean likes.*« Als wäre ich siebzehn oder so. Ich musste lachen.

Sean umarmte mich.

»Du bist immer noch das Mädchen, das ich mag«, sagte Sean.

Ich bin gar nicht mehr das Mädchen, das ich mal war, wollte ich eigentlich sagen. Und ich will deine große Liebe sein, so wie du sie für mich bist und schon immer warst und immer sein wirst, und wir müssen endlich über die Vergangenheit reden, über uns, über Lenica, über …

Ich sagte kein Wort. Ich dachte all das nur. Ich lächelte sogar. Ich wollte mir auf keinen Fall den Moment verderben, diesen wunderbaren Moment im Pub, der zu den unzähligen wunderbaren Momenten dieser Tage gehörte.

Reden konnten wir immer noch.

Ich spülte den Schmerz mit einem Schluck Guinness runter.

Wir tranken natürlich viel zu viel Guinness, und es wurde Musik gemacht und wir tanzten und waren so ausgelassen.

Auf der Rückfahrt spielte Sean Luftgitarre zu *Coldplay*, voll aufgedreht, und lenkte mit den Knien, als wir in seinem alten Cabrio die Küstenstraße entlangfuhren. Das machte mich wahnsinnig und machte mir Angst und gleichzeitig liebte ich es. So wie eigentlich alles mit Sean.

Als wir nach Hause kamen, war es stockdunkel und die Hunde sprangen uns schon entgegen. Sie warteten darauf, vor dem Schlafen noch einmal über den Strand zu jagen.

Ich war todmüde und wusste, ich musste noch packen, und wollte auch so gar nicht ans Fahren denken. Es versetzte mich in eine komische Stimmung.

»Komm, wir gehen schwimmen«, sagte Sean.

Zu jedem anderen und in jedem anderen Moment hätte ich Nein gesagt, aber zu ihm – und jetzt? Ich musste ihn morgen schon wieder verlassen. Und außerdem, was hätte ich ihm je abgeschlagen?

»Ich hol nur meinen Badeanzug.«

Ich war schon halb auf der Treppe.

»Brauchst du nicht«, sagte er und zog mich mit sich.

Wir liefen die steilen Treppen zum Strand runter, den Hunden hinterher, und zogen uns beim Laufen aus.

Es war ein milder und sternenheller Abend, aber der Atlantik war heute stürmischer, als ich ihn kannte.

Wir schrien beide, als wir uns ins Wasser stürzten, man musste sich reinstürzen, sonst hielt man es nicht aus.

Die Hunde lagen da und beobachteten uns, so wie sie es immer taten, wenn wir im Wasser waren. Mir gaben Hunde, und Seans Hunde im Besonderen, ein gutes Gefühl, ich fühlte mich sicher, so als würden sie mich retten, wenn ich am Ertrinken wäre.

Sean schwamm weit raus.

»Nicht so weit«, rief ich, und er lachte nur.

»Nein, ich mein es ernst, komm zurück.«

»Komm mich doch holen!«

Ich schwamm los, ich konnte ihn zwar noch sehen, aber es war dunkel und er machte keine Anstalten umzudrehen.

Ich wollte nicht noch mal rufen, auch weil ich wusste, er würde mich nicht hören, und schwamm weiter.

Er drehte sich um und lachte, wendete und kam auf mich zugeschwommen. Er umarmte mich im Wasser.

Das Meer war tief und schwarz und kalt und prickelte auf der Haut.

»Wie lange wärst du noch hinter mir hergeschwommen?«

»So lange, bis ich ertrunken wäre«, sagte ich.

Das meinte ich ernst, aber Sean lachte nur.

Ich hätte so immer weiterschwimmen können oder auch untergehen, es war mir in diesem Moment gleich. Das Wasser kam mir gar nicht mehr kalt vor, erst als wir wieder draußen waren, merkten wir, dass wir froren.

Wir nahmen unsere Sachen und liefen Arm in Arm ins Haus, und da duschten wir heiß und setzten uns mit einer Flasche Whiskey vor das Torffeuer.

Als wir endlich im Bett lagen, war ich so todmüde, dass ich fast nicht mehr sprechen konnte.

Ich nahm meinen ganzen Mut zusammen und sagte in die Stille der Nacht: »Sean?«

»Hm?«

Ich spürte seine Hand in meinem Haar.

»Wir müssen über Lenica reden. Wir müssen über uns reden. Über alles, was passiert ist.«

Er sagte nichts.

»Wir müssen darüber reden.«

»Morgen, Elsa, morgen«, sagte er.

Beim Einschlafen spürte ich noch seine Hand in meinem Haar.

Am Morgen, als ich abreiste, war plötzlich alles anders.

Als mein Wecker klingelte, lag er nicht mehr neben mir. Er hatte so eine verdammt katzenartige Weise, sich davonzuschleichen, man konnte ihn einfach nicht hören. Ich versuchte verzweifelt, mir einen leichteren Schlaf anzugewöhnen.

Ich stand noch sehr verschlafen auf und sprang die Treppe hinunter in die Küche, die leer war. Gestern und jeden Tag davor hatte er dort morgens gestanden, gutgelaunt, singend oder Musik hörend, hatte Rührei mit Pilzen und Tomaten gebraten, Scones gebacken oder Bauernbrot getoastet, Tee aufgegossen, ihn viel zu lange ziehen lassen und dann Unmengen Honig reingelöffelt. Früher war es Zucker gewesen. Ich kannte niemanden, der seinen Tee so süß trank.

Ich lief in T-Shirt und Shorts barfuß über die Terrasse in den Garten und dann runter an den Strand. Niemand. Nicht mal die Hunde.

Es war ein strahlender Sonnentag. Nieselregen hätte mehr meiner Stimmung entsprochen.

Ich blickte über die grünen Hügel und über die Irische See und hatte Tränen in den Augen. Vor Traurigkeit und Wut.

Mein Flug ging am frühen Nachmittag, ich hatte nicht viel Zeit nachzudenken, was ich jetzt tun sollte. Es gab gar keine andere Entscheidung. Ich stopfte meinen Kram in meine Tasche. Ich hinterließ keinen Zettel. Das kostete mich große Überwindung.

Ich stieg in mein Auto und fuhr die lange Pappelallee entlang, fuhr quer über die grüne Insel, mechanisch und versteinert, hielt an, tankte, kaufte mir eine Flasche Wasser, schaute auf mein Handy, aber natürlich hatte er sich nicht gemeldet. Wütend warf ich es auf den Rücksitz. Ich begann so unendlich wütend zu werden. Ich musste kurz rausfahren, um mich zu beruhigen, weil ich nichts mehr sehen konnte vor Tränen.

Und war erleichtert, als ich endlich die Abzweigung zum Flughafen erreichte.

Dass ich mich immer noch hätte anders entscheiden können, war mir in dem Moment nicht klar.

Zwei Stunden später saß ich im Flugzeug. Mit dem dritten Scheiß Gin Tonic.

Ich verstand das alles nicht. Es war doch so schön gewesen. So unglaublich schön. So nah.

Was war schiefgelaufen?

Als ich landete, regnete es in Strömen. Atlantischer Sommerregen, und doch war er anders als der irische. Ich nahm den Bus vom Flughafen, der ewig brauchte, doch auf ein Taxi hatte ich keine Lust. Ich wäre nicht mal in der Lage gewesen, meine Adresse zu sagen. Von der Bushaltestelle musste ich ungefähr einen Kilometer zum Haus laufen, und als ich ankam, war ich klatschnass und ein Wrack.

Ich stellte mich unter die Dusche und ließ das heiße Wasser so lange laufen, bis es kalt wurde. Dann legte ich mich auf mein Sofa und trank weiter, bis mir so schlecht wurde, dass ich mich übergeben musste.

Ich nahm mir fest vor, nie wieder mit ihm zu reden.

Am nächsten Morgen vermied ich den Blick in den Spiegel. Auf dem Herd stand ein Topf mit kalten Spaghetti. Anscheinend hatte ich gestern noch gekocht. Ich hatte keine Erinnerung daran. Ich aß den Rest der kalten Spaghetti zum Frühstück, mit Salz und Olivenöl, und nahm zwei Kopfschmerztabletten. Das machte ich nur im äußersten Notfall. Nur am Morgen, nachdem ich von Lenicas Tod erfahren hatte, ging es mir noch schlechter.

Ich setzte mich an den Schreibtisch, blickte in den Garten und dachte an Sean.

Das Gefühl dabei war so stark, als sei er körperlich anwesend. Ich konnte seine Stimme hören, wie er bestimmte Worte sagte, wie er meinen Namen aussprach. Ich liebte es, wie er meinen Namen sagte. Ich spürte seine Haut immer noch auf meiner Haut, seine fühlte sich anders an, wie weiches Leder.

Was hatte er bloß mit mir gemacht?

Je mehr jemand das Leben durcheinanderbringt, desto weniger kommt man über ihn hinweg.

Sean hatte mein Leben auf den Kopf gestellt. Und das Problem war, dass ich es nicht mehr richtig rum wollte.

Vielleicht dachten wir, wir wären mutig, aber wir waren vielleicht einfach nur leichtsinnig, verwegen, irre, verrückt. Das war schön und schwerelos und kopflos und total aufregend.

Doch in Wirklichkeit befanden wir uns im freien Fall. Ich musste mir Regeln aufstellen, dabei hasste ich Regeln, Regeln, damit ich überlebte. Regel Nummer eins: Distanz halten, sonst bekäme er Angst wie ein kleines Tierchen, und wenn man ihm zu nahe kam, schlug es zu. Ich war sentimental und romantisch und bei Weitem viel zu stürmisch für ihn. Ich wollte eine Nähe, mit der er nicht umgehen konnte. Oder nicht umgehen wollte.

Wir waren uns in vielem ähnlich. Aber in einem entscheidenden Punkt waren wir völlig verschieden. Ich brauchte keine Distanz. Ich brauchte keinen Fluchtweg, keinen Fallschirm. Doch ab sofort würde ich immer einen dabeihaben müssen. Um mich selbst zu schützen. Aber vor allem, um ihn zu schützen. Vielleicht war ich für ihn sogar noch gefährlicher als er für mich. Er hatte mehr gelitten und litt noch, und ich schien ihn auf eine Weise zu provozieren, die vermutlich verantwortungslos war. Vermutlich musste ich diejenige sein, die aufpasste.

Ich wollte ihn retten, aber ich merkte, es war zu spät. Er wollte nicht mehr gerettet werden. Doch wenn ich ihn schon nicht retten konnte, wollte ich mit ihm auf dem offenen Meer treiben, mit ihm gemeinsam nicht wissen, wohin, mit ihm in den Abgrund stürzen.

Ich wollte nun endlich das Leben beginnen, auf das ich so lange gewartet hatte. Ich wollte zu ihm ziehen, in dieses abgelegene Bauernhaus im Nordwesten Irlands mit dem verwilderten Garten, der zum Meer abfiel, zu den steilen Klippen, in das Haus mit den Hunderten überall verstreuten Büchern, dem großen vollgestellten Tisch, dem alten Futonbett, den gesprungenen beigen und dunkelroten Steinfliesen auf dem Boden, den Hunden. Ich wollte mit ihm um drei Uhr nachts in Unterwäsche in der Küche sitzen und über das Universum reden. Und zwar jeden Tag.

Ich wollte die absolute emotionale Verausgabung, die diese Beziehung erforderte. Ich wollte es mehr als alles. Ich wusste, wohin das führen würde. Aber ich war bereit.

Es war eine Verfolgungsjagd hinter dem Wind. Und seien wir ehrlich: Vielleicht würde ich für ihn einfach nie die Bedeutung haben, die er für mich hatte. Und auch nicht die, die Lenica für ihn hatte. Ich hasste es, ehrlich zu mir zu sein.

Vielleicht war doch zu viel passiert. Vielleicht war das alles eine Illusion, dass es noch etwas mit uns wurde, ja, manchmal glaubte ich wirklich selbst nicht mehr dran.

Doch ich wollte so sehr daran glauben.

Sean fehlte mir körperlich, es fühlte sich an, als fehlte mir ein Arm oder ein Bein, als könnte ich mich kaum noch richtig bewegen. Wie könnte ich bloß jemals diese Sehnsucht stillen, diese schreckliche, entsetzliche Sehnsucht, die schon so lange in mir lauerte, in mir festsaß wie eine Krankheit, die mich langsam von innen auffraß.

Jahrzehntelang hatte ich das Gefühl gehabt, mein Leben trotz aller Widrigkeiten im Griff zu haben. Aber jetzt hatte ich nichts mehr im Griff, vielmehr hatte das Leben mich im Griff, und es war der eiserne Griff des Begehrens, etwas, was ich so lange nicht mehr gekannt hatte und das mir doch so nah war.

Ich rief meinen Exmann an.

Ich fragte ihn, ob er Zeit für mich hätte. Ich wollte Neuigkeiten von den Kindern hören und ihm von Sean erzählen. Er kannte mich gut genug, um meine Lage einschätzen zu können.

»Natürlich hab ich Zeit, für dich hab ich doch immer Zeit!«

Und schon musste ich lachen.

»Was machst du gerade?«, fragte ich ihn.

»Ich sitze in meinem schäbigen Londoner Hotelzimmer, unserem alten, weißt du noch? Meine Güte, in London sind alle Hotels entweder zu schäbig oder zu teuer, schrecklich. Ich mixe mir grade einen Wodka Martini.«

Ich hörte das Geräusch von Eiswürfeln in einem Glas.

»Was gibt's denn da zu mixen?«, fragte ich.

Er lachte.

»Ich gieße mir einen ein.«

Schließlich war er es gewesen, der mir damals beigebracht hatte, dass man Martinis nicht mixen muss, sondern auch einfach nur eingießen kann.

»Ich brauche *old friends*«, sagte ich.

»Oh, wieso, was ist passiert?«

»Ein Mann ist passiert.«

Ich hörte ihn übertrieben dramatisch aufseufzen.

»Ach Gott, die Männer. Schrecklich. Die kannst du alle vergessen.«

»Ja, schlimm.«

»Männer sind einfach zu kompliziert«, sagte er. »Zum Glück sind mir ja Frauen lieber. Die sind auch viel hübscher.«

Er brachte mich wieder zum Lachen.

»Nicht immer«, sagte ich.

»Doch, definitiv, und fang nicht an, mit mir zu streiten, vor allem nicht über Männer und Frauen.«

»Du hast recht, das haben wir hinter uns.«

Er erzählte mir, dass er beruflich in London war, auf irgendeinem *Independant Filmfestival*, und ich sah ihn auf dem plüschigen dunkelroten Samtsofa – in meiner Erinnerung war es aus dunkelrotem Samt – in dem etwas heruntergekommenen, einst edlen kleinen Hotel in Kensington sitzen, in dem wir zeitweise viel Spaß hatten, und an seinem Wodka Martini nippen.

Mein Exmann verstand mich. Obwohl ich ihm während unserer Ehe die Geschichte nie erzählt hatte. Von Lenica. Und von Sean.

»Warum hast du mir das nie gesagt? Wir haben immerhin zwei Kinder zusammen.«

»Hast du mir denn immer alles gesagt?«, fragte ich.

»Natürlich, meine Liebste«, lachte er.

Dann wurde er ernst. »Nein, natürlich nicht. Aber ich war auch jung und dumm. Und vor allem dumm.«

Auch wenn ich gerade heulte, musste ich lachen, alles schien mit ihm plötzlich nicht mehr so schwer, alles schien meisterbar.

»Komm einfach zu mir zurück«, sagte er. »Ich hab genug von diesem ganzen jungen, unreifen Ärger, Baby«, sagte er.

Meine Güte, das hatte er in letzter Zeit immer mal wieder gesagt. Ich fand es schön, dass er jetzt so anhänglich war. Ich war es manchmal auch, aber ich wusste, dass dies nur ein momentanes Gefühl war. Unsere Ehe war nicht nur an seiner Schwäche für junge Schauspielerinnen gescheitert.

Wir hatten Stunden telefoniert. Es war spät geworden.

Ich trat auf die Terrasse und setzte mich kurz auf die Schwelle, dann schminkte ich mich ab und ging ins Bett.

Ich stellte mir vor, dass Sean da war und ich zu ihm sagte: Können wir uns einfach nur nebeneinander aufs Sofa setzen, ich brauche körperliche Nähe, halt mich einfach ganz fest. Ich nahm mir vor, davon zu träumen.

Ich musste gerade eingeschlafen sein, als ich ein komisches Geräusch hörte. Ich kannte das Geräusch. Jemand warf Steinchen an mein Fenster. Und ich wusste, wer es war.

»Elsa?«

Ich hätte vor Glück und vor Aufregung beinahe ins Kissen gebissen. Ich sprang hoch und riss das Fenster auf.

Sean stand im Garten. Sein kleiner Koffer stand neben ihm.

»Elsa! Hast du schon geschlafen?«

Ich sah auf die Uhr. Es war ein Uhr nachts.

»Lässt du mich rein?«

Ich warf gar nicht erst einen Blick in den Spiegel, sondern sprang die Treppe runter, ohne das Licht anzuschalten, und öffnete die Tür, fiel ihm um den Hals und zog ihn die Treppe rauf. Ich war so müde, nach so vielen unzähligen schlaflosen Nächten, die hinter mir lagen, dass ich gar nichts mehr sagen konnte, außer: »Leg dich mit mir hin«, und er legte sich neben mich. Er umarmte mich von der Seite und pustete mir in den Nacken und sein Atem zitterte.

Er war ganz angezogen, er hatte noch nicht einmal seine Stiefel ausgezogen, aber ich konnte in dem Moment gar nicht mehr nachdenken. Über nichts.

Ich spürte nur noch seinen warmen, zitternden Atem und seinen Körper und schlief schon ein.

Als ich aufwachte, lag er immer noch neben mir.

Seine Sachen waren vor dem Bett verstreut.

Ich konnte mich an nichts erinnern.

»Was ist passiert?«, fragte ich.

»Nichts.«

Er lächelte. Er küsste mich.

Er war da. Endlich.

Und alles war leicht und unbeschwert.

In diesen Tagen kam und ging er von meinem Haus aus. Nur selten zog es ihn weg, und wenn, dann stand er schon bald wieder einfach vor der Tür und sagte: »Komm, wir fahren in die Stadt«, und wir fuhren in die Stadt. Oder er sagte: »Lass uns am Meer entlanggehen.« Und dann gingen wir am Meer entlang. Ich richtete mein Leben nach seinem. Und ich versuchte das so zu tun, dass er es nicht merkte. Und auch so, dass ich es nicht merkte.

Wir waren wie Kriminelle, die die Tatorte ihres Lebens aufsuchten, um nach alten Spuren zu sehen. Oder um sie zu verwischen, da war ich mir nicht ganz sicher. Und vielleicht sogar, um herauszufinden, ob man noch einmal entkommen würde, davonkommen könnte.

Wir suchten das vietnamesische Restaurant von damals, mit der Terrasse, und tatsächlich fanden wir es. Wir waren vereint in der Besessenheit von der Vergangenheit und in der gleichzeitigen Angst davor.

Wir gingen die Platanenallee am Flussufer entlang. Und dann fuhren wir weiter zu unserem Lieblingsdorf, den Flohmarkt gab es noch und es war gerade Markt. Der Stand von Madame Melon war verschwunden. Es gab noch einen Austernstand, aber nicht mehr die schöne Austernverkäuferin.

Plötzlich blieb Sean vor einem Laden stehen, der Käse verkaufte und Würste und noch andere Sachen zum Essen. Es war ein schönes altes Haus, der Laden hatte große Fenster und weiß lackierte Fensterrahmen.

Er stand nur davor und sagte nichts. Er schien sich den Laden genau anzusehen.

»Wollen wir nicht reingehen?«, fragte ich. »Der sieht toll aus.«

Als ich die Türklinke berührte, nahm er meine Hand und sagte: »Komm«, und zog mich weiter.

Er ging zum Auto zurück. Wir stiegen ein und fuhren los. Er sprach während der ganzen Fahrt nicht. Und ich brachte es nicht über mich zu fragen.

Erst kurz bevor wir ankamen, sagte ich: »Das war Lenicas Laden, oder?«

Er legte nur seine Hand auf meinen Oberschenkel.

Dann setzte er mich zu Hause ab.

Zwei Stunden später war er wieder da.

Er musste sicher sein können, nicht gedrängt zu werden, dann kam er zu mir. So plötzlich wie ein Sommergewitter und auch so heftig. Und immer war es unglaublich. Und immer war es viel zu kurz.

Ich musste vorsichtig sein. Nie zu viel sagen oder schreiben und keine falschen Fragen stellen. Eigentlich überhaupt keine Fragen stellen. Es war anstrengend. Ich wünschte, einfach mal mit jemandem so sein zu können, wie ich es wollte. Stürmisch. Und nicht immer strategisch überlegen zu müssen, was ich schrieb, sagte, fragte und was ich möglicherweise damit auslöste.

Wenn es zu nah wurde, musste er weg.

Er hatte ständig irgendwelche Fotoaufträge irgendwo. Ich fragte nicht, wo er hinfuhr oder was für Aufträge das waren, manchmal erzählte er es und manchmal nicht.

Das Einzige, was ich dachte, war: Wie sollte ich diese Zeit ohne ihn aushalten?

Immer im Moment des Abschieds fühlte ich, näher konnten wir uns nicht sein.

Doch ich riss mich zusammen, um nicht das zu sagen, was ich sagen wollte: Wann sehen wir uns wieder? Wie lange bist du weg?

Nachdem er ein paar Tage in Dublin gearbeitet hatte, rief er mich an und sagte: »Ich komme heute Abend zurück.«

»Soll ich dich vom Flughafen abholen?«

»Nein.«

Ich spürte, wie seine Stimme sich veränderte.

»Es ist kein Aufwand für mich«, sagte ich trotzdem.

»Nein.«

Ich hörte seine veränderte Stimme, aber konnte nicht aufhören zu fragen.

»Warum nicht? Ich bin in einer halben Stunde ...«

Er unterbrach mich.

»Ich möchte es nicht.«

»Warum nicht?«

»Du musst nichts für mich tun, Elsa. Bitte. Es ist mir lieber so.«

»Aber ich tu das gerne.«

»Zwing mich nicht, mir irgendwelche Ausreden auszudenken. Ich melde mich.«

Ich verstand es nicht.

Ich hätte mich am liebsten vor seine Tür gelegt und einfach gewartet, bis er zurückkam.

Ich wusste, all das würde sich ewig wiederholen, wenn ich es nicht ändern würde. Er würde sich jedenfalls nicht ändern. Ich müsste mich ändern.

Aber es machte mir Angst.

Er meldete sich nicht.

Ich wusste nicht, ob er überhaupt angekommen war.

Ich schaffte es, zwei Tage nicht zu schreiben.

Dann hielt ich es nicht mehr aus. Ich wollte ihn sehen. Ich musste ihn sehen. Ich brauchte das. Ich vermisste ihn zu sehr.

Ich wollte mir lieber alle Nervenfasern einzeln rausreißen, als auf ihn zu verzichten. Mit ihm zusammen zu sein, bedeutete Leben, und wenn es auch noch so schmerzhaft war. Und ich wollte Leben, alles Leben, sogar mehr als alles. Und wenn das Schmerz bedeutete, wollte ich Schmerz. Und würde Schmerz mit Schmerz bekämpfen.

Ich beschloss, einfach bei ihm vorbeizufahren. Was hatte ich zu verlieren?

Ich fuhr zu dem schlichten, weiß gestrichenen Haus seiner Mutter mit den grauen Fensterläden, das direkt auf die Klippen gebaut war und dessen hintere Seite zum Meer abfiel. Es gab keinen Zaun, keine Abgrenzung zu den anderen Häusern dort und auch keinen Garten. Es lag direkt an der kleinen Straße und dahinter war das Meer.

Die Tür war offen.

Ich gab mir einen Ruck und rief seinen Namen.

»Ich bin hier oben, komm hoch.«

Er hörte sich gut gelaunt an. Ich war beruhigt.

Ich stieg die Holztreppe hinauf.

Oben war der ganze Flur mit Papier ausgelegt.

Sean kniete im Badezimmer, das eine Baustelle war, und spachtelte irgendwas.

»Wie geht's dir?«, fragte er, ohne aufzusehen.

»Gut«, sagte ich und ärgerte mich über meine Antwort. Aber was hätte ich sonst sagen sollen.

»Wollen wir heute Abend zusammen essen?«, fragte ich.

»Ich hab hier viel zu tun«, sagte er und legte irgendwelche blauen Kacheln zusammen.

Ich konnte nicht aufhören ihm zuzuschauen. Ich liebte die Bewegungen seiner Hände.

»Ich melde mich«, sagte er und blickte noch immer nicht auf.

»Bis dann«, sagte ich.

Wenn er mir einfach gesagt hätte, ich will dich nicht mehr sehen, wäre es vermutlich einfacher gewesen. Zuerst schwerer. Aber dann einfacher. Irgendwann.

Am Abend rief er an.

»Ich hol dich in einer Viertelstunde ab.«

So schnell es ging, zog ich mich um und schminkte mich ordentlich, schnappte meine Tasche, und da stand er schon im Raum. Ich sah ihn entgeistert an. Er war durch den Garten gekommen und ich hatte ihn nicht bemerkt.

»Hab ich dich erschreckt, Elsa?«

Er umarmte mich.

»Nein«, log ich und lachte.

»Wo sind deine Autoschlüssel?«

Ich suchte in meiner Tasche, da hatte er sie schon in der Hand.

»Komm, wir fahren los.«

»Wohin fahren wir?«

»Wirst du schon sehen.«

Er zog mich aus der Tür.

Wir setzten uns in meinen Citroën und wir rasten los. Er fuhr wild wie immer. Wir hatten die Fenster runtergekurbelt und hörten alte mixed tapes und ich spürte wieder, ein paar Minuten mit ihm genügten, um mich glücklich zu machen, so glücklich, dass ich ganz sicher war, dieses Glück würde niemals aufhören und sich auf das gesamte Universum übertragen.

Er zündete uns eine Zigarette an, ich wusste, dass er nicht

mehr rauchte, und das tat ich auch nicht, aber es schien so, und vermutlich war er sich dessen auch ganz und gar bewusst, dass wir beide versuchten die Vergangenheit zurückzuholen, vielleicht jeder auf seine Weise, vielleicht auch jeder allein, aber viel mehr noch zusammen.

Wir rauchten zusammen die Zigarette und dann schnipste er sie aus dem Fenster und legte seine Hand abwechselnd in meinen Nacken oder auf meinen Oberschenkel.

Wir fuhren ziemlich lange und ich hatte kurz die Orientierung verloren, weil ich gar nicht darauf geachtet hatte, wo wir hingefahren waren. Ich schaute nach draußen. Er riss das Steuer nach rechts. Die Straße wurde immer schmaler und ging in einen Feldweg über, der in einen kleinen Wald führte, und das Auto hoppelte über die Steine und es staubte und plötzlich standen wir vor einem Teich.

Ich hatte Gänsehaut. Und ich drehte mich zu Sean. Er lächelte und sagte: »Hier bin ich ewig nicht gewesen.«

Er nahm meine Hand und wir saßen einfach so da. Ich hatte das Gefühl, mich nicht bewegen zu können. Nein, ich wollte mich einfach nicht mehr bewegen. Nie mehr.

»Können wir nicht einfach so sitzen bleiben? Für immer.«

»Wir würden Hunger kriegen«, sagte er.

»Das macht nichts. Ich würde es aushalten.«

»Würdest du nicht. Du würdest alles aushalten, aber das nicht.«

Wir mussten beide lachen.

Er öffnete die Autotür und ging zum Kofferraum. Ich stieg auch aus und sah, wie er einen Korb rausholte und eine Decke.

Ich schaute ihn an. »Wann hast du das da alles reingepackt?«

»Ich bin ein Zauberer, wusstest du das nicht?«, sagte er.

Doch, das wusste ich, dachte ich.

Wir gingen in den kleinen Wald, zu der Lichtung mit dem Teich.

Nicht, dass ich den Tag damals vergessen hatte. Ich hatte nur lange Angst gehabt, ihn mir wieder vorzustellen. Der Besuch auf dem Markt, die Austern und der Weißwein, die schöne Austernverkäuferin, die Libellen.

Jetzt überwältigte mich die Erinnerung, ein schöner Schmerz, der wie ein Beruhigungsmittel langsam durch eine Vene in den ganzen Körper und dann in die tiefsten Windungen der Seele floss.

Es wurde ganz langsam dunkel, es war dieses Zwielicht, das stundenlang anzuhalten schien und in dem die Zeit irgendwie langsamer verging. Oder gar nicht verging. Ja, ich glaube wirklich, dass es so war. Sie begann erst wieder zu vergehen, wenn es ganz dunkel war.

Wir kamen an das Ufer des kleinen Sees. Sean stellte den Korb ab und legte die Decke auf das Gras direkt am Rande des Wassers. Da sah ich, dass es keine Decke war. Es war sein alter Armeemantel, den er an diesem einen heißen Tag trug und auf dem wir auch damals lagen.

Das Wasser war ganz warm und die Libellen glitzerten blau.

Wir blieben sehr lange und picknickten und schwammen, und als es ganz dunkel war, sahen wir nur noch die Glühwürmchen und die Sternschnuppen.

Als er mich mitten in der Nacht wieder an meinem Haus absetzte, sagte ich: »Kommst du noch mit rein?«

Und er nahm mein Gesicht in seine Hände und sagte: »Nein, Elsa.«

Er gab mir meinen Autoschlüssel und verschwand in der Dunkelheit. Ich blieb vor der Haustür stehen, bis das Geräusch seiner Schritte in der Nacht verklungen war.

In dieser Nacht blieb ich noch lange wach. Ich saß im Kerzenschein, im Mondschein, und versuchte eine Antwort auf meine Frage aus meinen einsamen Nächten zu finden: Warum kam er immer wieder hierher, an diesen Ort, an unseren Ort, in das Haus seiner Mutter? Er könnte ja auch wieder zurückfahren in sein Haus an der Wild Atlantic Way Route. Warum war er überhaupt noch hier, wenn ihm das alles zu viel war, fragte ich mich.

Ich beantwortete mir die Frage: In Wirklichkeit war es doch wegen mir. Er war wegen mir da. Er konnte es nur nicht zugeben. Aber ich war jetzt ganz sicher, dass es so war. Ich war ganz sicher.

Und gleichzeitig wusste ich nicht, ob ich mir das nur einredete.

Ein paar Tage später versuchte ich ihn zu erreichen. Er ging nicht ans Telefon und reagierte auch nicht auf Nachrichten.

Ich beschloss, mit dem Fahrrad vorbeizufahren. Ich konnte immer noch sagen, ich sei zufällig vorbeigekommen.

Sein Wagen war weg. Die Fensterläden waren geschlossen.

Ein Briefumschlag, auf dem mein Name stand, war mit Tesafilm an die Tür geklebt.

Ich riss ihn auf. Auf einem linierten Zettel stand: »Elsa. Ich weiß, was du denkst. Hab Geduld. In Irland gibt es ein Sprichwort: ›Ich habe noch ein Stück Stoff von einem Kleid, das kann ich noch nicht wegwerfen.‹ Und ich weiß, dass es dir auch so geht.«

Ich wusste, was er meinte. Wem das Kleid gehörte. Ich kam um vor Eifersucht und gleichzeitig half es mir, ihn zu verstehen. Mich zu verstehen.

Ich saß lange hinter dem Haus auf einem Stein, dort, wo die Klippen steil zum Meer abfielen.

Dann ging ich nach Hause.

Von diesem Moment an dachte ich nicht mehr darüber nach, ob ich ihm schreiben sollte, überlegte nicht mehr, was es wohl bedeutete, wenn er nicht antwortete. Ich schrieb ihm, wenn ich Lust hatte, und ich schrieb ihm, wozu ich Lust hatte. Ich war auf eine seltsame Weise glücklich.

Ich wusste, ich konnte Sean nicht zwingen, das Gleiche zu empfinden wie ich, auch wenn ich das gerne getan hätte. Aber dann hätte ich es zumindest gerne gewusst. Ich war verunsichert durch sein ständiges Hin und Her, aber ich spürte auch, dass es ihm im Grunde so ging wie mir. Denn es war so eine große Leidenschaft zwischen uns, ein nicht zu leugnendes Begehren, das, auch das spürte ich, wie jedes richtige Begehren noch weit über das Körperliche hinausging. Eine tiefe Leidenschaft für den gesamten anderen Menschen.

Ich verspürte die tiefe Sehnsucht, noch mal jung zu sein und die Dinge zu wenden. Ich wollte ein Leben, das leichtfüßig wie ein Sommertag ist, etwas melancholisch, natürlich, aber nicht schwerer als ein Truffaut-Film. Ich vermisste es, solche Gespräche mit jemandem zu führen. Solche Gespräche konnte ich nur mit Sean führen. »Ich möchte verliebt sein, wie mit dir früher«, schrieb ich ihm, »und nicht nachdenken müssen.«

Nach ein paar Tagen hatte ich das Gefühl, ich musste es jetzt durchbrechen. Ich hatte das Gefühl, ich musste mein Leben jetzt in die Hand nehmen. Ich wollte nicht, dass es mir entgleitet.

Das Leben entgleitet einem nämlich schneller, als eine Amsel vom Zaun fliegt, schneller als das erste Blinzeln beim Aufwachen. Und plötzlich steht man tief im eiskalten Wasser, und zwar nackt. Aber wenn man es merkt, ist dieser Augenblick schon verstrichen. Und was bleibt uns dann übrig? Sich mit den Wellen treiben lassen und so ans Ufer gelangen. Oder untergehen.

Ich musste mich entscheiden.

Ich rief Marie an, ich wollte wissen, was sie dachte.

»Na, was machen die Hochzeitsvorbereitungen? Ist alles organisiert?«, fragte ich. »Oder kriegt die Braut kalte Füße?«

»Natürlich ist alles organisiert. Ist ja bald.« Es knackste in der Leitung. »Und nein, keine kalten Füße, sie ist doch schließlich meine Tochter …«

Es knackste wieder in der Leitung.

»Und wie geht's der Brautmutter?«

Ich hörte sie lachen und dann antwortete sie etwas, was ich nicht verstand, und es knackste wieder.

»Ich verstehe dich so schlecht«, sagte ich.

»Ja, ich bin unterwegs zum …«

»Zum was? Wo bist du?«

»Ich erzähl es dir später, bin unterwegs nach …«

»Ich wollte dich nur was fragen …«

Sie war weg. Die Verbindung war tot. Wahrscheinlich war sie in der Metro.

Und ich hatte meine Entscheidung getroffen.

Ich würde zu ihm fliegen. Ich konnte nicht mehr warten.

Seit meiner Kindheit war Sommer für mich etwas Magisches gewesen. Hitze und Heuballen, der Duft von gegrillten Würstchen und Lavendel und Sonnencreme, Salzwasser, das die Haut kleben lässt, in der Hängematte einschlafen und das schöne Gefühl, sich nicht entscheiden zu können, welches Buch man zuerst lesen soll.

Ich liebte das Meer und alles, was Wasser war. Seen, Flüsse, sogar Regen und Pfützen, so war es schon immer gewesen, und auch wenn die Sommer meiner Kindheit merkwürdig und seltsam und auch manchmal schmerzhaft gewesen waren, so waren es doch echte Sommer gewesen. Es war immer heiß gewesen, und wenn es einen Regentag gab, dann war er eine Erleichterung für alle und alles, für uns und für den verbrannten Garten, für die staubigen Zöllnerpfade und alle Tiere. Und am nächsten Morgen war es schon wieder so, als hätte es den Regen nie gegeben, als wären die Sturzbäche, die den Hügel hinter unserem Haus und die Dorfstraße hinunterliefen, und auch die großen Tropfen, die gegen die Fensterläden schlugen, nur eine Einbildung gewesen, eine Einbildung, die vielleicht durch die große Hitze zustande gekommen war.

Nach all den Wochen, nach den zahllosen Ausflügen in dem Sommer damals mit Sean unternahm ich endlich wieder etwas mit Lenica allein.

Wir fuhren mit den Fahrrädern den Fluss entlang, auf einem Weg, der von Silberpappeln gesäumt war. Wir fuhren an einer Schleuse vorbei, wo man Gemüse aus dem Garten der Schleusenwärterin kaufen konnte, Zucchini, Lauch, Salat und Tomaten, aber wir fuhren weiter. Der Weg machte eine Biegung und führte vom Fluss weg, rechts von uns lagen Felder mit großen runden Heuballen. Der Duft des Sommers. Wir ließen die Räder fallen und kletterten auf die Heuballen. Wir lagen ganz dicht nebeneinander und schauten in den blauen Himmel.

»Warum hat man manchmal das Gefühl, dass die Wolken so rasen?«, fragte ich.

»Das liegt daran, dass sie ganz weit oben sind«, sagte Lenica. »Oder es sind Gewitterwolken, die sind total schnell, so schnell wie ein Auto.«

Es war ein strahlender Tag und es sah nicht nach Gewitter aus.

»Ich werde Nephologin, wenn ich groß bin«, sagte Lenica.

»Was ist das?«, fragte ich.

»Na, Wolkenforscherin, du Schäfchen«, sagte Len.

»Ich dachte, du wolltest Berufskillerin werden.«

»Ich will beides werden. Ich töte nur bei bestimmten Wolkenformationen.«

Sie hob die Arme und ich sah ihre Narbe am linken Unterarm.

»Was ist das eigentlich für eine Narbe?«

Sie lachte.

»Ich hab so viele Narben von irgendwas. An der bin ich fast gestorben als Kind. Hab ich dir die Geschichte wirklich noch nie erzählt? Es war Sommer, ich war neun und in Sean verliebt. Wir saßen in unserem Apfelbaum, dem großen, weißt du, da hatten wir uns ein Baumhaus gebaut.«

»Ihr hattet ein Baumhaus?«

»Es war meins. Sean hatte es mir gebaut.«

Ich spürte ein komisches Gefühl in der Magengrube. Ich dachte, Baumhäuser waren nur für Sean und mich.

»Wir saßen im Baumhaus und er hat gesagt: ›Ich liebe dich‹, und ich hab gesagt: ›Ich liebe dich auch.‹ Und dann haben wir uns geküsst.«

»Du hast Sean geküsst?«

»Ey, wir waren Kinder. Mach kein Drama draus.«

»Ich mach doch gar kein Drama draus«, sagte ich, immer bereit zum Drama. »Und die Narbe?«, fragte ich.

Ich wollte es zwar wissen, merkte aber, dass ich im Grunde am liebsten weggelaufen wäre. Weil ich wütend wurde. Vor Eifersucht. Und ich wollte nicht wütend sein. Nicht auf Lenica, niemals auf Lenica. Sie bedeutete mir viel zu viel, als dass ich wütend auf sie sein wollte.

»Wir haben uns mit einem rostigen Nagel unsere Namen in den Unterarm geritzt. Unser erstes Tattoo. Ich in seinen und er in meinen. Es hat ganz schön lange gedauert.« Sie lachte. »Es ging richtig schief. Ich bekam eine Blutvergiftung und habe es nicht mal gemerkt. Ich wäre fast gestorben. Mein Vater war furchtbar wütend auf Sean.«

Sein Unterarm. An dieser Stelle fingen bei Sean die Tattoos an.

»Also kennst du ihn doch schon so lange«, sagte ich.

»Ja, aber du wusstest doch, dass ich ihn lange kenne.«

»Ja, das wusste ich. Aber du hast mir nie erzählt, wie lange schon. Ich hab mir das nie klargemacht. Was er dir bedeutet hat. Und wahrscheinlich immer noch bedeutet.« Ich fing doch an wütend zu klingen.

»Ach Quatsch, er hat mir doch nichts bedeutet. Wir waren Kinder.« Len lachte.

»Ja«, sagte ich und ich lachte auch, aber mein Lachen hörte sich komisch an.

»Und jetzt sind wir einfach Freunde«, sagte sie und legte ihre Beine auf meine. »Und Seelenverwandte.«

»Ja, ihr seid Freunde«, sagte ich und schloss die Augen. »Und Seelenverwandte.« Ich schob ihre Beine weg. »Komm, wir fahren weiter«, sagte ich.

Wir fuhren schweigend weiter und kamen wieder an den Fluss und fuhren über den steinigen Weg an Silberpappeln vorbei. Wir überquerten den Fluss auf einer kleinen Holzbrücke und fuhren am anderen Ufer auf einer einsamen Landstraße weiter und weiter, bis wir so weit gefahren waren wie noch nie. Die Landschaft veränderte sich, wir fuhren durch Wiesen und die Wiesen wurden zu Dünen und der Weg wurde sandig.

Plötzlich endete der Weg und das Meer lag vor uns. Wir ließen die Räder in den Sand fallen.

»Ich war noch nie hier, du?«, fragte ich.

»Ich war bestimmt schon hier, aber ich erinnere mich nicht. Der Strand heißt *Plage du souvenir passé*«, sagte Lenica.

»Das erfindest du jetzt, oder?«

»Ja, ich erfinde fast alles. Man kann sich nie auf mich verlassen, also sei vorsichtig«, sagte sie.

Sie sagte das ganz ernst. Ich wollte lachen, aber konnte nicht.

Wir gingen weiter und kamen zu einer Mauer vor einem kleinen Bootsanlegeplatz, eine asphaltierte Rampe, auf der man die Boote ins Wasser lassen konnte, führte ins Meer. Es war Ebbe.

Wir setzten uns auf die Rampe. Lenica streckte sich aus.

»Ich lebe nur in der Hoffnung, deine Erinnerung zu werden«, sagte Lenica plötzlich zu mir.

»Und ich lebe in der Hoffnung, das nie zu werden. Weil ich immer bei dir bin«, sagte ich.

Eine kleine Welle erwischte ihre Füße, sie zog ihre Beine so schnell zurück, dass sie sich den Fuß an der Seite aufschürfte.

Sie sagte kein Wort dazu.

»Tut es weh?«, fragte ich.

»Nein«, sagte sie, obwohl es blutete.

»Komm, wir fahren zurück«, sagte ich, »es wird langsam dunkel.«

Len schaute in den Himmel.

»Nein, es zieht nur ein Gewitter auf.«

Sie benetzte die Schürfwunde mit Meerwasser, und wir gingen zurück zu den Fahrrädern.

Die Fahrt nach Hause durch die Dünen und Wiesen, über die kleine, einsame Landstraße, über die Holzbrücke, am Fluss entlang, an den Silberpappeln vorbei erschien mir endlos lang.

Immer wenn ich Silberpappeln sehe, zerbricht etwas in mir.

Während wir unterwegs waren, zogen immer mehr dunkle Wolken auf, es sah schön aus und ein bisschen dramatisch, ich mochte diese Stimmung. Ich hatte gar keine Wolken erwartet. Sie machten mich wehmütig.

Wo war er hin, dieser Sommer? Dieser wunderbare, großartige Sommer, der ein Leben lang dauern sollte? Der Sommer unseres Lebens. Der Sommer meines Lebens.

Es ging schon ein paar Tage so. Wir spürten alle, dass der Sommer zu Ende ging. Auch wenn niemand darüber sprach.

Sean und ich hingen auf dem Sofa. Paco lag uns zu Füßen. Draußen regnete es.

»Ich dachte«, sagte ich, »ich könnte mit dir nach Dublin gehen und da einfach weiterstudieren. Ich könnte mir eine kleine Wohnung nehmen oder ein Zimmer, und ich könnte mir einen Job suchen, etwas Geld verdienen. Vielleicht könnte ich auch erst mal bei dir wohnen. Dann könnten wir zusammen sein.«

»Wir sind doch jetzt zusammen.«

Ich biss mir auf die Lippen. »Ja, aber ›jetzt‹ ist irgendwann vorbei. Der Sommer ist irgendwann vorbei, schau doch mal raus«, sagte ich und legte meine Beine auf seine.

»Vielleicht bleib ich einfach noch hier«, sagte er und legte seine Hände auf meine Beine. »Oder ich fahr noch ein bisschen rum.«

»Mein Studium fängt auch erst in ein paar Wochen an. Ich könnte auch einfach noch mit dir hier am Meer bleiben. Oder wir fahren noch zusammen ein bisschen rum.«

Ich legte meine Hände auf seine und schmeckte, dass meine Lippen bluteten.

Er legte seinen Finger auf meine Lippen und umarmte mich.

»Worum geht's?«, sagte Lenica, die grade reinkam. Sie nahm meine Beine von Sean, setzte sich auf meinen Schoß und umarmte mich.

»Du blutest ja«, sagte sie und berührte meinen Mund, genauso wie Sean eben.

»Wir reden über Pläne«, sagte ich.

»Und, wie sind deine Pläne, Len?«, fragte Sean.

»Pläne? Was für Pläne? Was *sind* Pläne?«

Sie lachte und Sean lachte auch.

»Genau«, sagte Sean. »›Was sind Pläne‹, das mag ich.«

»Ja, du weißt doch, wie ich bin. Pläne sind nichts für mich. Pläne klappen eh nie«, sagte Lenica.

»Ja, ich weiß, du kennst ja das Leben«, sagte ich.

»Nein, aber das Leben kennt mich«, sagte Len.

Sean lachte wieder.

»O Mann, bist du schwer«, sagte ich und schob Lenica weg. »Du bist fett geworden. Ich krieg keine Luft.«

»Jetzt hab dich nicht so«, sagte Len. »Du musst mich aushalten, so bin ich, fett und schwer und erstickend. Und für dich mach ich mich extra fett und schwer.« Sie lachte.

»Komm zu mir, mir bist du nicht zu schwer, ich halte dich aus«, sagte Sean.

»Du Angeber, hier hast du sie«, sagte ich.

Ich schubste sie rüber und ihr Kleid rutschte hoch.

Lenica warf sich auf ihn.

»Für dich mach ich mich extra leicht«, sagte sie.

Sean umarmte sie.

»Endlich ein Mann, der mich aushält«, sagte Len.

»Es fragt sich nur, wie lange«, sagte ich.

»Ich glaube, es ist eher die Frage, wie lange du ihn aushältst«, sagte Sean.

Und wir mussten alle lachen.

»Ich kenne den hier, den halte ich aus.« Len tippte Sean mehrmals mit dem Finger auf die Brust.

Er fing an, sie zu kitzeln. Lenica quietschte.

»Es reicht mir schon, danke«, rief sie.

Sie zappelte und versuchte sich zu befreien.

Sean hielt sie auf seinem Schoß fest. Len hatte zwar ganz schön viel Kraft, aber Sean war stärker. Er hielt sie am nackten Oberschenkel fest.

Sie zappelte noch etwas länger.

Ich bemerkte, wie er seine Hand noch fester auf ihren Oberschenkel drückte.

Sie schien sich zu ergeben und ließ sich zurücksinken.

Sie warf ihren Arm in meine Richtung und fischte nach meiner Hand. Sie nahm sie, und ich betrachtete ihre Fingernägel und sah den blauen abgesplitterten Nagellack. Sie hatte ihre Fingernägel abgekaut.

»Wann hast du denn damit wieder angefangen?«, fragte ich.

Sie schaute mich an und ihre Augen sahen aus, als hätten sie zwei unterschiedliche Farben, das eine ganz grün und das andere schiefergrau. Sie war ganz blass, obwohl wir den ganzen Sommer über in der Sonne gewesen waren, aber vielleicht war das auch nur das Licht.

»Schaut mal, es zieht sich schon wieder zu, gleich wird es zu regnen anfangen und nie wieder aufhören. Wo ist er hin, der flirrende Sommer?«, fragte sie, als sie so auf Sean lag. »Ist das schon der Herbst?«

Und ich fragte mich gerade etwas ganz anderes.

Als ich zum zweiten Mal in so kurzer Zeit in Dublin landete, hatte ich das Gefühl, alles beginnt von vorne. Natürlich wollte ich, dass alles so schön würde wie beim letzten Mal. Es war so schön gewesen. Bis auf den Schluss. Daran wollte ich nicht denken. Das würde ich nicht noch einmal verkraften. Ich überlegte mir, wie ich Sean eine Entscheidung abringen könnte, ohne ihn unter Druck zu setzen. Wie ich mit ihm reden könnte, ohne ihn zu verjagen. Ich wollte ihn zu sehr und wollte alles richtig machen. Mich überkam das Gefühl, das würde nicht gut gehen.

Ich hatte genau denselben Mietwagen wie letztes Mal, was das wohl für ein Zeichen war, fragte ich mich. Wahrscheinlich gar keins. Ich fuhr die Strecke, die ich bereits kannte, und hielt an derselben Tankstelle und kaufte mir ein Gurkensandwich und einen Tee.

Ich fuhr die Pappelallee zu seinem Haus entlang.

Endlich war ich wieder da.

Ich parkte dort, wo ich das letzte Mal geparkt hatte. Ich stieg aus und ging zur Haustür, die genau wie letztes Mal angelehnt war.

Ich klopfte und rief seinen Namen, dann ging ich rein.

Der Flur sah auch so chaotisch aus wie letztes Mal. Die Jacken, die Angelsachen, ein dunkelblauer Schal. Der war letztes Mal nicht da gewesen.

Ich stellte meine Tasche ab und ging bis zur Fensterfront.

Die Tür zur Terrasse war geöffnet. Draußen war es grau und nieselig und mild.

Vermutlich war er mit den Hunden am Strand, aber ich schaute nicht nach.

Ich ging zurück in die Küche und nahm mir diesmal gleich ein Glas Jameson. Bevor ich ihn begrüßte. Ich stellte mein Glas auf den großen Holztisch, darauf lag die Einladungskarte zur Hochzeit von Maries Tochter, ohne Umschlag. Mir war gar nicht klar gewesen, dass er auch eingeladen war, Marie hatte nichts erwähnt, andererseits, warum auch.

Mich überkam der Gedanke, Sean und ich könnten gemeinsam hinfahren. Der Gedanke begann mir zu gefallen. Wir könnten gemeinsam im Hotel übernachten, feiern, tanzen, mit Marie und Fanny über die alten Zeiten reden, morgens verkatert im Jardin du Luxembourg frühstücken. Ich versuchte mir diese Gedanken wieder aus dem Kopf zu schlagen. Ich wusste ja gar nicht, ob er vorhatte zu kommen.

Ich trank noch ein Glas Whiskey und sah einen großen Topf auf dem Herd stehen. Ein riesiger gekochter Hummer lag drin und kühlte aus. Ich suchte alle Zutaten für eine Mayonnaise zusammen.

Sean kam im Neoprenanzug durch die Terrassentür, die Hunde liefen hinter ihm her.

Er stand in einer Pfütze aus Meerwasser.

»Und du willst jetzt Mayonnaise machen?«, fragte er.

»Nein«, sagte ich.

Irgendwann, viel später, nachdem wir den Hummer gegessen hatten, und noch später, kam ich aus der Dusche, ich hatte ein Handtuch um den Kopf gewickelt und ging in Unterwäsche durch das Schlafzimmer nach unten, wo ich meine Sachen zusammensammelte.

Sean saß mit einem Glas Whiskey auf dem Boden vor dem Sofa.

»Komm zu mir«, sagte er und zog mich an sich.

Ich setzte mich zu ihm. So nah, dass ich ihn riechen konnte.

»Willst du gegen Dämonen kämpfen?«, fragte er mich.

»Ja, ich liebe Dämonen. Ich hab eine ganze Horde. Man muss mit denen reden.«

»Mit Dämonen reden? Denen sollte man einfach in die Fresse schlagen«, sagte er.

Ich lachte.

»Ja, lach ruhig, da bin ich Profi«, sagte er. »Ich hab da mehrere Tausend Jahre Erfahrung. Man kann ihnen auch mit einem kleinen Schweizer Messer in die Sehnen schneiden, sodass die nicht wissen, was abgeht. Die sollen wochenlang nicht wissen, was die antworten können. Doch wenn die antworten, musst du bereit sein.«

Er schwieg.

Ich hatte aufgehört zu lachen.

»Es ist hart, Dämonen sterben nie. Sie sind dein Fleisch und Blut«, sagte er.

Wir schwiegen beide. Er wurde mir unheimlich.

»Wir müssen endlich darüber reden. Es ist schwer, dir all das zu erzählen«, fuhr er fort. »Aber es ist noch schwerer, es dir nicht zu erzählen.«

»Ich bin mir jetzt gar nicht mehr sicher, ob ich es hören will«, sagte ich. Jetzt wollte ich doch am liebsten alle Dämonen in der Schublade lassen. Aber mein Lieblingsdämon saß ja neben mir.

Ich bekam plötzlich eine wahnsinnige Angst vor allem, was er sagen könnte. Es hörte sich viel schlimmer an als das, was ich hatte klären wollen.

Er zog mich noch näher an sich heran und umschloss mich so fest mit seinen Armen, dass es wehtat, er hatte solche Kraft. Manchmal war er so zutraulich und nah, dass ich es gar nicht fassen konnte.

»Lass uns wegfahren«, sagte er, »irgendwohin, wo uns niemand kennt.«

»Ja, sofort«, sagte ich. »Wolltest du mir *das* sagen?«

Mein Herz klopfte unglaublich laut.

Er schob mich von sich weg.

»Dein Herz klopft zu laut«, sagte er. »Ich kann es hören, und das stört mich.« Er lächelte kurz, als er mein irritiertes Gesicht sah. Dann bekam er wieder diesen seltsam abweisenden Blick. »Hör zu«, sagte er, »es geht um Len.«

Die Dämonen, dachte ich. Wenn wir schon über Dämonen sprachen. Ich stöhnte im Inneren und spürte, wie mir die Tränen kamen. Ich wollte ja über Len sprechen, aber andererseits auch nicht. Und ich wollte auf gar keinen Fall losheulen.

Sean stand auf und ging zur Terrassentür. Er schob sie auf und zu. Draußen war es dunkel. Und kalt.

Ich saß immer noch in Unterwäsche da, das Handtuch um die nassen Haare gewickelt, und hatte Gänsehaut.

»Len und ich hatten damals einen furchtbaren Streit. Damals, bevor …« Es fiel ihm schwer, es auszusprechen. »Kurz vor ihrem Unfall. Es war kein normaler Streit. Es war ein richtig schlimmer Streit.«

Er ging einen Schritt nach draußen. »Lenica begann ein paar Monate vor dem Unfall über damals zu sprechen, sie machte sich Vorwürfe, dass alles so gekommen ist, mit uns allen, dass alles zu Ende ging, dass wir uns verloren haben.«

Er sprach so leise, dass ich immer näher rücken musste, um ihn zu verstehen.

»Sie hat sich vorgeworfen, dass sie mich damals überhaupt mitgebracht hat. Sie sagte, wenn du mich nicht kennengelernt hättest, wäre alles zwischen euch so geblieben. Ihr hättet euch nicht verloren ... Und zwischen mir und ihr wäre auch alles geblieben wie zuvor.«

»Ja, aber dann wärt ihr beide nicht zusammengekommen«, sagte ich.

Ich konnte nicht glauben, was ich sagte.

Was ich eigentlich dachte, war: Sean und ich wären nicht wieder zusammengekommen, hätte sie nicht den Unfall gehabt. Es war schrecklich, das zu denken, aber es war so, es war einfach die Wahrheit.

Ich wusste nicht, was ich sagen sollte.

»Das ist doch sinnlos, zu überlegen, was wäre gewesen, wenn ... Das wissen wir doch alles gar nicht«, sagte ich.

»An dem Tag ging es wieder darum, und Len wurde laut und fing an zu weinen und mich anzuschreien, und ich hasste es, wenn sie mich anschrie.«

Ich hatte nie erlebt, dass Lenica jemanden anschrie. Sie muss sehr verzweifelt gewesen sein, wenn sie Sean angeschrien hat, dachte ich. Es schnürte mir das Herz zu.

»Ja, sie war verzweifelt. Sie sagte, sie muss dich sehen, sie fährt zu dir. Ich sagte, sie solle hierbleiben, sie wisse doch gar nicht, wo du wohnst. Und ich schlug ihr vor, am nächsten Tag zusammen zu fahren. ›Nein, Len, bleib hier. Du weißt doch gar nicht, wo Elsa genau wohnt. Wir fahren morgen früh zusammen, in Ruhe‹, das hab ich gesagt. Du weißt, Len war eine chaotische Autofahrerin.«

»Nein, das weiß ich nicht, war sie das? Sie hatte damals doch noch keinen Führerschein. Aber ich kann mir gut vorstellen, dass sie das gewesen ist. Jedenfalls war sie sehr ungeduldig.«

»Ja, das war sie. Und in anderen Dingen auch unendlich geduldig.«

Sean drehte sich um und sprach dabei weiter. Er sprach direkt in die Nacht hinein.

»Len sagte, sie wisse, wo du wohnst. Ich versuchte sie zu beruhigen und sagte: ›Len, wir fahren zusammen, wir fahren morgen, nicht mitten in der Nacht.‹ ›Nein, nicht morgen‹, schrie sie, ›ich muss los, lass mich.‹ Ich hab ihre Stimme noch im Ohr. Ich sagte: ›Hör zu, du kannst das alles nicht rückgängig machen. Die Dinge sind so passiert. Elsa hat auch ihr Leben.‹ Aber das wollte sie nicht hören. ›Ich will es ja auch gar nicht rückgängig machen. Darum geht es doch gar nicht‹, sagte sie. Sie sagte mir die ganze Zeit, dass ich gar nicht verstehen würde, was sie meint.«

Ich wollte zu ihm gehen und ihn umarmen, aber ich konnte nicht. Ich ließ ihn einfach weiterreden, ganz alleine.

»Ich hatte das Gefühl, es hatte mit mir zu tun, dass sie fahren wollte«, sagte Sean. »Wir hatten keine gute Zeit gehabt in den Monaten davor, ich hatte Angst, dass sie von mir wegwollte. Ihre Idee, dich zu treffen, schien mir ein grundlegender Zweifel an mir zu sein. Und sie schien Gedanken lesen zu können. Sie versicherte mir, dass sie mich noch liebte, aber ich glaubte ihr nicht in dem Moment. Es verletzte mich alles, diese plötzlichen Gedanken von ihr an die Vergangenheit, an dich, an all das.«

Sean schaute mich an, und er sah, dass mich das alles verletzte, was er gerade gesagt hatte. »Gleichzeitig konnte ich Lenica verstehen«, sagte er. »Ich hatte ja auch oft genug gedacht, dass es nicht so weitergehen kann. Dass wir uns sehen müssten, reden müssten. Du hast mir auch gefehlt, ich hab auch schlecht damit gelebt. Ich sagte ihr das. Sie hörte mir überhaupt nicht zu und bekam diesen bestimmten Blick, den sie dann immer hatte. Wenn sie sich auf irgendetwas ganz plötzlich fixiert hatte. Und es durchziehen würde, egal was passierte. Du kennst den Blick.«

»Ja, ich kenne ihn«, sagte ich. »Natürlich kenn ich ihn. Ich kenne alle ihre Blicke.«

»Lenica schnappte sich ihre Tasche und rannte raus auf die Straße, zum Auto. Ich rief: ›Warte, ich fahre mit, ich fahre mit dir.‹ Aber sie hörte mich nicht mehr. Ich rannte hinter ihr her, die Treppe hinunter und auf die Straße. Ich sah nur noch das Auto davonrasen.«

Seine Stimme zitterte jetzt.

»Ich hätte sie aufhalten müssen, das hab ich nicht gemacht«, sagte er. »Ich habe mir lange eingeredet, ich hätte es nicht gekonnt. Ich weiß nicht, ob ich es geschafft hätte. Ich weiß jetzt nur, ich hätte es versuchen müssen. Sie würde noch leben.«

Er schlug mit der Faust gegen die Wand, die Haut sprang auf und es blutete.

»Du hast es doch versucht.«

»Ich hab nicht genug versucht. Nicht genug. Jetzt ist ihre Asche im Meer verstreut.«

Ich nahm seine Hand, ohne etwas zu sagen, und küsste die Stelle, die blutete. Er zog die Hand weg. Ich wollte ihn umarmen, aber hatte Angst, er würde mich nicht lassen. Ich schloss die Augen. Ich wusste nicht, ob ich das alles aushalten würde.

Am liebsten wäre ich rausgerannt. Ich wollte das alles gar nicht hören.

Und doch wollte ich alles über Lenica wissen, ich hielt es auch nicht aus, das alles nicht zu wissen. Len war immer bei allem die treibende Kraft gewesen war, sie war meine treibende Kraft gewesen. Ohne sie geschah nichts in meinem

Leben. Nicht damals und nicht heute. Ich wusste plötzlich nicht mehr, wie ich es die ganzen Jahre ohne sie ausgehalten hatte. Vor ihrem Tod. Und danach, mit der Gewissheit, dass wir nicht geredet hatten. Dass wir uns nicht ausgesprochen hatten. Dass sie nicht wusste, dass ich nicht wütend auf sie sein konnte.

Ich sah Sean nicht mehr. Ich wusste nicht, ob er runter zum Meer gegangen war oder einfach nur auf der Terrasse stand und in den Nachthimmel starrte.

Lenica war natürlich auch Seans treibende Kraft gewesen, das war mir schon klar.

Die ganze Zeit hatte ich gedacht, ich hätte ihn jetzt für mich allein, und hatte versucht, nicht mehr über all das, was passiert war, nachzudenken. Das alles zu hören machte es noch schwerer. Mir wurde etwas klar, was ich tief in meinem Inneren gewusst hatte: Dass ich ihn nie ganz für mich alleine haben würde.

Lenica war eine wilde Seele und war auf der Suche gewesen nach einer noch viel wilderen. Und nur einer konnte ihr in seiner Wildheit das Wasser reichen.

Ich trat hinaus auf die nächtliche Terrasse.

Sean stand im Dunkeln, er stand einfach nur so da.

»Das Schlimmste am Tod ist doch, dass wir es irgendwann schaffen, ohne den anderen zu leben. Das ist zwar die Rettung der Lebenden, aber dann der eigentliche Tod der Toten. Bei Lenica war es ganz anders. Sie ist immer bei uns, sie war immer dabei«, sagte er.

Sean ging auf der Terrasse hin und her, dann sah er mich an und zog mich zurück nach drinnen. Ich war froh darüber. Es machte mich unendlich traurig und ich fühlte mich schuldig, aber es erfüllte mich auch mit einer großen Beru-

higung, dass Len mich besuchen wollte, zu mir zurück-
wollte.

»Len hat schon Monate vor ihrem Tod wieder angefangen
von dir zu sprechen, von eurer gemeinsamen Zeit. Unserer
gemeinsamen Zeit. Die dann so plötzlich endete. Die wir so
plötzlich haben enden lassen. Die Zeit kann Entscheidungen
auch auf den Kopf stellen.«

Da fiel mir etwas ein.

»Woher hat Lenica eigentlich gewusst, wo ich wohne? Sie
sagte doch, sie weiß, wo ich wohne«, fragte ich.

Sean antwortete nicht auf meine Frage.

»Sie sprach davon, dass sie dich verloren hat.«

»Ich hatte komischerweise nie das Gefühl, sie verloren zu
haben«, sagte ich. »Also, ich meine natürlich, bevor sie ...«

Ich sagte es und war mir doch gar nicht so sicher, dass es
stimmte.

»Du hattest sie ja auch nicht verloren. Sie war besessen
davon, dich wiederzufinden. Wirklich besessen.«

Jetzt schwiegen wir beide. Ich konnte auch gerade nicht mehr.

Nach einer Weile sprach er weiter.

»Ich muss dir noch etwas sagen. Ich habe eine Tochter.
Gewissermaßen hab ich auch sie verloren.«

Ich verstand nicht, was er meinte.

»Eine Tochter? Mit Lenica?« Ich war verwirrt. Und schockiert.

»Nein. Nicht mit Lenica.«

Er schwieg wieder.

»Verloren ist das falsche Wort. Ich habe sie vielmehr
verpasst. Ich habe es erst vor Kurzem erfahren. Jetzt ist sie
erwachsen. Und sie weiß nicht, dass ich ihr Vater bin, und
soll es auch nicht wissen. Das hat die Mutter beschlossen. Sie
hat ziemlich klare Vorstellungen. Sie hat es mir diese ganzen

Jahre nicht gesagt. Sehr lange. Ich trag es ihr nicht nach. Ich mag sie immer noch. Aber es hätte mein Leben verändert. Jetzt ist da nur ein blinder Fleck, wo meine Tochter hätte sein können.«

Ich spürte mit ihm einen stechenden Schmerz, einen, der mir die Tragweite dieser Trauer vermittelte. Wie unvorstellbar, nicht zu wissen, dass man ein Kind hat, es, wie er sagte, »zu verpassen«.

In den Schmerz mischte sich, das musste ich zugeben, eine Erleichterung, dass es nicht auch noch eine Tochter von Lenica gab. Aber ich spürte auch einen anderen Schmerz, einen gemeinen, ich spürte den bohrenden Schmerz der Eifersucht. Wer war sie bloß, die Mutter seiner Tochter, wer konnte sie sein? Es machte mich wahnsinnig. Ich biss mir auf die Lippen.

»Du magst sie immer noch? Klingt, als wärt ihr Freunde.« Er lachte.

»Vielleicht, kann sein, weiß nicht. Na ja, vermutlich schon. Jetzt, nach allem.«

»Erzähl mir mehr von ihr.«

»Von meiner Tochter?«

»Ja.«

Aber natürlich meinte ich die Mutter. Wer war sie bloß?

»Später vielleicht.«

»War sie es, die vor mir hier bei dir war?«

»Woher weißt du, dass jemand da war?« Er runzelte die Stirn.

Ich zuckte mit den Schultern.

»Ich habe nur geraten. Sie hat, glaube ich, ihren Schal vergessen.«

Ich wusste doch, diesen Schal hatte ich hier noch nicht gesehen.

»Ja, du hast recht, sie war hier. Sie tauchte plötzlich auf, um es mir zu erzählen. Ich mag sie, Elsa. Aber nicht mehr. Es war nur eine Nacht damals.« Ich konnte die Andeutung eines Lächelns auf seinem Gesicht erkennen.

Er griff nach meiner Hand.

»Komm mit«, sagte er, »ich muss dir etwas zeigen.«

Er nahm die Flasche Jameson vom Tisch und zog mich hinter sich her. Er zog mich die Treppe hoch, die bei jedem Schritt knarrende Geräusche machte.

Wir standen in seinem Schlafzimmer. Ich griff mir das T-Shirt, das auf dem Futon lag, und schüttelte das Handtuch von meinen Haaren. Hier oben war es gar nicht kalt, aber ich hatte das Bedürfnis mir etwas anzuziehen. Ich wollte auch nach meiner Jeans greifen, aber Sean zog mich weiter. In den kleinen Raum, der eine Mischung aus begehbarem Schrank und Abstellraum war, er war vollgestopft mit Klamotten, Surfsachen, einem kleineren Surfbrett. Kartons. Ich war noch nicht drin gewesen, aber die Tür stand häufig offen und ich hatte manchmal mitgekriegt, wie Sean irgendetwas darin suchte. Jetzt ging er ganz nach hinten, stieg über irgendwelches Zeug, es sah aus wie unten bei ihm im Flur. Ich hörte, wie etwas umfiel und er fluchte.

»Kann ich dir helfen?«, rief ich und schaute hinein.

Ich sah und hörte ihn weiterkramen und wühlen und hatte den Eindruck, er schüttelte den Kopf. Dann zog er eine Aluminiumkiste aus der allerhintersten Ecke hervor. Ich erinnerte mich an sie, die Kiste mit dem Vorhängeschloss, die letztes Mal noch im Zimmer stand. Von der ich dachte, es sei seine Fotokiste. Ich erinnerte mich dran, dass er schon früher eine solche Kiste hatte, aber ich wusste nicht, ob es die gleiche war, ich traute mich auch nicht zu fragen. Er zog sie raus und stellte sie auf den Holzfußboden seines Schlafzimmers.

Er ging zu der Holzpalette, die sein Nachttisch war, fasste darunter und holte einen kleinen Schlüssel hervor, der mit Tesafilm festgeklebt war.

Er sah mich an.

Plötzlich wurde mir schlecht.

Er nahm die Flasche Jameson, trank einen Schluck und hielt sie mir hin. Ich trank auch einen Schluck.

»Damals hat mir die Polizei eine Tüte überreicht mit allen Sachen, die sie in Lens Auto gefunden hatte. Ich habe nur einen Blick daraufgeworfen und dann alles in diese Kiste gepackt und sie seitdem nicht geöffnet«, sagte er.

Wir tranken beide noch einen Schluck Whiskey.

Er öffnete das Schloss, klappte die Aluminiumkiste auf und kniete sich davor. Ich kniete mich neben ihn. Es tat weh, mit nackten Beinen auf dem Holzboden zu knien, aber es war mir egal. Ich hielt den Atem an.

Eine Handtasche lag darin, ein Lederbeutel eher, dann Lenicas Polaroidkamera, sie war ganz zerschrammt, ein schwarzes DIN-A4-Notizheft aus Pappe, das verfleckt war und beinahe auseinanderfiel, ihr Lieblingsstift, ein kleiner schwarz lackierter Füller, ich kannte ihn, sie hatte ihn schon ewig. Ich bewunderte sie dafür, dass sie den nie verloren hatte. Oder zumindest immer wiedergefunden. Ein Polaroidfoto war auch drin, von Lenica und Sean, sie hatte nackte Schultern und trug einen Pony und hielt ihre Finger wie den Sucher eines Fotoapparates vor die Augen, und er hatte seine Kamera vor dem Gesicht, als würde er fotografieren. Sein ganzes Gesicht war durch die Kamera verdeckt und eigentlich sah man nur ein Büschel Haare. Ich fragte nicht, wer das Foto gemacht hatte. Ich musste mich darauf konzentrieren zu atmen.

Sean zog etwas heraus.

Es war ein dicker Stapel Briefe, die mit einer Schnur zusammengebunden waren.

»Sie hat dir die ganze Zeit Briefe geschrieben und nicht abgeschickt. Sie hatte damit schon lange vor dem Sommer damals angefangen. Die hatte sie in ihre Handtasche gepackt, als sie unterwegs zu dir war.«

Mir blieb mein Herz stehen. Ich war also nicht die Einzige gewesen, die ins Leere geschrieben hatte.

Er machte eine Bewegung, als wollte er mir den Stapel Briefe in die Hand drücken, dann legte er ihn neben sich.

»Ich wusste das nicht«, sagte Sean. »Ich wusste lange nicht, dass sie dir Briefe geschrieben hat, ohne sie abzuschicken. Ich habe die Briefe zum ersten Mal gesehen, als sie sie aus ihrer Nachttischschublade geholt und in die Tasche gepackt hat. Ich wusste nicht, was mich wütender gemacht hat. Dass sie ständig an dich, an die Vergangenheit dachte oder dass sie mit mir nicht darüber geredet hat. Wir hatten seitdem nie wieder darüber geredet, darüber, was passiert ist, wie sie sich damit fühlte oder wie ich mich fühlte. Ich glaubte, wir lebten im unausgesprochenen Einverständnis, dass die Zeit davor abgeschlossen ist. Was sie natürlich nicht war.«

Er sah mich an.

»Wie sollte sie das auch sein? Wie sollte etwas abgeschlossen sein, was überhaupt nie abgeschlossen wurde? Wie sollte etwas zu Ende sein, was nicht beendet wurde.«

Ich konnte nichts sagen.

»Jedenfalls haben mich die Briefe wütend gemacht und das habe ich ihr gesagt. Sie war deswegen so aufgebracht, ich konnte gar nicht genau verstehen, warum. Aber da war noch was anderes in der Tüte«, sagte Sean.

Er nahm etwas aus der Truhe.

Es war ein einzelner Briefumschlag. Er war zerknickt und fleckig. Und er war ungeöffnet. Sean hielt ihn mir hin.

Mein Name stand drauf. In grüner Tinte. In Lenicas schwungvoll-krakeligen Handschrift, die ich so geliebt habe.

»Der steckte in der Tasche ihrer Jeansjacke«, sagte Sean. »Sie muss ihn kurz vor der Fahrt geschrieben haben. Ich verstehe nicht, wieso sie diese ganzen Briefe mitgenommen hat, wenn sie doch zu dir fahren wollte. Was hatte sie damit gewollt, sie hätte doch dann mit dir reden können.«

Ich wusste darauf auch keine Antwort. Nur, dass Lenica oft Dinge getan hatte, die andere nicht verstanden. Dinge, die für andere seltsam oder auch merkwürdig oder verrückt waren.

Sean hielt mir den Brief immer noch hin.

Ich streckte die Hand danach aus, und er legte ihn mir in die Hand und schloss in dem Augenblick seine Hand um meine, aber die zitterte ganz furchtbar, und ich spürte das Zittern bis in den Magen.

Ich schaute Sean an und er hielt immer noch meine Hand mit dem Brief fest.

»Der liegt seit … seitdem« – ich war unfähig, »Lens Tod« auszusprechen – »in dieser Truhe? Warum hast du ihn nicht gelesen?«

»Es steht ›Elsa‹ drauf. Das ist dein Name. Ich würde nie etwas lesen, was für jemand anderen bestimmt ist. Erst recht nicht etwas, was für dich geschrieben wurde.«

»Warum hast du ihn mir dann nicht geschickt? Zusammen mit den anderen Briefen.«

»Das wollte ich ja. Dann dachte ich, ich geb ihn dir, wenn du zur Beerdigung kommst.«

»Aber ich bin nicht gekommen«, sagte ich und schlug meine Hände vors Gesicht.

»Aber du bist nicht gekommen«, sagte er. Er raufte sich die Haare. »Ich wäre am liebsten auch nicht hingegangen. Ich hätte dich gebraucht. Du glaubst es vielleicht nicht. Aber ich hätte dich gebraucht. Wir alle hätten dich gebraucht.«

Er fasste meine Schulter an und sah mir fest in die Augen. Ich wollte meinen Kopf in seinen Armen vergraben.

»Ich konnte nicht«, sagte ich.

Ich hatte die Anzeige natürlich rechtzeitig bekommen. Ich hätte hingehen können. Ich hatte den Umschlag mit der Karte geöffnet und gleich wieder zugemacht. Ich wusste, Sean hätte mich gebraucht. Möglicherweise bin ich auch deshalb nicht hingefahren. Weil ich wusste, dass er mich gebraucht hätte. Und stattdessen bin ich in Selbstmitleid und Rotwein ertrunken.

»Ich hätte auch gerne nicht gekonnt, Elsa. Doch das ist nichts, was man kann oder nicht kann. Sondern etwas, was man einfach macht. Etwas, was man machen muss, Elsa.«

Sean ließ meine Schultern los.

Ich wandte mich ab.

Er stand auf.

»Als ich den Brief dann erst mal in die Kiste getan hatte und sie zu war, hab ich es nicht mehr fertiggebracht, sie zu öffnen«, sagte er. »Und ich habe es auch nicht mehr fertiggebracht, dich wiederzusehen. So, wie ich es vorgehabt hatte. Ich hätte es getan, wenn alles nicht so gekommen wäre.«

Er machte eine Pause.

»Und woher Lenica wusste, wo du wohnst? Sie wusste es von mir. Aus meinem Adressbuch. Ich hatte deine Adresse ausfindig gemacht. Nicht nur Len wollte dich wiedersehen.«

Ich stand auf und zog mir langsam meine Jeans an. Dann ging ich ans Fenster und öffnete es.

Das war eine unerträgliche Vorstellung. Wie anders wäre alles geworden. Ich wollte nicht darüber nachdenken.

Wie wäre mein Leben verlaufen, hätte Sean plötzlich vor meiner Tür gestanden?

Dieser Gedanke war nicht auszuhalten.

Und gleichzeitig schämte ich mich. Schließlich hatte ich ein Leben.

Er schien noch etwas sagen zu wollen, zögerte aber.

»Jetzt lies den Brief«, sagte er dann.

Ich schaff das nicht, dachte ich, wie soll ich das bloß schaffen?

Den Brief, den meine beste Freundin, nein, mehr, der wichtigste, liebste Mensch in meinem Leben, kurz vor seinem Tod an mich geschrieben hat.

»Ich kann nicht«, sagte ich. »Ich habe Angst. Lies du ihn.«

»Hör auf, Elsa. Sei erwachsen.«

Nicht zu fassen. Er sagte mir, ich sollte erwachsen sein? Ich schnaubte kurz, dann riss ich mich zusammen.

Ich wusste, wir hatten beide gelitten. Es konnte nicht darum gehen, wer mehr gelitten hatte.

Ich hörte mich selbst atmen, was ich hasste, und ich hörte mein Herz in den Ohren klopfen, das hasste ich auch.

Ich öffnete den Umschlag mit einer wütenden Bewegung und zog den Brief raus, es waren mehrere Seiten, sogar ziemlich viele Seiten, sie waren liniert und aus dem Notizheft rausgerissen.

»Liebste Elsa, liebe, liebe Elsa, meine Elsa,
meine kleine Elsa für immer«,

stand da in Lenicas wundervoll schwungvoll-krakeliger Handschrift.

»Ich habe mich entschlossen, zu dir zu fahren, aber ich weiß nicht, ob ich es schaffe, dir unter die Augen zu treten, deswegen schreibe ich dir diesen Brief. Das ist der Ich-weiß-nicht-wievielte-Brief, den ich dir schreibe.

Du weißt ja gar nicht, dass ich dir immer und immer Briefe geschrieben habe, all die Jahre. Ich hab dir immer alle Einzelheiten meines Lebens erzählt. Schon lange vor diesem einen Sommer.

Ich schaffe das Leben ohne dich nicht. Nicht mehr.

Ich habe solche Angst, dass ich deins zerstört habe. Wegen mir und Sean. Aber damals ging es für mich nicht anders. Oder vielleicht wäre es anders gegangen, vielleicht, ja, wenn ich mich angestrengt hätte. Vielleicht hätte es eine Wahl gegeben, vielleicht aber auch nicht. Ich glaube nicht, dass es in der Liebe eine Wahl gibt, und ich weiß, du denkst genauso, weil wir beide immer genauso gedacht haben und weil wir auch immer das Gleiche gedacht haben, oder war es nicht so, sagst du es mir?

Ich habe überlegt, ob ich Sean verlasse, wenn das die Voraussetzung ist, dass wir beide wieder Freundinnen sein können. Ich habe überlegt, ob es gehen würde. Ernsthaft. Und lange hab ich darüber nachgedacht. Aber es würde nicht gehen. Ich liebe Sean über alles. Ich habe ihn schon immer geliebt. Das weißt du, oder? Du wusstest es, oder? Und ich liebe ihn immer noch. Komisch, ich hätte nie gedacht, dass so etwas möglich ist. Nach all den Jahren. Aber dich liebe ich auch. Dich liebe ich auch seit immer und tu es immer noch.

Bitte verzeih mir, du verzeihst mir doch, oder? Du hast mir doch schon längst verziehen, oder? Schon längst.

Ich frage mich so oft, vor allem in der letzten Zeit, was du grade machst, ob du grade in einer Hängematte liegst (weißt du noch, unsere Hängematte?), und liest du grade Gedichte oder welches Buch liest du grade oder welche Musik hörst du, wie geht es dir, vergisst du beim Schreiben immer noch das t am Ende von manchen Wörtern, isst du immer noch so gerne Brot mit Mayonnaise, weinst du immer noch bei Filmen? Was ziehst du deinen Kindern an, ich hab gehört, dass du Kinder hast, bestimmt sind sie so schön wie du, ich frage mich, wie du als Mutter bist, die Vorstellung, dass du eine bist, ist komisch, aber auch schön.

Wie sind sie so, deine Kinder, unvorstellbar, dass ich überhaupt mit dir über Kinder spreche, haben wir je über so was geredet? Wahrscheinlich schon, weil wir doch über alles geredet haben, oder?

Also, ich habe keine Kinder, wir haben keine Kinder, ich weiß nicht genau, warum eigentlich, hat es noch nicht geklappt oder wollten wir noch nicht, oder manchmal fragen wir uns, wollen wir überhaupt, sind wir überhaupt schon erwachsen genug für Kinder, ich weiß, Sean will, er will unbedingt Kinder, das weiß ich, ich bin mir gar nicht sicher, ob ich Kinder will, aber eins weiß ich ganz bestimmt, ich will keine Kinder, ohne dass sie eine Tante Elsa haben. Und außerdem wüsste Tante Elsa schon, wie alles geht, sie wüsste all die Dinge, die ich nicht weiß.

Ich fahre jetzt weiter zu dir, Elsa, und werde ganz sicher den Mut haben zu klingeln und dich zu sehen, und ich brauche diesen blöden Brief nicht, vielleicht schmeiß ich ihn auch

einfach weg – und wir werden die Zeit und die ganzen verdammten Jahren wieder aufholen, diese ganze, ganze furchtbar
lange Zeit, die vergangen ist, und trotzdem war es nur ein
Wimpernschlag im Universum, und dann rufen wir sofort
Marie und Fanny an und machen einen drauf. Wir machen so
was von einen drauf, und dann sind wir alle endlich wieder
zusammen und trinken Wein und reiten auf schwarzen Panthern. Ja, dann sind wir alle endlich wieder zusammen, unsere
Gemeinschaft, unser Bündnis – was sitze ich hier eigentlich
noch auf dieser schäbigen Autobahnraststätte bei schlechtem
Kaffee und schreibe mir die Seele aus dem Leib, ich steig jetzt
wieder ins Auto, um zu dir zu fahren, um genau vor deiner
Wohnung oder deinem Haus, ich weiß ja gar nicht, wie du
wohnst, zu parken, im Halteverbot oder in der Einfahrt,
jedenfalls werde ich katastrophal parken und werde aus dem
Auto springen, Sturm klingeln und die Treppen raufspringen,
und ich werde dich sehen und dich in die Arme schließen und
dich ablecken vor Freude, wie Paco früher. Erinnerst du dich,
Elsa? Erinnerst du dich an Paco?

Aber was schreib ich hier, was schreib ich dir alles, das liegt
nur daran, dass wir uns so lange nicht gesehen haben, eine
halbe Ewigkeit, vom Gefühl her ein ganzes Leben, hast du
nicht auch manchmal das Gefühl, wir haben schon ein ganzes
Leben gelebt, schon unsere Sommer damals waren ein ganzes
Leben, und dieser letzte Sommer hätte sogar gereicht für zwei.
Zwei ganze Leben. Oder besser gesagt drei Leben, Elsa.

Eins wollte ich dir die ganze Zeit schon sagen. Vieles natürlich, aber das musst du auch wissen: Es war immer, als hätten
wir eine unsichtbare Verbindung, wie so ein Gummiband
beim Sport, weißt du, und immer, wenn du weggefahren bist,
fühlte ich ein inneres Reißen, wie ein Muskelreißen, als würde
diese Verbindung zum Spannen gebracht und zu sehr strapa-

ziert. Das Band gibt es immer noch, und es ist zu angespannt, viel zu sehr.

Aber jetzt höre ich auf zu schreiben, denn ich muss weiterfahren, um dich endlich zu sehen, damit wir erzählen können, reden und erzählen, meine Elsa, was bei dir passiert ist in den letzten Jahren, ich will alle schmutzigen Einzelheiten wissen, alle dreckigen Details, ich hoffe, es gibt viiiiiieeel, alles, alles, alles, ich erzähle dir auch alles, was bei mir passiert ist, obwohl das gar nicht so viel war. Mein Leben ist eigentlich so ruhig, wie ich es mir nie vorgestellt habe, so ruhig und schön mit Sean. Meinem Sean, unserem Sean, den ich so sehr liebe.

So wie ich dich liebe, meine liebe, liebe, kleine Elsa.

Ich hab mich so oft gefragt, ob du das alles damals eigentlich gewusst hast. Das mit Sean.

Ich erzähle dir alles ganz genau in allen Einzelheiten, wenn wir uns sehen.

Hm. Jetzt sitze ich hier und kaue am Stift rum, und ich merke, dass ich Angst habe.

Damals war ich mir sicher, du wusstest es. Aber dann wurde ich immer unsicherer und unsicherer. Bis ich ganz und gar unsicher war.

Du wusstest, dass ich Sean immer geliebt habe, oder? Deswegen hast du mir auch verziehen, oder? Ich habe ihn geliebt, seit wir Kinder waren, das klingt albern, ich weiß, aber so war es. Ich hab es dir erzählt, weißt du noch, an diesem einen Sommertag, als wir am Fluss entlanggefahren sind, an den Pappeln, und auf dem Heuballen lagen, ich habe versucht, es dir zu erklären, aber ich weiß nicht, ob du es verstanden hast.

Wie Sean und ich unsere Namen in den Arm geritzt haben. All diese Geschichten.

Als das mit euch begann, dachte ich, das ist nur so eine

Phase. Von euch beiden. Dann wurde mir klar, es ist keine Phase.

Den Rest kennst du.

Und ich erzähl dir alles ganz genau, wenn wir uns endlich sehen. Ich kann es nicht erwarten.

Elsa, ich weiß, dass du mir verziehen hast, schon lange, und wir wissen beide, dass es eigentlich auch gar nichts zu verzeihen gibt, in der Liebe. Und in der Freundschaft. Was aber ja auch irgendwie dasselbe ist. Oder, Elsa?

Endlich, endlich, meine Elsa, meine Elsa.

Ich werde jetzt weiterfahren, bis ich dir in die Arme fallen kann, und bis dahin fühl dich geküsst, geküsst, von deiner, deiner Len, für immer.«

Mir liefen die Tränen nur so über das Gesicht. All das erschlug mich. Zu viele Gefühle, in alle Richtungen.

Unter ihren Namen hatte Len noch unendlich viele Herzen gemalt, kleine und große, immer krakelige, schwungvolle Herzen, und ich spürte einen schweren Klumpen in meinem, einen Felsen, der so lange schon auf mir lag. Der immer bleiben würde. Aber der mir irgendwie gleichzeitig auch genommen wurde.

Ich fühlte, dass noch etwas in dem Umschlag war, griff hinein und zog zwei Polaroidfotos heraus. Eines zeigte Lenica in der Autobahnraststätte. Sie hatte sich selbst fotografiert. Sie trug die Haare genauso lang wie damals. Sie war ziemlich blass und ungeschminkt, bis auf himbeerroten Lippenstift, der so aussah, als sei er grade aufgetragen worden und ein bisschen übermalt. Sie machte einen Kussmund. Den Lippenstift kannte ich.

Ich hielt Sean das Foto hin. Er nahm es mir aus der Hand.

»In den Wochen davor hat sie ewig diesen Lippenstift

gesucht«, sagte er. »Sie wollte wieder den gleichen, den sie damals hatte. Den gab es nicht mehr. Sie hat einen irrsinnigen Aufstand veranstaltet, an den Hersteller geschrieben. Irgendwann bekam sie ein letztes Exemplar von der Firma geschickt. Mann, ist sie denen auf die Nerven gegangen.«

»*Rouge framboise d'été*«, sagte ich.

Sean schaute das Foto lange an. Dann legte er es aufs Bett und ging ohne etwas zu sagen aus dem Schlafzimmer.

Ich ließ mich auf den Rücken fallen. Ich wusste nicht, wie ich mich fühlte, fühlen sollte, und ich konnte nur erahnen, wie sich Sean fühlte.

Ich dachte an Lenicas verschmierten Himbeerkuchenmund an ihrem Geburtstag. Die Mischung aus echten Himbeeren und Lippenstift. An den Strauß, den wir für sie auf dem Feld gepflückt hatten. Klatschmohn, Margeriten und Kornblumen. Marie hatte einen Sonnenbrand auf der Nase und wir hatten uns über sie lustig gemacht. Sean sprang irgendwann in Klamotten in den Pool und wir alle hinterher. Wir trockneten die Klamotten in der Sonne auf dem Rasen und gingen ans Meer auf den Felsen, um richtig zu schwimmen, und dann fiel uns ein, dass es schon spät war und wir die Party vorbereiten mussten, und wir rasten hektisch wieder nach oben, doch Édouard und Yann hatten schon fast alles gemacht. Sie hatten ein Fass Bier angeschleppt, ein Riesenbuffet aufgebaut, den Grill aufgestellt, die Flaschen Wein auf einen Tisch und sogar Kerzen, sie hatten tatsächlich Kerzen auf die Tische gestellt und Fackeln im Garten in die Erde gesteckt.

Alles, all diese Erlebnisse mit Lenica waren mir so präsent, als wären sie gerade erst passiert, und gleichzeitig kamen sie mir vor wie aus einem vergangenen Leben. Dieser Brief hatte das alles hervorgerufen, es war noch in mir drin gewesen und ich konnte mich nur nicht erinnern, weil ich all das nie hatte vergessen können, nie würde vergessen können.

Lenica schien das ganze Treiben immer wie aus der Distanz beobachtet zu haben, sie schien so gar nicht involviert gewesen zu sein.

Es hatte sich herausgestellt, dass das nicht stimmte. Sie hat sich alles genau angeschaut.

Sie hat uns erst mal machen lassen. Und als sie genau wusste, der richtige Moment war gekommen, hat sie gehandelt.

Ich war so wütend auf sie. Und bewunderte sie. Wirklich.

Und ich liebte sie noch immer.

Lenica war und blieb für mich der Inbegriff, das Idealbild der besten Freundin. Der großen Liebe. Des wundervollsten Menschen auf Erden, auf der Welt, des Universums. Doch sie hatte auch viele andere Seiten. Sie hatte den schlimmsten Betrug an mir begangen, den man begehen konnte.

Aber trotzdem würde ich ihr immer alles verzeihen und sie für immer lieben.

Und ja, Len, sagte ich zu mir, ich wusste das mit dir und Sean. Und gleichzeitig, nein, Len, wusste ich es nicht. Wie kann man etwas wissen und nicht wissen, fragte ich mich, doch so war es einfach.

Warum hatten wir es so weit kommen lassen? Warum hatte ich es so weit kommen lassen? Wenn ich den Kontakt wieder aufgenommen hätte, damals, nach ein paar Jahren vielleicht, dann würde Len noch leben. Dann wäre nichts passiert. Ich hätte es machen müssen, für uns alle, für mich. Alles wäre anders gekommen.

Alles.

Ich würde vermutlich jetzt nicht mit Sean hier sein.

Es war mir unmöglich, das alles zu denken.

Ich stand irgendwann auf und ging runter.

Sean saß auf dem Boden, mit dem Whiskey in der Hand, den Kopf an die Couch gelehnt, und die Hunde lagen um ihn herum. Ich schob einen zur Seite und setzte mich neben Sean. Er schloss die Augen und zog mich ganz nah an sich ran.

Wir saßen lange so da, und keiner von uns konnte etwas sagen.

»Komm, wir gehen raus«, sagte er irgendwann.

Wir nahmen den Schlafsack mit, in dem wir viele Nächte verbracht hatten, um in die Sterne zu sehen. Sean fasste nach meiner Hand und wir stiegen die Stufen zum Strand hinunter, ganz langsam, um in der Dunkelheit nicht zu stolpern, die Hunde rannten vorweg. Als wir am Strand angekommen waren, da, wo die Wellen an Land rollten, setzten wir uns in den Schlafsack, in den Sand, so nah ans Meer wie möglich. Das Meer war ganz schwarz, kein Mond, der es silbern erleuchtet hätte, nur an der Gischt erkannte man, dass das Meer überhaupt da war. Sonst hätte es wie eine schwarze Ebene ausgesehen.

Er hielt mich ganz fest und vergrub sein Gesicht in meinen Haaren.

»Sie fehlt mir auch«, sagte ich. »Sie hat mir immer gefehlt, weißt du. Genauso wie …«

Ich wollte ihm ganz viel sagen. Ich konnte das irgendwie nicht aussprechen, dass er mir gefehlt hat. Ich hätte es ihm furchtbar gerne gesagt. Ich schaffte es einfach nicht. Vielleicht wusste er es ja, aber was, wenn nicht? Sollte ich jetzt weiterreden oder es lassen? Es gab ja Momente im Leben, da war es besser, Worte zu finden. Aber andere Momente, für die es gar keine gab. Und das musste man irgendwie rausfinden.

Ich wollte ihn so vieles fragen.

Stimmte all das, was Lenica geschrieben hatte? Hatte er auch so empfunden? Hatte er sie auch schon seit immer geliebt? Ich konnte nicht glauben, was ich da dachte. Wie konnte ich bloß anzweifeln, was sie schrieb?

Warum hatte er sich damals so entschieden?

Das wollte ich ihn fragen und diese Frage hatte sich so tief in mein Herz gebohrt, dass ich sie viele Jahre einfach vergessen hatte.

Ich weiß nicht genau, wie lange wir so dasaßen. Es fühlte sich sehr lange an.

So schwarz wie der Mond war auch der Himmel, kein einziger Stern war zu sehen und das passte.

»Ich fahr morgen«, sagte ich.

»Ich weiß«, sagte er.

Er hielt mich fester.

Bitte sag: Flieg nicht, bleib hier, dachte ich. Bitte, bitte sag es, ich bleib auch, ich verpasse auch die Hochzeit von Maries Tochter. Das dachte ich, obwohl ich genau wusste, dass das nicht ginge, Marie würde mich töten, wenn ich nicht käme, zu Recht würde sie das. Ich wollte ja auch unbedingt hin, natürlich wollte ich hin. Ich spürte nur, ich war bereit, alles zu tun, alles anheimzugeben, und zugleich wusste ich, ich würde morgen fahren, ich würde nie die Hochzeit von Catherine verpassen, vor zehn Jahren vielleicht, aber jetzt nicht mehr, nicht mehr, nachdem ich Maries Hochzeit verpasst hatte, nicht mehr nach allem, was ich verpasst, und nach allem, was ich wiedergefunden hatte.

Trotzdem wünschte ich mir so sehr, dass er zu mir sagte: »Bleib Elsa, bleib bei mir.« Oder: »Wir fahren zusammen zu Catherines Hochzeit.« Ich hätte mir eine Hand dafür abgehackt, dass er es gesagt hätte.

Mir fielen die Augen zu, so unendlich müde war ich plötzlich.

»Ich muss mir den Wecker stellen«, sagte ich.

»Nein, ich werde aufwachen.«

»Wenn nicht, verpasse ich mein Flugzeug.«

»Ja«, sagte er.

Ich legte meinen Kopf auf seine Schulter und er strich mir über die Haare und so verbrachten wir die Nacht am Strand in dem Schlafsack, meine Nase war ganz kalt, aber das machte nichts, denn er hatte einen so warmen Körper, dass ich nichts fürchten musste.

Als ich aufwachte, ging gerade die Sonne auf. Ich lag alleine in unserem Schlafsack, der warm von Sean war. Er konnte noch nicht lang weg sein. Mein Lieblingshund lag neben mir und ich spürte seinen Atem.

Ich musste los. Es war noch nicht zu spät, um meinen Flug zu kriegen, aber viel Zeit hatte ich nicht.

Ich wühlte mich aus dem Schlafsack, legte ihn mir über die Schultern, weil ich fror, und stieg die Stufen zum Haus hoch. Der Hund trottete neben mir her.

Ich ging in die Küche.

Sean war nicht da.

Eine Kanne mit heißem Tee stand auf dem Herd.

Ich ging nach oben. Die Sachen, die Sean gestern anhatte, lagen auf dem Bett. Ich legte mich ein letztes Mal auf seinen Futon, in die zerwühlten Decken. Ich legte mir sein Kissen auf den Kopf und fragte mich, was wohl passieren würde, wenn ich einfach ewig so liegen bliebe. Ich hatte große Sehnsucht, es zu versuchen. Dann gab ich mir einen Ruck und stand auf.

Ich nahm sein T-Shirt, das von gestern dalag und nach ihm roch, und zog es an. Ich hatte keine Lust zu duschen, ich dachte sogar, vielleicht würde ich nie wieder duschen, um für immer seinen Geruch an mir zu behalten. Ich ging nur schnell ins Bad, um mich zu schminken, und warf meinen Kram in meine Reisetasche. Für das T-Shirt ließ ich ihm meinen Poe-Band da, in dem das Foto von Len und mir mit dem E. E.-Cummings-Zitat lag.

Ich sah auf die Uhr. Ich musste los.

In der Küche goss ich mir Tee ein, der nicht mehr heiß war, und schaute ein letztes Mal aufs Meer, das ganz glatt und blau dalag.

Wo war er bloß? Ich spürte das Panikgefühl im Hals aufsteigen.

Was hatte ich mir denn gedacht? Was hatte ich erwartet? Dass er da sein würde? Dass sich plötzlich alles ändern würde? Nur wegen gestern Abend?

Ich schüttelte den Kopf und versuchte die Gedanken in meinem Kopf zu ordnen, aber nichts von dem, was ich dachte, ergab einen Sinn.

Ja, das hatte ich alles gedacht und erhofft. Ich hatte gestern so stark das Gefühl einer Bedeutung gespürt, der Moment, als wir vor der Aluminiumkiste saßen, und dann der Moment, als wir Lenicas Brief gelesen hatten, da hatte ich das Gefühl, ich wäre ihm so nah, und er mir auch. Ich hatte das Gefühl gehabt, die Dinge seien jetzt klar. Lenica war nicht länger nur ein Geist der Vergangenheit. Sie war wieder Wirklichkeit, eine Wirklichkeit, die uns verband und nicht mehr trennen musste. Eine Wirklichkeit, die uns Sicherheit geben konnte, weil wir beide wussten, dass sie uns geliebt hat. Ich hatte das Gefühl, dass ich mit ihr leben konnte und wollte, und hatte die Hoffnung, dass es Sean auch so ging. Und doch stand ich allein in der Küche und würde gleich im Auto Richtung Flughafen sitzen.

Warum?

»Himmel, was hab ich mir bloß gedacht?«, sagte ich laut. »Verdammt noch mal.«

Ich gab mir selbst eine Ohrfeige und schüttelte den Kopf.

»Was tust du da?«, hörte ich seine Stimme.

Er stand plötzlich hinter mir. Er sah ganz frisch aus und roch auch ganz frisch geduscht, seine Haare waren noch nass und verwuschelt.

Wir standen zwischen schwarzem Himmel und grünen Hügeln. Es war jetzt gar nicht mehr kalt, sondern ganz mild, und ich hörte die Möwen schreien.

Wir standen uns sehr lange gegenüber, ohne etwas zu sagen.

»Das ist mein T-Shirt«, sagte er und strich mir über die Schultern. »Ich schenk es dir, anscheinend hattest du ja eh vor, es mitzunehmen.«

»Eigentlich würde ich lieber dich mitnehmen«, sagte ich. »Komm mit zu dieser Hochzeit.«

Er schaute mich nur an und schüttelte den Kopf. Aber er lächelte dabei.

Ich fiel ihm in die Arme, und er hielt mich so fest, dass ich beinahe keine Luft mehr bekam, und ich versuchte ihn auch so fest zu halten, wie ich konnte, und es schien eine Ewigkeit zu sein. Ich wäre auch bereit gewesen, auf der Stelle in seinen Armen zu sterben.

Dann riss ich mich los, nahm meine Reisetasche und ging.

Ich drehte mich nicht noch einmal um.

Das war das erste Mal, dass ich mich nicht noch einmal umdrehte.

Wir hatten so viel geredet. Doch ich hatte ihm nichts von dem gesagt, was ich ihm hatte sagen wollen. Nichts.

Als ich im Auto saß, bereute ich das. Natürlich. Ich hätte bleiben sollen, hätte meinen Flug verschieben und den letzten Abend nicht einfach so stehen lassen sollen.

Ich hätte ihm alles Mögliche sagen müssen, ihn fragen müssen. Ich hatte Lenicas Briefe eingesteckt, ohne ihn zu fragen.

Trotz oder gerade wegen alledem, was er mir erzählt, was ich erfahren hatte, hätten wir darüber sprechen können, wann wir uns wiedersehen.

Ich hatte mich nicht getraut zu fragen oder hatte keine Kraft. Es war seltsam, doch ich fühlte mich in gewisser Weise sicher. Und ich wusste, ihn zu fragen würde ihn nur abschrecken.

Aber das war plötzlich alles nicht mehr wichtig. Denn als ich am Flughafen ankam, sah ich eine Nachricht von ihm: »Danke, meine Elsa.«

Auf seltsame Weise tröstete mich seine Nachricht. Es war keine Nachricht, die mich glücklich machte, keine, die eine Zukunft hatte, nicht für mich, nicht für uns, sie war doch gar nicht das, was ich gewollt hatte, was ich mir ersehnt, erhofft hatte. Ich trat gegen einen Mülleimer. Herrgott, ich wusste nicht mal genau, was er damit meinte.

Doch sie tröstete mich. Und plötzlich tröstete mich alles, was passiert war.

Ich gab das Auto wieder ab, checkte mich ein und ging zu meinem Gate. Ich kaufte mir noch ein Thunfischsalatsandwich bei Bewley's, das war mit extraviel Mayonnaise.

Ich wusste, das mochte er. Und ich mochte es auch.

War all das die Mühe wert?, fragte ich mich selbst und antwortete mir: Welche Mühe?

Auf diesem Flug genügte mir ein Gin Tonic. Ich saß am Fenster und sah noch, wie das Flugzeug eine Schleife über Howth Head flog. Dann schlief ich ein.

»*We were young we didn't care, all the time wasted*« in meinen Kopfhörern.

Der Trost hielt nur kurz an.

Die Hochzeit war am übernächsten Tag.

Ich war direkt nach Paris geflogen, zu Marie. Fanny wollte auch schon früher kommen. Wir hätten noch ein bisschen Zeit zusammen. Ich nahm die Metro, weil ich nicht viel Gepäck hatte, und vor allem mochte ich den Geruch. Die Pariser Metro hat einen so eigenen Geruch, nach Großstadt, Straßenmusikern, nach unglücklicher Liebe und glücklicher Verliebtheit, nach Mandelmilch in Pappbechern. So wie in New York den Dampf aus den Kanaldeckeln liebte ich in Paris seit meiner Jugend den Geruch der Metro.

Die zwei Tage in Paris vergingen so schnell, dass ich keine Zeit hatte nachzudenken. Wir sahen Tomas wieder, lernten Catherine kennen, halfen Marie bei letzten Vorbereitungen.

Am Abend vor der Hochzeit lag ich auf dem ausgezogenen Sofa in Maries Arbeitszimmer und konnte nicht schlafen.

Ich rechnete nicht damit, dass Sean kommen würde, natürlich nicht. Ich fragte auch nicht noch mal nach.

Er meldete sich auf keine meiner Nachrichten und ging nicht ans Telefon.

Mir wurde etwas Entscheidendes klar: Wir lebten in zwei Welten. Ich hatte die ganze Zeit um jeden Preis versucht, in seine zu kommen. Jetzt hatte er seine Welt plötzlich für mich geöffnet und ich merkte, sie war unheimlich und unzugänglich, und ich hatte Angst mich darin zu verirren. Sie war voller Untiefen und Schlaglöcher, aber sie war auch ein leuchtendes Universum.

Ich trat auf den kleinen Balkon, es war mehr ein Austritt, auf dem ein Topf mit einem Feigenbaum stand, und ich blickte über die Dächer von Paris in den Nachthimmel und sah das erste Mal in der großen Stadt den großen Wagen über mir, trotz der vielen Lichter. Die Sterne waren noch heller.

Ich sah im Park unter der Wohnung die Jugendlichen, die Körbe warfen, mitten in der Nacht, und trotz der Autogeräusche hörte ich das »Plopp, Plopp«, wenn der Ball auf dem Asphalt aufschlug. Ich mochte das Geräusch. Es hatte etwas Beruhigendes und Lebendiges gleichzeitig.

Ich ging runter und setzte mich auf eine Bank im Park. Ich schlang die Arme um die Knie und schaute den Basketballspielern zu. Sie hatten Kerzen aufgestellt, und ihre Bierflaschen standen am Rand, dort, wo die Wiese anfing. Sie bemerkten mich ganz lange gar nicht, wie ich so in der Dunkelheit saß und sie beobachtete. Es waren junge Männer, nur ein Mädchen. Sie war nicht sehr groß und sehr dünn und zerbrechlich, und trotz ihrer langen braunen Haare hatte sie etwas Jungenhaftes, sie war auch so gekleidet, Shorts, kurzes T-Shirt und Turnschuhe. Dennoch umgab sie eine sehr weibliche Aura und ich wusste sofort, an wen sie mich erinnerte.

Sie warf ziemlich gut und es war klar, dass sie in dieser Männergruppe vollkommen akzeptiert war. Ich konnte nicht ausmachen, ob einer von den Jungs ihr Freund war, keiner von ihnen verhielt sich so. Aber sie waren auch mitten in einem Spiel.

Dann machte sie irgendwas, ich konnte in der Dunkelheit nicht erkennen, was, irgendjemand rempelte irgendwen an.

»Hey«, rief einer, »das ist gegen die Regeln!«

»Erzähl mir nichts von Regeln, Alter«, sagte sie.

»Lass sie«, rief ein anderer. »Kurze Bierpause.«

Das Mädchen kam durch die Dunkelheit auf mich zu. Jetzt erst sah ich, dass es Catherine war. Ich wunderte mich, dass sie hier war.

»Hey«, sagte sie und hielt mir wortlos ihre Packung M&Ms hin.

Ich nahm eine Handvoll und schaute sie an.

Sie setzte sich neben mich, zog die Beine an und saß einfach so da. Wir saßen schweigend zusammen auf der Bank und aßen M&Ms.

Sie fragte nicht: Was machst du hier, warum schläfst du nicht?, oder so, und ich fragte auch nicht: Was machst du hier in der Nacht vor deiner Hochzeit, warum feierst du nicht ausgelassen den Abschied einer Lebensphase mit deinen Freundinnen?

Sie schaute mich durch die Dunkelheit an. Und in der Dunkelheit leuchteten ihre Augen und ich merkte, wie sie mich musterte.

»Es ist komisch«, sagte sie plötzlich, »meine Mutter hat so viel von dir erzählt, und von Fanny und Lenica und Sean, dass ich das Gefühl habe, ich kenne euch. Aber nur, als ihr jung wart, noch viel jünger als ich. Es kommt mir komisch vor, dass ihr jetzt so alt seid.«

»Ja, es kommt mir auch komisch vor, glaub mir. Ich hab es irgendwie auch gar nicht mitgekriegt.«

Sie lachte.

»Wie kann man das denn nicht mitkriegen?«

»Ich glaube, das liegt an der Zeit«, sagte ich. »Wenn man jung ist, vergeht die Zeit so langsam. Und dann merkt man irgendwann nur, dass die Zeit schneller und schneller vergeht, aber man hat nicht mitgekriegt, dass es die Jahre sind, die vergehen. Es ist komisch. Und plötzlich weiß man, dass man alt ist. Kurz davor war es noch ein weit entfernter Gedanke. Bist du eigentlich nicht aufgeregt?«

»Nein, warum? Sollte ich das?«

»Nein, ich glaube nicht.«

»Bist du verheiratet?«

»Ich war mal verheiratet. Oh, tut mir leid, tolles Gespräch vor einer Hochzeit.«

Sie lachte.

»Na ja, ich habe schon gehört, dass es auch manchmal nicht klappt. Es gibt für nichts eine Garantie, oder?«

»Nein«, sagte ich. »Immer einen Preis, aber nie eine Garantie.«

Wir schwiegen.

»Ist er da dabei?«, fragte ich. »Dein Mann?«

»Nein«, sagte sie. »Das sind einfach meine Freunde.«

»Das sind nur Männer«, sagte ich.

»Ich verstehe mich besser mit Männern. Ich hatte schon als kleines Mädchen nur Jungsfreunde.«

»Ist doch vielleicht eine gute Voraussetzung, um einen Mann zu heiraten. Dann weißt du, wie sie ticken.«

Sie lachte.

»Männer? Die sind doch alle total unterschiedlich. Jeder tickt anders. Zumindest sind manche unterschiedlicher als andere.«

»Was ist das Besondere an dem Mann, den du heiratest?«

Sie schien nicht nachdenken zu müssen, bevor sie antwortete: »Er lässt mir meine Freiheit und hängt mir nicht auf der Pelle.«

Sie klang wie ein Mann. Oder wie eine unabhängige Frau.

»Und er ist mein bester Freund.«

Zwei der Typen riefen: »Catherine, kommst du?«

»Ich spiel noch eine Runde«, sagte sie. »Bis morgen, Elsa.«

»Bis morgen«, sagte ich.

Eine Weile schaute ich noch zu, wie sie sich auf dem stillen Platz Bälle zuwarfen, zwischen Kerzen und Bierflaschen, und um uns herum die Lichter der Stadt und die Geräusche der Autos. Dann ging ich zurück in Maries Wohnung, auf mein Schlafsofa. Und schlief sofort ein.

Die Péniche lag im Mondschein.

Die Hochzeitsgäste tanzten und tranken, die bunten Lampions leuchteten und warfen ihre Spiegelbilder in die Seine.

Wie wir alle da saßen, ganz weinselig und schön und dem Trubel zusahen, Marie, Fanny und ich, es war herrlich. Ich umarmte Marie und drückte fest ihren Arm.

»Ich bin so froh, hier zu sein«, sagte ich. »Wo ich doch deine Hochzeit versäumt habe.«

»Ja, du blöde Ziege«, sagte Marie liebevoll.

»Ihr seid alle so schön«, sagte ich und umarmte beide, Marie und Fanny.

»Du spinnst doch, du hast ein bisschen zu viel getrunken«, sagte Fanny.

»Keine Widerrede, ihr seid die Schönsten.«

Marie kicherte.

»Ich meine es so. Mit euch ist es doch wie mit meinen Kindern. Ich finde alles an euch schön. Ich liebe es euch anzuschauen, ich liebe es euch zu umarmen, euch zuzuhören, ich liebe eure Stimmen, euer Lachen, auch wenn es manchmal zu schrill oder zu laut war, euren strengen oder genervten Ton. Eure glänzenden Nasen, wenn ihr euch in Rage geredet habt, eure Gesten. Ich liebe es, wenn Marie noch keinen Lippenstift aufgelegt hat und sich dann immer kurz wegdreht und sagt: ›Moment, ich muss mich noch anziehen‹, und sich die Lippen schminkt. Ich liebe die Art, wie ihr euch anzieht, dieser eigene, unverwechselbare Stil, die Art, wie Marie ihren Schal trägt und sich die Haare hochsteckt. Ich liebe, wie Fanny sich plötzlich verändert, sobald sie geschminkt ist, und wie glamourös sie dann wird.«

Marie und Fanny fielen beinahe von ihren Stühlen vor Lachen.

»Ich liebe vor allem euer Lachen, und wenn wir zusammen

lachen, da steckt das ganze gelebte Leben drin, es ist die Essenz des Lebens, Freude und Leid und alles Erlebte.«

Ich hatte das ganz ernst gemeint, aber jetzt saßen wir da und lachten so sehr, dass uns die Tränen kamen.

Catherine kam an unseren Tisch.

Sie sah umwerfend aus mit ihrem schmalen, blassen Gesicht, den dunklen wilden Haaren und den grünen Augen. Aber selbst in ihrem Hochzeitskleid wirkte sie noch wie das ungestüme Mädchen, das nachts Basketball spielt.

Wir redeten durcheinander, wie toll sie war und wie herrlich die Feier, und lachten weiter, und dann ließ Marie Catherine los und fiel wieder uns in die Arme und setzte sich auf Fannys Schoß.

»Sind die eigentlich alle erst vierzehn?«, fragte mich Catherine und pustete sich eine Haarsträhne aus dem Gesicht. Sie setzte sich neben mich.

»Ja, manchmal fühlen wir uns so«, sagte Fanny. »Obwohl wir alle Frauen sind mit einem Leben, in dem so viel passiert ist, als seien wir hundert. Manchmal denken wir, jetzt könnten wir auch sterben und hätten trotzdem nicht das Gefühl, irgendwas verpasst zu haben. Aber in anderen Momenten fragen wir uns auch, ob das eigentlich alles war und was noch kommt. Wir haben schon alles erlebt und alles hinter uns, wir waren verliebt, sind Beziehungen eingegangen und Ehen, haben uns wieder getrennt und geheult und haben neu begonnen.«

»Du warst doch nie verheiratet«, unterbrach ich sie.

»Sei still«, sagte Fanny und redete weiter. »Wir haben uns wieder verliebt und haben alles auf eine Karte gesetzt. Hat geklappt oder nicht. Aber hören wir deswegen auf? Nein. Natürlich nicht. Also: Wir sind nicht mehr vierzehn, und wir sind sehr glücklich darüber. Aber manchmal, ja, manchmal überkommt uns einfach eine große Sehnsucht vierzehn zu sein. Oder sechzehn oder siebzehn. Das Leben noch vor uns zu haben. Die Liebe noch vor uns zu haben. Denn jetzt wissen wir nicht, wenn wir eine aufgeben, ob noch eine neue, andere kommt. Ist da was schlimm daran, an dieser Sehnsucht?«

Plötzlich war ich mir nicht sicher, ob Fanny gleich in Tränen ausbrechen oder lachen würde.

»Ich geh wieder tanzen«, sagte Catherine und lachte. »Viel Spaß noch.« Sie umarmte ihre Mutter flüchtig und war weg.

Fanny brach in Tränen aus.

»Was ist denn los, Fanny?«

»Ich hab das Gefühl, das Leben zieht an mir vorbei«, schluchzte sie. Fanny zeigte auf Catherine, die mit einem ihrer Freunde im Türrahmen saß und lachte. »Ich werde nie eine Tochter haben. Und sie wird auch nicht heiraten.«

»Fanny, ist ja gut.«

»Nein, es ist nicht gut«, sagte sie wütend.

»Ich dachte, du magst dein Leben?«, sagte ich vorsichtig.

»Ich bedaure so viel«, seufzte sie.

»Das tun wir doch alle.«

»Nein, ihr bestimmt nicht.«

»So ein Unsinn!« Marie fing an sich aufzuregen.

»Du bist doch die mit dem Traumleben, mit der Traumtochter und der Traumehe«, sagte Fanny.

»Was ist denn ein Traumleben? Ja, ich habe eine traumhaft tolle Tochter. Und ich habe drei beste Freundinnen, dich und Fanny. Und Tomas.«

»Tomas? Deine beste Freundin? Was redest du?«, sagte Fanny.

Ich kriegte einen Lachkrampf, aber ich spürte, es war nicht witzig.

»Ihr Gänse. Er ist mein bester Freund. Aber irgendwie auch nicht mehr als das. Wir sind jedenfalls kein Liebespaar mehr.«

Fanny verzog den Mund, und es sah so aus, als finge sie gleich wieder an zu weinen.

»Das ist traurig.«

»Ja, das ist traurig. Irgendwie weiß ich nicht, wo meine Ehe hin ist.«

»Sie ist da, wo alle alten Ehen irgendwann hingehen, auf dem Friedhof der Ehen«, sagte ich.

»O Gott, Leute, gleich heule ich wieder los«, sagte Fanny.

»Nicht alle«, sagte Marie. »Nicht weinen, Fanny, gleich wird es wieder witzig.«

»Nein, nicht alle, aber viele. Manche sind dramatisch verendet, manche still und leise.«

»Ja, und manch eine stand weinend an ihrem Ehegrab und andere sind pfeifend abgezogen.«

Wir schauten uns an.

»Jetzt ist es doch wieder witzig, Fanny, oder?«

»Ja, irre witzig«, sagte Fanny ganz ernst.

Aber da mussten wir alle tatsächlich wieder lachen.

»Ein schönes Gespräch am Hochzeitsabend meiner Tochter«, seufzte Marie und goss uns allen Wein nach.

»Wieso, das heißt doch nicht, dass wir nicht trotzdem glücklich sind und feiern. Wir kennen nur das Leben.«

»Und das Leben kennt uns.«

»Auf uns! Auf das Leben!«

Wir stießen an.

»So, und jetzt tanzen!«, befahl Marie und schubste Fanny auf die Tanzfläche.

»Ich komm auch gleich«, rief ich.

Ich wollte nur einen Augenblick allein dasitzen. Ich schaute den beiden beim Tanzen zu. Sie tanzten noch genauso wie damals. Ich musste lächeln.

Ich fiel fast vom Stuhl, als ich Sean sah. Er trug ein schwarzes Jackett und darunter ein dunkelblaues Hemd, er sah mich genauso erschrocken an wie ich ihn, doch er war nur ganz kurz erschrocken.

Dann entdeckte Marie ihn.

Sie blieb stehen, als sei er eine Erscheinung. Dabei hatte sie ihn ja eingeladen. Aber ich konnte sehen, dass es sie Mühe kostete. Ich wäre beinahe aufgesprungen, aber beobachtete jetzt, wie sie auf ihn zuging, ihn umarmte und ihm etwas ins Ohr sagte. Er umarmte sie zurück. Dann rief sie Catherine. Marie schien die beiden vorzustellen, Sean gab Catherine die Hand und umarmte sie dann ein bisschen ungeschickt. Catherine war so ungestüm wie Marie früher und zog ihn sofort auf die Tanzfläche.

Nach zwei Songs tanzte Catherine wieder mit ihrem Mann und Sean kam auf mich zu. Bevor ich etwas sagen konnte, zog er mich auf die Tanzfläche.

»Ich hab dich gar nicht erwartet«, sagte ich.

»Ich geh auch gleich wieder«, sagte er und drückte mich an sich.

»Ich könnte einfach versuchen dich festzuhalten«, sagte ich.

»Das musst du gar nicht«, sagte er und drückte mich fester an sich. »Du schuldest mir noch eine Antwort.«

»Worauf?«

»Auf der letzten Hochzeit, auf der wir zusammen waren, hab ich ... Weißt du noch?«

»Ja, ich weiß noch«, sagte ich und schob ihn von mir weg, um ihn anzusehen. »Ich erinnere mich.«

»Du bist mir eine Antwort schuldig«, sagte Sean und lächelte nicht.

Ich holte tief Luft und zog ihn wieder an mich, zögerte aber einen Augenblick. Und bevor ich anfangen konnte, das zu sagen, was ich sagen wollte, flüsterte er mir ins Ohr: »Ich muss gehen.«

Er küsste mich und riss sich von mir los.

Ich sah noch, wie er, ohne sich von irgendjemandem zu verabschieden, von Bord sprang und in der Nacht verschwand.

So wird das nichts, dachte ich und seufzte.

»So wird das nichts«, sagte Fanny. Sie stand plötzlich neben mir in ihrem dunkelblauen Seidenkleid und sie sah sehr blass aus und ihre Haut war noch durchsichtiger als sonst. »Du musst es ihm sagen.«

»Was sagen?«

»Du weißt es doch. Du musst Sean jetzt endlich sagen, dass du ihn liebst. Warum sagst du es ihm nicht, er wartet schon lange drauf.«

»Woher weißt du das denn schon wieder?«

Sie schwieg kurz.

»Er hat es mir erzählt. Damals.«

»Er hat es dir erzählt? Warum das denn?«

»Wir waren auch Freunde, weißt du. Wir haben immer viel geredet. Ich hab mich oft gefragt, wie die Geschichte wohl ausgeht.«

Irgendwie merkte ich, dass mir das nicht klar war. Natürlich waren wir alle Freunde gewesen, auf die eine oder andere Art, enger oder weniger eng. Andererseits war ich so auf Sean und mich konzentriert gewesen. Und auf Lenica. Vielleicht waren mir die anderen Konstellationen nicht bewusst gewesen. Die verschiedenen Abstufungen der Gefühle der anderen. Wenn ich ehrlich war, hatte ich mir nie Gedanken darüber gemacht.

Fannys Augen glänzten ganz schwarz in dem gedämpften Licht.

»Er und ich wussten immer, dass wir einfach nur Freunde sein wollten. Wir hatten auch später Kontakt, aber gesehen haben wir uns sehr lange nicht.«

»Du hattest zu Sean Kontakt? Warum hast du mir das nicht gesagt?«

»Wir haben das Thema Sean und Lenica doch alle die ganze Zeit vermieden. Und ich fand, du musst damit anfangen.«

»O Mann, Fanny. Dann war es Seans Uhr, oder? Die du anhattest, als wir in Luxemburg essen waren?«

»Ja. Er hat sie mir damals geliehen. Bis ich endlich das mache, was ich im Leben wirklich will, hat er gesagt. Er wusste, dass ich keine Anwältin werden würde. Und als mir die Buchhandlung regelrecht in den Schoß fiel, musste ich nur die Uhr ansehen und ich wusste es.«

»Und mir hat er gesagt, er verleiht sie nicht.«

»Also, Elsa, warum hast du es ihm nie gesagt? Dass du ihn liebst? Er hat darauf gewartet.« Fanny klang jetzt vorwurfsvoll.

»Er wusste es doch, das musste ich ihm doch nicht sagen.«

»Woher soll er es denn wissen, wenn du es nie gesagt hast? Manchmal ist es wichtig, solche Dinge zu sagen.«

»Er hat es doch gefühlt.«

»Weißt du, Elsa, du hältst dich immer für so überschwänglich, aber das Entscheidende äußerst du oft gar nicht. Du bist manchmal sparsamer mit deinen Gefühlen, als du denkst. Man kann Menschen auch verletzen, indem man irgendetwas Entscheidendes nicht sagt.«

»Aber das war ja nicht ausschlaggebend für alles andere, was passiert ist.«

»Das weiß ich nicht. Das wissen wir alle nicht.«

Sie umarmte mich und flüsterte: »Verbockt es jetzt nicht. Das könnt ihr uns nicht antun. Aber vor allem euch nicht.«

»Ich tu mein Bestes«, sagte ich und umarmte sie zurück. Wir lehnten uns über die Reling und schauten in die Seine.

»Warum hast du eigentlich nie geheiratet?«, fiel mir plötzlich ein. Ich hatte das Fanny nie gefragt.

»Es war entweder der falsche Mann oder der falsche Zeitpunkt, oder ich dachte, es sei der falsche Mann oder der falsche Zeitpunkt, oder der richtige Mann wollte nicht, oder nur der falsche Mann wollte. Vermutlich hatte ich einfach nur Angst.«

»Na, ihr Kleinen!« Marie brachte uns Hochzeitstorte und umarmte uns.

Marie, Fanny und ich standen nebeneinander auf der Péniche und aßen Torte und blickten auf die Lichter dieser legendären Stadt. Der beleuchtete Eiffelturm, die angestrahlte Pont Alexandre III. Die Stadt war mir nie so legendär vorgekommen wie in diesem Moment. Catherine tanzte mit einem ihrer Basketballfreunde, ich erkannte ihn wieder, weil er mir gestern Nacht schon aufgefallen war. Er hatte einen Zopf und trug ein weißes Hemd über einer zerrissenen Jeans. Catherines Mann stand an der Seite und sah ihnen zu. Er sah ziemlich glücklich aus.

Es war sehr spät, als wir zu Fuß durch die nächtliche Stadt nach Hause gingen.

Tomas war schon davor aufgebrochen. Catherine und ihre Freunde feierten noch.

»Geht schon rein, ich muss noch einen Moment sitzen bleiben«, sagte ich, als wir Maries Haus erreichten.

Ich setzte mich auf die Bank, dahin, wo ich gestern gesessen hatte und Catherine und den Jungs beim Körbewerfen zugeschaut hatte. Ich wählte Seans Nummer.

Es sprang nur die Mailbox an. Alles war wie immer.

Zwei Sekunden später schrieb er: »Wo bist du?«

Zwanzig Minuten später stand er vor mir. Er setzte sich zu mir auf die Bank.

Wir saßen nebeneinander. Ich hatte meine Knie angezogen. Wir saßen lange einfach so da, ohne zu sprechen. Dann stellte ich meine Beine wieder auf den Boden und drehte mich ganz langsam zu ihm.

»Weißt du, dass ich schon so lange darüber nachdenke, wie das Leben mit dir sein könnte? Weißt du, dass ich viel zu viel Zeit damit verschwendet habe zu überlegen, wann ich mit dir nach Paris fahren könnte?«, sagte ich.

»Und jetzt sitzen wir hier«, sagte er.

Dann sagte ich ihm endlich, was er damals hatte hören wollen. Ich gab ihm die Antwort, die ich ihm schuldig war. Ich sagte ihm das, was ich seit so vielen Jahren fühlte und tatsächlich noch nie gesagt hatte.

Ich nahm seine Hand und strich über die Uhr.

»Ich dachte, du verleihst sie nicht ...«, sagte ich.

»Nur an Menschen, die sie dringend brauchen. Damit sie wissen, dass sie nicht ewig Zeit haben. Aber gerade brauch ich sie, um mich selbst daran zu erinnern.«

Er lächelte.

»Ich muss morgen nach Dublin«, sagte er.

»Also alles wie immer«, sagte ich.

Wir mussten beide lachen.

Und dann liefen wir die übrige Nacht durch die Stadt, die ich plötzlich nicht mehr erkannte, die so ganz anders aussah. Wir überquerten die Seine auf der Pont Neuf, liefen dann durch ganz Saint-Germain, durch die kleinen Straßen, tranken noch einen Wein, und ich hatte das Gefühl, irgendetwas war neu, so ein Gefühl, als läge ein neues Jahr vor uns. Wir spürten nicht, dass wir müde wurden, falls wir das waren, wir waren betrunken und wieder ganz nüchtern und wieder betrunken, wir überquerten wieder die Seine und standen plötzlich ganz oben am Sacré-Cœur, wo ich noch nie in meinem Leben gewesen war.

»Ich muss jetzt zum Flughafen«, sagte er, als wir irgendwann an seinem Hotel ankamen.

»Wie lange dauert dein Auftrag?«, fragte ich.

»Ich weiß es nicht. Ich ruf dich an.«

»Ich wünschte, ich könnte verschwinden, damit du dich dann an mich erinnerst und mich vermisst. Aber ich kann nicht verschwinden. Ich bin die Frau, die nicht verschwinden kann«, sagte ich.

Er sagte nichts.

Ich setzte mich auf die Treppen des Hotelflurs und wartete unten auf ihn, während er seinen Koffer aus dem Zimmer holte.

Er rief ein Taxi und sagte: »Ich setz dich bei Marie ab.«

Als das Taxi vor Maries Wohnung anhielt, sprang ich raus und das Taxi fuhr sofort weiter. Ich blieb stehen, allein im Pariser Morgen, und schaute ihm hinterher, bis es nicht mehr zu sehen war. Dann kaufte ich Croissants in der Bäckerei direkt neben Maries Wohnung, gab den Code ein, stieg die Treppe hoch und machte Kaffee. Ich duschte und fuhr zum Gare de Montparnasse und nahm den Zug nach Hause, und nach Hause meinte das Haus am Atlantik.

Als ich den Garten betrat, war der Pool eingelassen.

An dem Abend, als Sean kam, rechnete ich eigentlich gar nicht mehr mit ihm.

Ich lag mit einer Decke und einem Buch auf dem Sofa, meine Terrassentür war geöffnet, der Spätsommerregen prasselte auf die Terrasse und ein bisschen auch auf das Parkett.

Er hatte nur eine kurze Nachricht geschickt: »Bist du zu Hause?«

Ich hatte geantwortet: »Ja, wieso, wolltest du vorbeikommen?«

Das meinte ich als Witz.

Er stand einfach in der Terrassentür.

Sein Dreitagebart war mehr als drei Tage alt. Er sah zerzaust aus.

»Wie lange stehst du da schon?«, fragte ich ihn.

Er antwortete nicht. Er stand nur vor mir und nahm mein Gesicht in seine Hände. Das machte mich fertig. Ich hätte auf der Stelle losheulen können.

»Ich bin ein Mal vor dir weggelaufen. Noch mal schaffe ich es nicht«, sagte er.

Ich fragte nicht, wo er herkam und wo er hinwollte, wie lange er vorhatte zu bleiben, sondern fiel ihm in die Arme.

Es überraschte mich, aber gleichzeitig war es so selbstverständlich, so vertraut. War es nicht neben dem Begehren diese Vertrautheit, der wir hinterherjagten, nach der wir uns sehnten? Bei allem, was wir suchen, in allen Beziehungen, Ehen, Freundschaften, in jeglichen Formen des Miteinanders, ist diese Vertrautheit vielleicht letztendlich das Entscheidende. Das Wichtigste und Schönste. Denn, seien wir ehrlich, mit wem haben wir sie schon? Begehren, denkt man lange, steht über Freundschaft. Bis man schmerzlich oder erleichtert merkt, dass manchmal die Freundschaft bleibt.

Als wir mitten in der Nacht auf meinem zerwühlten Bett saßen, dem Bett mit der unglaublich federnden Matratze, sagte er: »Ich habe einen wahnsinnigen Hunger. Ich koch uns was.«

Ich musste lachen, das hatte ich lange, lange Zeit nicht mehr gemacht, nachts zu kochen, und bekocht worden war ich auch seit Ewigkeiten nicht mehr. Wir durchforsteten meinen Kühlschrank und meine Vorräte und fanden Nudeln, Roquefort, Sahne und Broccoli, eigentlich hasste ich Broccoli, ich kaufte ihn nur manchmal, weil er gesund war.

Sean bewegte sich in meiner Küche wie an dem Abend damals, als Lenica ihn mitgebracht hatte, als sei er schon immer da gewesen, als sei seine Anwesenheit eine Selbstverständlichkeit. Er bewegte sich in seinen Boxershorts einen Schritt hin und einen Schritt her und holte Messer aus der Schublade, stellte einen Topf mit Wasser auf den Herd, öffnete den Kühlschrank und noch eine Flasche Wein.

Ich war erstaunt, mit welch liebevoller Zärtlichkeit er Broccoli schnitt, das hatte ich bisher noch nicht gesehen, sogar die Stiele. Ich wusste zwar, dass er kochte, und ich mochte, wie er improvisierte und wie er einfach Dinge zubereitete, aber ich war immer wieder verblüfft, wie leicht es mit ihm sein konnte. Und nicht nur das Kochen. Außerdem war er meine Möglichkeit, Broccoli zu mögen.

Wir saßen auf der Terrasse, meiner nach Lavendel duftenden Terrasse, tranken Rotwein und hörten den Wind in den Bäumen rauschen und hinter den Bäumen das Meer. Wir sahen die Glühwürmchen und das grüne Licht des Leuchtturms und hörten das Ploppen vom nächtlichen Basketballspiel der Nachbarskinder.

»Ich mag dieses Geräusch«, sagte er.

Wenn er wüsste, wie sehr *ich* das Geräusch mag, dachte ich. Wenn er wüsste, wie sehr ich ihn liebe.

Aber schon die reine Tatsache, mit ihm hier zu sitzen, war so beruhigend und schön.

»Du weißt schon«, sagte er plötzlich, »ich würde sofort mit

dir zusammenziehen. Und immer, wenn ich einen Film sehe, frage ich mich, wie er dir gefallen würde.«

Ich schwieg.

Das wusste ich nicht, dachte ich. Ich hatte es nur gehofft.

»Ich würde auch sofort mit dir zusammenziehen«, sagte ich und ich musste lächeln.

In dieser Nacht saßen wir noch lange draußen, tranken noch mehr Rotwein. Ich versuchte die Sterne zu sehen, aber ich sah sie nicht.

Ich war glücklich.

»Je mehr jemand das eigene Leben durcheinanderbringt, desto weniger kommt man über denjenigen hinweg. Du hast mein Leben auf den Kopf gestellt. Das Problem ist, dass ich es nicht mehr richtig rum möchte«, sagte er. »Ich habe übermorgen einen Termin zu Hause. Dann sehen wir uns in Paris.«

»Gleich danach?«, sagte ich.

»Ja«, sagte er. »Und ein bisschen länger als letztes Mal.«

»Ein bisschen, ja?« Ich lachte.

»Und dann bau ich dir endlich dein Baumhaus fertig.«

Wir lachten. Und schauten dann lange in die Dunkelheit.

Irgendwann sagte er: »Bevor ich dich wiedergetroffen habe, war mein Körper nur ein Sarg für mein totes Herz. Und ich hatte solche Angst, dich zu enttäuschen.«

Ich wusste gar nicht, was er meinte. »Du könntest mich gar nicht enttäuschen«, sagte ich.

Verletzen, ja, dachte ich, töten, ja, dachte ich, aber nie enttäuschen.

»Ich wollte das mit uns nicht ein zweites Mal kaputt machen. Ich habe ganz lange geglaubt, es ginge überhaupt nichts mehr, nach Lens ... nach Lens Tod. Und dann hab ich plötzlich wieder etwas gespürt. Und das machte mir Angst. Ich habe es so lange vermieden dich zu sehen, dich zu hören, vor lauter

Schuldgefühlen. Dass ich dich für Len verlassen hab. Dass ich Lens Unfall hätte verhindern können. Diese Gefühle werde ich nicht los. Aber ich habe mich entschieden, damit zu leben.«

Wir schauten uns an.

Dann zog er mich an sich und die Treppen hoch.

Als er am nächsten Morgen fuhr, umarmten wir uns sehr lange.

»Am Ende sind wir alle Geschichten«, sagte er mir, als wir uns verabschiedeten. »Lass uns eine gute draus machen.«

Ich ging zurück ins Schlafzimmer und sah ihm durch das Fenster nach. Ich beobachtete, wie er durch den Garten lief. Er blickte zu mir hoch und blieb kurz stehen. Dann ging er weiter, und ich hatte das Gefühl, er lächelte.

Ich jedenfalls lächelte. Und ich konnte nicht mehr aufhören zu lächeln.

Ich warf mich aufs Bett und lächelte in mein Kissen.

Es war dieses komische gute Gefühl mit einem Menschen, das einfach bleibt, auch wenn der andere plötzlich weg ist.

Diesmal wusste ich, ich würde ihn bald wiedersehen. Eine Sicherheit, die ich zum ersten Mal in meinem Leben hatte. Ich wusste, wenn er kam, wollte er wirklich zu mir. Weil er jemand war, den man zu nichts zwingen konnte. Er besaß, und das war etwas, was ich bewunderte, eine innere Freiheit, eine Autarkie. Auch wenn sie mir das Leben schwer machen konnte. Aber wenn er zu mir kam, konnte ich sicher sein, dass er mich meinte.

Ich stürzte mich in Vorbereitungen. Ich machte Listen. Was wir unternehmen würden, was ich ihm noch zeigen wollte.

Ich reservierte mein Lieblingshotel am Place Saint-Sulpice, dem wunderbaren Place Saint-Sulpice, reservierte Tische in Restaurants, die ich mochte und von denen ich hoffte, dass er sie nicht kannte, ich verabredete, wann wir uns mit Fanny und Marie treffen würden, machte Pläne.

Und danach würden wir irgendwohin fahren, wo wir beide noch nie waren, und dann wieder zu ihm nach Irland, oder wir würden uns endlich zusammen Neapel im Winter ansehen oder Ferrara oder Bologna, weil es in Neapel wahrscheinlich nie richtig Winter wurde. Oder wir würden nächtelang zu Hause auf dem Sofa liegen, bei ihm oder bei mir, diese Unterscheidung gäbe es nicht mehr, und Filme schauen und uns Gedichte vorlesen, mit den Hunden am Strand rumrennen, surfen, er würde es mir endlich richtig beibringen, und seine Freunde im Pub treffen.

Wir hätten genug Zeit und könnten uns alles erzählen, endlich alles aufholen, und irgendwann wäre Lenica auch kein Name mehr, bei dem mir oder ihm oder uns beiden sofort die Tränen in die Augen schossen, sondern sie wäre einfach ein Teil von uns, ein Teil unseres Lebens, ein Teil unserer Vergangenheit. Wir würden ganz friedlich mit ihr leben und sie für immer lieben. Wir wüssten, dass sie uns für immer lieben würde.

Und ich konnte es gar nicht fassen, ich liebte ihn so unendlich und musste ihn nicht mehr verzweifelt lieben oder resigniert lieben, sondern konnte ihn endlich einfach so lieben, ihn, dieses seltsame Wesen aus einer anderen Dimension, das in menschlicher Gestalt auf der Erde lebte, aber eigentlich ein Timelord war.

So lange hatte ich auf ihn gewartet. Jetzt wusste ich, dass sich das Warten gelohnt hatte, und wollte mir gerne einreden, dass ich das immer gewusst hatte, was natürlich nicht stimmte. Ich hatte es gar nicht gewusst.

Ich konnte nicht fassen, dass es so endete. Er war endlich da. Bei mir.

Andere nannten es vielleicht Kitsch, aber es war doch letztendlich nur eine Verdichtung des Lebens. Kitsch nannte es nur, wer keine Gefühle aushalten konnte. Sie sind ja auch schwer auszuhalten.

Endlich schrieb er mir regelmäßig. Beinahe regelmäßig zumindest. Und von sich aus.

Und ich antwortete immer sofort. Ich versuchte nicht mehr, das Antworten hinauszuzögern. Wenn ich nicht sofort antwortete, schrieb er: »Du hast jetzt schon neun Stunden nicht geantwortet.«

Es war plötzlich, als gäbe es keine Zurückhaltung, kein Taktieren mehr. Er schrieb mir: »Ich will dir zärtliche und gewagte Dinge sagen. Aber jetzt ist meine Batterie leer.«

Er brachte mich zum Lachen.

Oder wenn er wusste, dass ich unterwegs war, schrieb er: »Wann bist du wieder da?« Obwohl er ja gar nichts davon hatte, weil *er* nicht da war. Aber es war schön und beruhigend zu wissen, dass er das wissen wollte.

Als ich eines Abends die Post aus dem Briefkasten holte, lag eine Karte drin. Eine Ansichtskarte. Grüne Hügel und dunkelblaue Wellen und ein unendlicher Strand. Darauf stand: »Du hast es mir verdorben, das Alleinsein.«

Ich nahm die Karte in dieser Nacht mit ins Bett und wusste, dass ich noch nie in meinem Leben so glücklich gewesen war.

Ich hatte mir das Leben oft als Puzzle vorgestellt: Man hat endlos an dem Puzzle gearbeitet, zumindest kommt es einem so vor, und das Leben kommt einem endlos vor, die Seiten und die Ecken hat man irgendwann schon, aber es bleiben noch Lücken. Manchmal füllt sich eine Lücke und manchmal wartet man ewig. Oder man füllt die Lücke, aber bemerkt dann, und manchmal erst nach langer Zeit, dass es doch das falsche Teil war und es gar nicht richtig reinpasst.

Er war mein Puzzleteil. Das Teil, das genau passte. Und das wusste ich schon so lange.

Endlich hatte ich ihn wiedergefunden.

Aber dann wurde er mir wieder weggenommen.

Es war unser letzter gemeinsamer Tag in dem Sommer damals. Danach wollten wir alle abreisen. Sean und ich wollten nach Irland fahren und dann wollten wir weitersehen. Die anderen wollten ihre Wege weitergehen.

Es war der Sommer meiner Träume, der Sommer meines Lebens, unseres Lebens. Ich war so glücklich, wie ich nie zuvor gewesen war, und ich wusste, ich würde nie wieder so glücklich werden, so eine Zeit erleben. Mit Sean, dem wunderbaren einzigartigen Sean, den ich so über alles liebte. Ja, ich wusste es, ich war mir ganz sicher.

Mit meinen Freundinnen, meinen allerbesten Freundinnen Marie und Fanny, und mit Lenica. Meiner Lenica, die ich jetzt wieder so lange nicht sehen würde.

Ich wusste gar nicht, wie lange.

Wir hatten den ganzen Tag am Meer verbracht, auf unserem Felsen. Wir schwammen und lachten und tranken und schnorchelten.

Wir lagen lange dort, länger als an den anderen Tagen. Wir schwammen und redeten und tranken Bier.

Lenica und Sean und ich hatte einen langen Schnorchelausflug unternommen. Ich schwamm danach noch unsere übliche Strecke mit Marie und Fanny. Und dann ließen wir uns auf dem sonnenwarmen Stein trocknen. Ich schlief ein, und als ich die Augen wieder öffnete, sah ich, wie Lenica ganz am Rande des Felsens saß, die Knie eng an den Körper herangezogen, und aufs Meer blickte. Sie drehte sich um, als spürte sie meine Blicke in ihrem Rücken. Sie lächelte mich an. So wie immer, genau so. Dann schaute sie wieder aufs Meer. Plötzlich stand sie auf, kam zu mir und küsste mich. Dann ging sie zu Sean und küsste ihn.

Das Meer war gar nicht so kalt gewesen an diesem Tag.

Auf unserem Weg zurück ging ich Arm in Arm mit Fanny, so wie wir häufig gingen, und Len sprang von hinten in uns rein und sagte: »Ich bin eifersüchtig.«

Eins konnte man an diesem Tag ganz deutlich spüren: Der Sommer ging zu Ende. Das Licht war gleißend, aber die Luft war bereits frisch und roch nach Herbst. Es lagen einzelne Blätter im Garten auf der Wiese, ein paar trieben im Pool. Es dämmerte früher.

Die Sterne standen ganz hell am Himmel und erleuchteten alles auf unwirkliche Weise.

Das Haus lag ruhig da, als wartete es geduldig darauf, was noch geschehen würde, und wir wussten, bald würde der Alltag wieder beginnen.

Marie rekelte sich in ihrem Liegestuhl.

»Was essen wir heute?«, fragte sie.

»Gehen wir noch mal einkaufen?«, fragte Lenica aus der Hängematte.

»Nein, das lohnt sich nicht. Wir haben noch so viel von gestern, das reicht«, sagte Fanny.

»Ich kann keine Merguez mehr sehen. Und grillen kann ich auch nicht mehr.«

»Dann ist es doch gut, dass der Sommer vorbei ist. Endlich muss man nicht mehr grillen.«

»Heute Abend wirst du ja wohl noch durchhalten.«

»Kommt drauf an.«

»Worauf kommt es an?«

»Haben wir noch genug Alkohol?«

»Hatten wir jemals nicht genug Alkohol?«

Wir lachten.

Fanny und ich fingen an, alle Flaschen zusammenzusuchen und nach draußen zu schleppen. Außer natürlich die Weißweinflaschen, die lagen im Kühlschrank.

»Und was trinkt ihr?«, fragte Marie und schaute auf die Flaschen.

»Du hast doch schon Tage nichts getrunken, Marie«, sagte ich.

»Ihr wisst doch, ich entgifte, sonst wird der Übergang zum normalen Leben zu hart«, sagte Marie.

»Habt ihr schon gepackt?«, fragte Lenica.

»Wir müssen doch nur dich einpacken«, sagte ich. »Sonst haben wir alles.«

»Verrückt, schon wieder ein Sommer vorbei. Und was für einer«, sagte Fanny.

»Du redest, als seist du uralt«, sagte ich.

»Ich bin uralt«, sagte Fanny.

»Ach ja, das vergesse ich immer.«

Dabei hatten wir keine Ahnung, was Alter bedeutete.

Lenica warf sich in meine Arme.

»Oh, meine liebe, liebe, süße kleine Elsa, schon wieder ein Sommer vorbei, ein Jahr vorbei und ich liebe dich immer noch über alles.«

Ich drückte sie von mir weg und sah in ihre wahnsinnig schönen und verrückten Augen, und sie blinzelte mir zu wie ein Tierchen, und ich sagte: »Das stimmt nicht, du liebst mich nicht über alles«, und sie sagte nichts und lachte und umarmte mich wieder.

Am Abend grillten wir sehr scharfe Merguez und aßen dazu die Reste, indem wir alles zusammenmischten. Es gab Tomaten-Mais-Thunfischsalat, und wir rösteten das Baguette vom Vortag. Wir machten ein Lagerfeuer und wir hörten Musik. Vor allem redeten wir uns ein, wir müssten auch den Alkohol aufbrauchen.

Wir saßen so lange am Feuer, bis es niedergebrannt war, und sprachen darüber, was wir in diesem Sommer alles gemacht hatten. Wir erzählten uns die schönsten, peinlichsten und witzigsten Geschichten der letzten Wochen, wir lachten und genossen unsere Freundschaft und den Moment, nur den Moment.

Wir sprachen nicht darüber, was jetzt kommen würde, wen es wieder wohin verschlagen würde, was uns erwarten würde. Wir dachten nicht einmal daran. Wir hatten uns und wir brauchten nicht mehr.

Wir redeten über den Sommer, als sei er ein ganzes Leben gewesen.

Als würde er nie wiederkehren.

Und wir kosteten den Abend aus. So gut wir konnten, und wir wollten es so sehr. Wir lachten und wir tranken und wir redeten und konnten mit allem nicht aufhören.

Ich weiß nicht mehr, wann wir ins Bett gingen, aber es war so spät, dass es sich kaum lohnte.

Ich hatte einen seltsamen Traum, ich träumte, ich wäre in der Nacht aufgewacht und Sean hätte nicht neben mir gelegen.

Ich weiß nur noch, als ich irgendwann aufwachte, lag Sean nicht neben mir.

»Sean?«, murmelte ich. »Sean?«

Ich weiß nichts mehr, nichts mehr von dem Traum.

Am nächsten Morgen waren wir furchtbar verkatert und tranken starken Kaffee aus den bunten Steingutbechern, nur Sean trank viel zu lange gezogenen schwarzen Tee, und wir warfen verschlafen unsere Taschen ins Auto und umarmten uns.

Ich stieg zu Marie und Fanny ins Auto und Lenica zu Sean.

Am Wochenende war Marie ins Haus am Meer gekommen, um sich von Catherines Hochzeit zu erholen, und Fanny war da, weil Marie und ich da waren, und wir wollten auch einfach alles nachholen, was wir die ganzen Jahre über versäumt hatten.

Wir waren segeln gewesen, Fanny hatte ausprobieren wollen, ob sie es noch konnte, und natürlich konnte sie es noch.

»Ich habe es seit damals nicht mehr gemacht«, sagte sie. »Wir haben doch alle irgendwas, was wir seit damals nicht gemacht haben.«

»Oder gedacht oder gesagt«, sagte ich.

Wir gingen früh ins Bett.

Ich schlief schon längst, als mein Handy klingelte. Es war zwei Uhr nachts. Das Fenster war offen, der Wind war kühl und das Meer rauschte.

Ich kannte die Nummer nicht.

Eine Männerstimme.

»Elsa? Bist du es?«

Es war Seans Bruder.

Ich wusste es sofort. Mein Herz blieb stehen.

»Was ist passiert?«

»Sean. Er war surfen. Am Abend. Vermutlich hat ihn sein Brett am Kopf getroffen. Er wurde ohnmächtig.«

»Was heißt das?«

»Elsa, Sean ist tot. Er ist ertrunken.«

Das konnte nicht sein. Ich dachte tausend Dinge, aber sprechen konnte ich nicht. Ich konnte auch nicht atmen.

»Elsa? Hast du gehört, was ich gesagt habe?«, fragte Seans Bruder.

»Ja«, sagte ich. »Ich ruf dich wieder an.«

Ich legte auf.

Ich hatte das Gefühl, ich müsse für immer aufhören zu atmen.

Wir waren so kurz davor gewesen.

Ich hatte so lange auf ihn gewartet.

Mein ganzes Leben.

Und jetzt war er tot.

Auch wenn ich früher immer dachte, der Sinn des Lebens sei, über Geschehnisse hinwegzukommen, über alles hinwegzukommen, so wusste ich jetzt, darüber würde ich nicht hinwegkommen. Niemals. Und ich wollte auch gar nicht darüber hinwegkommen.

Mit diesem Schmerz würde ich leben, so wie ich mit Sean gelebt hätte.

Ich wollte immer schon furchtlos sein, ich wollte das Leben aushalten, und das wollte ich noch immer. Jetzt erst recht.

»Am Ende sind wir alle Geschichten«, hatte er mir gesagt, als wir uns verabschiedeten. »Lass uns eine gute draus machen.«

Ich wollte, dass es eine gute Geschichte wurde.

Sie hatte so gut begonnen, die Geschichte, damals, vor all den Jahren, und sie hatte schließlich alles, was es brauchte, um eine gute Geschichte zu werden.

Ich lag in meinem Bett und konnte mich nicht bewegen.

Weil ich das Gefühl hatte, meine ganze Welt sei plötzlich weg.

Mir gingen so unendlich viele Dinge durch den Kopf.

Ich hatte die Jahreszeiten mit Sean erleben wollen, nicht nur den Sommer. Ich kannte ihn nur im Sommer. Niemals würde ich mit ihm erleben, was nach dem Sommer kommt. Die ersten Momente, in denen man fühlt, dass die Sonnenstrahlen schwächer werden und der Wind einen Hauch kühler ist, und man schlagartig spürt, dass der Sommer vorbei ist. Ich wollte mit ihm die Blätter unter unseren Füßen rascheln hören, ich wollte mit ihm die ersten Kastanien von den Bäumen fallen sehen, ich wollte mit ihm aufwachen und aus dem Bett den Nebel sehen und langsam beobachten, wie er sich lichtet. Den Nebel über dem Meer. Über dem Atlantik, hier und in Irland. Ich wollte mit ihm das Gefühl erleben, dass es Herbst ist, obwohl der letzte Lavendel noch duftet und die Sonne noch verzweifelt strahlt, als würde ihr der Abschied vom Sommer genauso schwerfallen wie uns.

Ich wollte ihm sagen, dass ich den Geruch des Herbstes mag, der sich so unterscheidet vom Geruch des Winters. Der da ist, wenn man aus der Tür tritt und das erste Mal im Jahr die weißen Atemwolken sieht. Das Gefühl von halb erfrorenen Händen am Fahrradlenker, wenn man Handschuhe vergessen hat.

Ich hatte nie Schnee mit ihm gesehen. Ich hatte nie gesehen, ob er sich im Schnee wohl anders bewegt. Obwohl ich ihn mir gut im Schnee vorstellen konnte, wie er mit den Hunden darin herumtollte. Fiel in Irland eigentlich Schnee? Ich wusste nicht, wie er in Wintersachen aussah. In Wintersachen sah man anders aus als in Sommersachen. So wie man überhaupt im Winter anders aussah. Sogar die Augen hatten eine andere Farbe.

Ich stellte mir so vieles vor, was ich noch mit ihm hatte machen wollen. Bis auf die Wochen oder Monate in diesem einen Sommer und bis auf die wenigen Momente zuletzt, hatte meine Zeit mit ihm vor allem aus Warten bestanden. Jetzt wünschte ich, ich könnte einfach weiterwarten.

Ich konnte es in meinem Kopf sehen, alles, was wir noch gemeinsam erlebt hätten, so wie ich alles, was ich je mit ihm erlebt hatte, vor mir sehen konnte. Jeden Moment, den wir gelebt haben, und jeden Moment, den wir nicht gelebt haben, zu dem wir keine Zeit mehr hatten, weil er mir entrissen wurde.

Ich wusste etwas, was er nicht wusste. Oder wusste er es? Etwas, was niemand wusste. Er war meine große, meine einzige Liebe. Mein Leben mit ihm wäre anders verlaufen. Ich hätte einfach ihn gehabt. Und meine zwei Kinder wären von ihm. Und mein Leben wäre mit ihm. Ich wäre nicht durch mein halbes Leben geirrt auf der Suche nach etwas, was ich dachte, nie mehr zu finden.

Das war der Schluss, zu dem ich jetzt, ganz am Ende der Geschichte, kam.

Doch, einer wusste es. Lenica hatte es gewusst.

Wir entkommen niemals unseren Dämonen, wir bekommen nur etwas Zeit.

Ich blieb ewig lange so liegen.

Dann weckte ich Marie. Und dann weckten wir Fanny.

Wir setzten uns in den Garten. Die bunte Lampionkette war kaputt, bis auf ein einziges, letztes rotes Licht, das tapfer leuchtete.

Es war noch dunkel und kühl, und der Himmel war voller Wolken. Marie war in meine alte hellblaue Lieblingsstrickjacke gewickelt.

Wir tranken Kaffee und Rotwein, der Holztisch hatte schon ziemlich viele Weinränder, und in den letzten Wochen waren noch einige dazugekommen. Ich musste ununterbrochen weinen und hatte mein Glas mit einer heftigen Handbewegung umgekippt. Ich holte Whiskey und wir tranken weiter, auf Sean.

Ich wünschte, Lenica wäre hier, dachte ich.

»Ich wünschte, Lenica wäre hier«, sagte Fanny plötzlich.

Das war das erste Mal, dass wir das so sagen konnten, nach all den Jahren. Obwohl wir ja alle an sie gedacht hatten. Über sie geredet hatten.

Wir waren irgendwie erschrocken, aber wir waren auch erleichtert. Etwas fiel von uns ab. Etwas, das wir Jahrzehnte mit uns herumgetragen hatten. Das wir vergessen wollten und doch immer im stummen Einvernehmen aufrechterhalten hatten. Das ich vergessen wollte, vergessen hatte. Aus meiner Erinnerung gestrichen hatte. Bis zu dem Moment, als Marie mir in Luxemburg in die Arme lief. Und die Vergangenheit plötzlich wieder vor mir stand.

Ich sah in den Sternenhimmel und zwei Sternschnuppen fielen runter.

Die Geschichte vom Sommer damals war so gegangen:

Ich war mit Sean so glücklich, wie ich noch nie zuvor gewesen war, und glaubte ganz fest und sicher, nie wieder so glücklich zu sein. Sean, der nie Pläne machen wollte, und ich, die gerne Pläne machte, wollten zusammen nach Irland. Und dann wollten wir weitersehen.

Es war in der Nacht, bevor wir abfuhren. Nachdem wir alle, Lenica, Marie, Fanny, Sean und ich, den letzten Tag auf dem Felsen verbracht hatten. Ich wachte auf und Sean lag nicht neben mir. Ich verdammte meinen tiefen Schlaf. Der Mond leuchtete so hell in mein Zimmer, dass ich kein Licht machen musste. Ich versuchte mich zu erinnern, was am Abend passiert war, ich versuchte mich zu erinnern, ob das noch ging, ob ich einen Filmriss gehabt hatte, aber so war das nicht gewesen. Wir hatten einfach gefeiert, gegessen, getrunken. Ich war irgendwann nach oben gegangen, weil ich packen wollte. Sean kam zu mir und ich sagte: »Ich leg mich hin«, und er sagte: »Ich geh noch mal runter«, und ich spürte ihn noch kurz, und das blieb in mir eingebrannt.

Und dann träumte ich, dass er nicht neben mir lag.

Aber es war gar kein Traum.

Denn ich wachte auf und er lag wirklich nicht neben mir, und ich stand auf, und ich musste gar kein Licht machen, weil der Mond so hell war, vielleicht war es aber auch schon die Morgendämmerung, ich wusste es nicht, und ich trat in den Flur. Der Mond, oder was auch immer es war, erleuchtete sogar den Flur. Ich blieb stehen.

Die Tür schräg gegenüber öffnete sich. Ich sah, wie Sean aus Lens Zimmer kam. Len stand hinter ihm in der Tür. Wir schauten uns an. Len und ich. Sean und ich.

Lenica kam auf mich zu und umarmte mich. Sean stand nur da. Dann ließ Len mich los, ging zurück und zog Sean wieder in ihr Zimmer.

»Ich werde seinen Blick nie vergessen«, sagte ich.

Und ihre Umarmung. Die ich nicht erwidert habe.

»So, jetzt wisst ihr es. Wie alles war.«

Fanny liefen Tränen über das Gesicht.

Ich konnte nicht weinen. Ich war plötzlich ganz ruhig.

»Es fühlt sich seltsam an, es zu erzählen«, sagte ich. »Ich hab das noch nie erzählt.«

»Noch nie? Das kann doch gar nicht wahr sein. Wie kann man so etwas nicht erzählen? Es muss dich doch kaputt gemacht haben.«

Ich überlegte, wie ich es erklären sollte. »Ja, es hat mich kaputt gemacht. Es waren die beiden wichtigsten Menschen meines Lebens. Ich habe beide geliebt. Und ich wollte nicht aufhören, sie zu lieben, um keinen Preis. Ich wollte sie mein Leben lang weiterlieben. Das habe ich auch getan. Ich wusste, auf ihre Weise lieben auch sie mich beide weiter.«

Ich erzählte von Lens Brief. »Ich hab mir eingeredet, wir hätten uns einfach aus den Augen verloren. Ich habe einfach versucht mich nicht mehr daran zu erinnern. Aber das hat nur dazu geführt, dass ich es erst recht nicht vergessen konnte.«

»Sie haben dich betrogen, und zwar beide«, sagte Marie.

»Ihr findet das vielleicht komisch, doch ich habe das, was damals passiert ist, nie als Betrug empfunden. Menschen, die dich lieben, betrügen dich nicht. Natürlich war ich verletzt, unendlich verletzt. Es war ein Verlust für mich, ja, der schlimme Verlust von zwei geliebten Menschen. Aber in gewisser Weise, zumindest nach einiger Zeit, wusste ich, was ich schon davor wusste, ohne es mir eingestehen zu wollen: dass sie beide zusammengehörten. Vielleicht habe ich mich auch irgendwie reingedrängt. Mit meiner Besessenheit für Sean. Meiner unbedingten Besessenheit. Vielleicht hatte ich ja den Fehler gemacht. Vielleicht hätte ich das nicht tun sollen. Aber ich konnte nicht anders. Und ich wollte nicht anders, nicht damals und auch heute nicht. Er war Schönheit und Zerstörung gleichermaßen. Das war auch der Grund, weshalb ich mich nie wieder gemeldet habe. Die große Liebe. Ich habe ja beide geliebt. Lenica schon so lange. Und Sean mein ganzes Leben. Er hat von der ersten Begegnung an mein Leben verändert. Und es blieb verändert.«

Fanny schaute mich an.

»Sean. Ja, er war es, er hat alles auf den Kopf gestellt damals.«

»Du bist nicht die Einzige, für die er was war«, sagte Marie.

»Das weiß ich doch«, sagte ich. »Ich weiß, was er für Lenica war. Ich weiß das doch alles, er war ja bis zu ihrem Tod mit ihr zusammen. Er hat sie geliebt. Ich habe mit ihm über all das geredet.«

»Ich meine nicht Lenica«, sagte Marie.

»Ich weiß, dass er auch mit dir eng befreundet war.« Ich schaute Fanny an. »Und dass ihr sogar noch Kontakt hattet.«

Marie schüttelte den Kopf.

»Was meinst du, Marie?« Ich spürte, wie mich die Situation zu überfordern begann.

Marie sah mich an.

»Sean hat dich geliebt. Er hat Lenica geliebt, klar. Aber dich auch. Er hat dich damals geliebt und auch heute. Das weißt du. Er war nicht leichtfertig. Er war niemand, der über Gefühle reden konnte, aber der viele brauchte. Er tat immer bloß so hart und locker, im Grunde hat er nichts leichtgenommen. Er war gar nicht der *bad guy*, der er immer sein wollte. Obwohl er es so *dringend* sein wollte. Er war so zerrissen.«

Ja, inzwischen, am Ende der Geschichte, verstand ich ihn auch besser. Ich verstand, warum er so schnell überfordert war. Ich hatte die ganze Zeit versucht, ihn zu etwas zu zwingen, was er sowieso schon tat und vielleicht die ganze Zeit getan hatte, nämlich mich zu lieben, es stand nur so viel zwischen uns, diese ganze Geschichte, diese ganze Vergangenheit. Sie stand zwischen uns und sie verband uns gleichzeitig, fesselte uns aneinander.

Aber eine Sache ließ mich nicht los. Es war das, was Marie davor gesagt hatte.

»Was meintest du mit: ›Du bist nicht die Einzige, für die er was war‹ – wenn du nicht Lenica meintest?«, fragte ich Marie.

Marie stand auf.

Sie zog meine blaue Strickjacke enger um sich. Sie schaute aufs Meer, auf den silbernen Streifen, den das Mondlicht am Horizont hinterließ.

Sie stand da und schaute eine Ewigkeit.

»Catherine ist Seans Tochter«, sagte Marie.

Ich sah Marie an. Dann sah ich Fanny an. Ihrem Blick konnte ich nicht entnehmen, ob sie es gewusst hatte.

Catherines grüne Augen. Jetzt wusste ich auch, an wen sie mich erinnerten: an die vollkommen durchdringenden grünen Augen ihres Vaters, die mich immer in den Wahnsinn getrieben hatten.

Marie sah meinen entsetzten Blick.

»Nein, es war natürlich nicht, als ihr zusammen wart. Es war, als ich meine Krise mit Tomas hatte. Es war, als ...«

Sie redete nicht weiter.

»Ich weiß, wann es gewesen ist«, sagte Fanny.

In dem Moment, als Fanny das sagte, wusste ich es plötzlich auch.

Es war nur ein paar Tage, bevor ich Sean begegnete.

Es war in dem Sommer damals, nur ein paar Tage, bevor ich Sean begegnete.

Marie, Fanny, Len und ich fuhren mit unseren Rädern zum Felsen, wir kamen an dem staubigen Parkplatz vorbei, der normalerweise tagsüber von den Autos der Feriengäste überfüllt war. Er war gesperrt und wurde in einen riesigen Festplatz verwandelt.

»Heute Abend ist Muschelfest«, sagte Lenica.

»Ist das neu, dieses Muschelfest?«, fragte Marie.

»Nein, es ist jedes Jahr. Seit wir hier sind, du musst es doch kennen. Man kann Muscheln essen, alle werden sich betrinken und es wird Musik gemacht.« Fanny zeigte auf die Bühne, die gerade aufgebaut wurde.

»Vielleicht ist die Band gut, dann können wir tanzen«, sagte Marie.

Wir sahen Yann bei einem der Stände und winkten ihm zu, er unterhielt sich mit irgendwelchen Leuten und rief: »Wir sehen uns später beim Fest!«

Wir fuhren weiter zum Felsen, das letzte Stück schoben wir, wie immer, ließen die Räder in einer Ausbuchtung am Wegesrand auf dem weichen moosigen Gras liegen und kletterten die Klippen hinunter.

Wir breiteten uns aus und folgten unseren Sommerritualen. Zusammen schwimmen, dann auf dem warmen Stein liegen, lesen, Musik hören, wieder schwimmen.

Lenica und ich hörten Walkman, Fanny lag auf dem Bauch und las.

Marie kam gerade zum zweiten Mal aus dem Wasser.

»Das kann so nicht weitergehen, wir müssen heute wirklich etwas unternehmen«, sagte sie. Es war Ebbe und sie setzte sich unterhalb des Felsens in den Sand. »Wir liegen schon den tausendsten Tag nur hier oder im Garten rum.«

»Und das, wo wir doch Ferien haben, pfui«, sagte ich.

»Ja, wir wissen, du müsstest nie etwas unternehmen, du könntest einfach nur hier rumliegen.«

»Ja, das könnte ich tatsächlich«, sagten Lenica und ich gleichzeitig.

»Wir können doch zum Muschelfest. Wenn Marie so dringend was machen möchte, können wir dahin gehen. Das ist das Aufregendste, was hier so in der Gegend stattfindet«, sagte Fanny.

»Allerdings«, seufzte Marie. »Es ist so aufregend, dass ich fast einschlafe.«

Es war etwas bewölkt, zwar kam ein Wind auf, aber es blieb trotzdem heiß.

»Vielleicht regnet es ja auch, dann können wir auf dem Sofa liegen bleiben«, sagte Lenica.

»Herrliche Vorstellung.« Ich legte meinen Fuß auf ihr Knie.

»Wir gehen dahin, egal ob es regnet oder nicht«, sagte Marie. »Ich brauch ein bisschen Party, und wenn es nur ein langweiliges Muschelfest auf dem Kaff hier ist.« Sie streckte die Beine in die Luft und wedelte mit ihnen herum.

»Warum bist du so unruhig?«, fragte ich.

»Ich bin nicht unruhig. Ich bin nur einfach nicht ruhig. So bin ich nun mal, das weißt du doch.«

Letztendlich waren wir alle irgendwie einverstanden, schließlich wollten wir etwas erleben, was immer es war. Wir hatten keine Lust, auf das Leben zu warten. Wir wollten mittendrin sein.

Es fing nicht an zu regnen, aber wir, vor allem Len und ich, beschlossen, vor dem Fest noch ein bisschen zu schlafen, und wir sammelten unsere Sachen ein, die überall auf dem Felsen verteilt waren, und schoben die Fahrräder nach Hause, weil es auf dem Rückweg bergauf ging und wir zum Bergauffahren viel zu faul waren.

Die Vorbereitungen für das Muschelfest waren fast abgeschlossen. Die Bühne stand, ein paar Lautsprecher und Verstärker wurden aufgebaut und einige Typen schleppten Musikinstrumente an. Trotzdem sah es noch nicht so aus, als würde es hier gleich losgehen.

»Wann fängt es an?«, fragte Marie.

»Um sieben, glaube ich«, sagte Lenica.

»Dann müssen die sich aber beeilen, sieht noch nicht sehr vielversprechend aus«, sagte Fanny.

»Die schon.« Marie zeigte auf die Musikertypen.

Lenica lachte und hakte sich bei Fanny unter.

»Die Leute hier hetzen sich nicht. Die fangen auch an zu feiern, wenn es noch nicht fertig ist. Es muss nicht immer alles perfekt sein, Fannylein.«

»Alles ist aber schöner, wenn es perfekt ist«, sagte Fanny.

»Aber schau mal, ich bin auch nicht perfekt«, sagte Lenica und zog eine Grimasse.

Fanny blieb stehen und schaute Lenica an.

»Soll ich dir was sagen?«, seufzte Fanny. »Doch, das bist du. Du bist perfekt.«

Lenica bekam einen Lachanfall.

»Kommt, wir gehen nach Hause, wir müssen uns ausruhen vor dem großen Fest.«

Als wir ein paar Stunden später den Dorfhügel hinunter in Richtung Strand spazierten, hatte das Fest bereits begonnen und nichts sah mehr improvisiert aus. Über das ganze Gelände waren kleine Flaggen gespannt, die bunte Meeresfrüchte zeigten, blaue Muscheln, rote Krebse und kleine weiße Fische, die im Wind flatterten. Überall waren Essensstände aufgebaut, es gab Fischsuppe, Muscheln aller Art und in allen erdenklichen Variationen, Austern, ganze oder halbe Krebse, frittierte Tintenfische und kleine gebackene Fische, es roch nach Weißwein und nach Kräutern und Bier und vor allem nach Meer. Nach Meer und nach Sommer. Die Sonne war noch einmal rausgekommen und färbte den Himmel zuerst zartrosa, dann pink, orange und schließlich tiefviolett. In der Ferne blinkte grün der Leuchtturm der Insel gegenüber und schien ganz nah.

Héloïse winkte uns zu, sie saß mit einer Gruppe Leuten zusammen, unter denen ich ein paar ihrer Freunde erkannte. Sie deutete auf freie Plätze.

»Ich sterbe vor Hunger!«, sagte Lenica.

Sie hatte sich Zöpfe gemacht, die mit etwas zusammengehalten wurden, das wie bunte Plastikmurmeln aussah, und trug ein sehr knappes, bauchfreies Top und eine Jeans und rote hochhackige Lacksandalen. Sie sah umwerfend aus, auch wenn ihre Schuhe irgendwie unpassend wirkten in dieser Staubwüste des Festplatzes.

»Ich hol uns was«, sagte ich, »setzt ihr euch schon hin«, und ich stellte mich an dem Muschelstand an, der die längste Schlange hatte. Ich dachte mir, dann sind da auch die besten Muscheln. Fanny applaudierte mir, anscheinend dachte sie dasselbe.

Es gab hier Miesmuscheln in Weißwein, sie wurden in einem riesigen Topf zubereitet, und der Mann, ein ziemlich gut aussehender, ungefähr vierzigjähriger Typ, ich kannte ihn von Sehen, ein Fischer aus der Gegend, schüttete immer wieder neue Muscheln in den dampfenden Sud, rührte um, schüttete noch eine Flasche Weißwein hinterher und goss sich gleichzeitig ein Glas ein. Als er mich sah, zwinkerte er mir zu, obwohl ich noch weit hinten stand.

Ich lächelte ihn an.

Ich traf in der Schlange noch eine andere Freundin von Héloïse, ich mochte sie, aber hatte ihren Namen vergessen, sie war wahnsinnig aufgedonnert, schön aufgedonnert, und der Typ, mit dem sie da war, legte besitzergreifend den Arm um sie. Er sah nach vorne und es schien, als wollte er jemanden, der vor uns stand, in die Schranken weisen. Ich war nicht sicher, wer gemeint war, der einzige Mann in der Schlange war ein Typ mit zwei Portionen Muscheln, der gerade bezahlte und mit dem Rücken zu mir stand. Er war nicht sehr groß, hatte kurze, verwuschelte Haare, trug eine Jeans, die auf Halbmast hing, und ein schwarzes T-Shirt. Ich konnte nur noch erkennen, dass er die Muscheln mit ziemlich muskulösen Unterarmen wegtrug, die tätowiert waren, und seine Tattoos waren bunt und faszinierend, und sie schienen Geschichten zu erzählen. Und ich mochte Geschichten.

Ich bestellte bei dem Fischer und unterhielt mich kurz mit ihm, und ehe ich michs versah, hatte ich ein Tablett mit vier Portionen Muscheln, Baguette und vier Gläsern Weißwein vor mir stehen. Ich bezahlte und versuchte den Typen mit den Tätowierungen im Gewühl wiederzufinden. Aber er war weg.

Ich nahm das Tablett und war froh, dass Fanny mir entgegenkam, denn ich hätte nicht gewusst, wie lange ich das Tablett hätte tragen können, ohne zu stolpern.

Wir stürzten uns auf die Muscheln, sie waren fantastisch

und das Brot knusprig und man konnte ganz toll den Sud damit auftunken, die Weingläser waren sofort leer, aber irgendjemand am Tisch hatte schon wieder zwei Flaschen geholt.

Ich ließ meinen Blick schweifen, weil ich dachte, ich würde den Tattootypen doch noch mal entdecken, und sagte mir dann selber, so ein Quatsch, ich hatte ihn ja nicht einmal von vorne gesehen. Ich fand ihn auch gar nicht mehr.

Ich wurde aus Gründen, die ich nicht erklären konnte, von einer komischen melancholischen Stimmung erfasst, und Lenica schaute mich skeptisch an, sie schien meine Stimmungen irgendwo an mir ablesen zu können. Manchmal merkte sie es schon vor mir, wenn ich komisch wurde, aber heute konnte ich es selbst spüren.

Ich hielt es fast nicht mehr aus, obwohl der Abend so lustig war, wie Lenica es vorhergesagt hatte, es wurde viel getrunken und gegessen, wir aßen noch mehr Muscheln und frittierte Fische und Tintenfische mit Limone und zum Nachtisch flambierte Crêpes.

Die meisten am Tisch verschwanden auf der Tanzfläche, und die Musik wurde lauter. Die Band spielte nicht schlecht. Sie war sogar ziemlich gut.

Mich überkam eine noch größere Melancholie. Irgendwas war in der Tat komisch mit mir.

Marie kam vom Tanzen und kippte sich noch ein Glas Wein rein.

»Trink doch mal lieber ein Wasser zwischendurch«, sagte ich und konnte mich dabei selber nicht ausstehen, ich merkte, wie ich schlechte Laune verbreitete, und das wollte ich eigentlich gar nicht und gleichzeitig doch.

Marie sagte: »Trink du doch Wasser!«

»Ich geh nach Hause«, sagte ich.

»Was? Nein, wir wollten doch heute einen draufmachen! Ich muss dringend einen draufmachen«, sagte Marie und schaute schon etwas schräg.

»Und ich muss ganz dringend keinen draufmachen«, sagte ich, »und deine Feiersucht geht mir auf die Nerven.«

Zuerst dachte ich, sie würde sich aufregen. Sie war kurz ganz still und ihre Nase zitterte. Dann fing sie an zu lachen.

»Ja, meine Feiersucht geht dir immer auf die Nerven, wenn du gerade nicht feiern willst. Setz du dich einfach ruhig in deinen Schaukelstuhl.«

Mir schossen Tränen in die Augen.

Fanny und Lenica sahen sich an und seufzten.

»Komm, ich geh mit dir nach Hause«, sagte Len und zog mich sanft weg.

»Nein, bleib doch, du hast dich so schön gemacht.«

»Quatsch, ich geh jetzt mit dir nach Hause. Ich kann mich ja morgen wieder schön machen.«

Fanny rief mir nach: »Gute Nacht, Elsa«, und ich hörte, wie sie Lenica zuflüsterte: »Ich bleib noch ein bisschen.«

Und schon verschwand sie in der warmen Nacht wieder auf der Tanzfläche. Ich sah durch das Licht der Scheinwerfer, wie der Boden staubte, und ich schaute auf Lenicas Füße in ihren wunderschönen roten, hochhackigen Sandalen und sah, wie staubig sie waren.

Am nächsten Morgen wachte ich sehr früh auf, weil ich Maries Stimme hörte. Ich hörte sie kichern und etwas rufen. Ich stand verschlafen auf und schaute in den Garten. Marie schien nach Hause zu kommen. Sie winkte in Richtung Einfahrt und sah aus, als käme sie gerade aus dem Meer. Sie hatte nasse Haare und war völlig versandet und sie trug ihre Unterwäsche in der Hand.

Dann hörte ich, wie Marie die Treppen hochkam, und die Tür von Fannys Zimmer. Ich öffnete meine Tür einen Spalt und sah nur, wie Marie Fanny ansah, ihren Zeigefinger an die Lippen legte und in ihr Zimmer schlich.

Wir saßen in der Nacht von Seans Tod im Garten, das vom Mond beschienene Meer in der Ferne, und eine ganze Weile sagte keine von uns etwas.

Marie war es also.

Marie war Seans »alte Freundin«, die Mutter seiner Tochter, die sie vor ihm geheim gehalten hatte. Ich hätte darauf kommen können. Eine alte Freundin, die es ihm jetzt erst eröffnet hatte und die, wie sagte er noch, »klare Vorstellungen« hatte? Eigentlich hätte ich es ahnen können. Und der Schal.

»Du hast deinen Schal bei ihm vergessen«, sagte ich.

»Ich weiß«, sagte Marie. »Und ich habe mich gewundert, dass du mich nicht darauf angesprochen hast. Ich war kurz vor Catherines Hochzeit da. Du hast mich angerufen, als ich gerade auf dem Weg war. Ich fand, der Zeitpunkt war gekommen, dass er es wissen sollte. Nein, es war eigentlich anders. Ich wäre vielleicht nie auf die Idee gekommen, es ihm zu sagen. Aber nachdem ich dich wiedergesehen hatte und nachdem wir uns alle wiedergesehen hatten, wurde mir auch klar, dass ich ihn einfach sehr gemocht habe und er ein sehr wichtiger Mensch in meinem Leben war. Und nicht nur, weil er der Vater meiner Tochter ist.«

»Du hast ihn *gemocht*?«

»Ja, ich hab ihn *gemocht*. Und ich fand ihn attraktiv. Was willst du hören? Dass ich ihn geliebt habe? Immer geliebt habe? Nein. Das ist einfach so passiert, damals.«

Marie schüttelte den Kopf.

»Warum hast du nicht früher was gesagt?«

»Was hätte das geändert? Jedenfalls, das ist jetzt sehr wichtig, bitte hört mir jetzt gut zu: Catherine wird es nie erfahren«, sagte Marie. »Und zwar genau nie. Und Tomas auch nicht. Es würde beiden das Herz brechen. Versprecht mir, niemals in eurem Leben darüber zu sprechen. Mit niemandem. Niemals.«

Ich kriegte Gänsehaut.

Ich brachte kein einziges Wort heraus, zu schockiert war ich, und gleichzeitig fühlte ich, dass dieses Gespräch und meine Gedanken angesichts der Ereignisse, angesichts Seans Tod, so unbedeutend waren.

»Ich verspreche es«, sagte ich dennoch nach einer Weile.

»Und ich verspreche es natürlich auch«, sagte Fanny. »Aber denkst du nicht ...«

»Kein *Aber*. Es war ja klar, dass von dir wieder ein Aber kommt.«

»Ich finde nur, die beiden haben ein Recht, es zu erfahren«, sagte Fanny. »Die Wahrheit ist manchmal wichtiger als ...«

»Was ist denn schon die Wahrheit? Die Wahrheit ist doch, dass Tomas Catherine als seine Tochter großgezogen hat, und für Catherine ist Tomas ihr Vater. Ich kann das nicht plötzlich ändern. Außerdem ist ihr echter Vater tot. Sean ist tot. Aber ich hätte so oder so ein Recht darauf, es zu verschweigen. Es ist mein Leben und meine Entscheidung, und schließlich leidet niemand darunter. Wenn, dann hätte ich gleich die Wahrheit sagen sollen. Aber jetzt ist es zu spät. Catherine hätte einen echten Vater, der tot ist, und meine Ehe wäre zerstört, denn das würde Tomas mir nicht verzeihen. Und schließlich bin ich es, die damit leben muss. Das war auch nicht immer leicht.«

»Es war deine Entscheidung«, sagte Fanny und seufzte.

»Genau. Und ich habe die Verantwortung übernommen und getragen, und zwar für alle.«

»Du hast die anderen Verantwortlichen aber gar nicht gefragt, ob sie vielleicht mit Verantwortung übernehmen wollen«, sagte Fanny.

»Lasst uns heute nicht über diesen ganzen moralischen Kram streiten«, sagte ich. »Wir finden keine Lösung, die für alle gilt.«

»Nein, auf keinen Fall, darüber kann man gar nicht streiten. Moral ist sehr relativ und sehr persönlich«, sagte Marie. »Behaltet es für euch. Bitte. Und ich lebe einfach weiter damit, das tu ich ja schon ziemlich lange.«

Wir schwiegen.

»Aber eine Sache müsst ihr mir noch erklären«, sagte ich. »Wer hatte Sean Bescheid gesagt, dass wir hier sind? An dem Abend, als er hier aufkreuzte? Marie, du, oder? Und war es wegen dir? Warst du es, die ihn sehen wollte?«

»Quatsch, wenn es wegen mir gewesen wäre, hätte ich ihn doch alleine sehen können. Einen Grund dafür hatte ich ja sogar.«

Marie schaute Fanny an.

Beide schauten mich an.

»Wir haben ihn beide angerufen. Fanny und ich. Fanny hat mir seine Nummer gegeben.«

»Aber wir haben ihn unabhängig voneinander angerufen«, sagte Fanny.

»Er hat nicht gezögert zu kommen«, sagte Marie.

»Wir fanden beide, es ist an der Zeit für einen neuen Anfang. Für uns alle.«

»Und ja, ich wollte ihn auch sehen«, sagte Marie. »Aber nicht, weil ich wieder was von ihm wollte. Wieso auch? Das war eine einzige Nacht damals. Die war toll, aber dann begann das mit euch beiden, ich hab über eine Fortsetzung nicht nachgedacht. Außerdem brauche ich Zuverlässigkeit. Die habe ich mit Tomas.«

»Sean *war* zuverlässig«, sagte ich.

Marie und Fanny sahen mich an.

»O bitte, Elsa, das kann ja jetzt nicht dein Ernst sein. Du hast doch so furchtbar gelitten unter seiner Unzuverlässigkeit.«

»Ich erwarte nicht, dass ihr das versteht, aber er war zuverlässig. Dieses Verhalten von ihm hatte nichts mit Unzuverlässigkeit zu tun. Er hatte einfach Angst.«

Marie und Fanny seufzten laut.

»Fanny und ich wussten beide, dass du ihn noch liebst. Uns war damals schon klar, dass du ihn immer lieben würdest, selbst wenn er dir dreimal pro Tag das Herz bricht«, sagte Marie.

»Wie kann euch das so klar gewesen sein? Wir haben doch gar nicht über ihn gesprochen«, sagte ich.

»Wir sind deine Freundinnen. Wir wussten, dass es gleich wieder losgehen würde«, sagte Fanny.

Sie schauten beide so bedeutungsvoll, dass ich loslachen musste. Gleichzeitig liefen mir die Tränen über das Gesicht.

Fanny sah Marie an: »Du hast ihn aber auch geliebt.«

»Ich sag doch, ich mochte ihn sehr. Man muss nicht immer alle gleich lieben. Ich liebe ihn als Teil meiner und unserer Vergangenheit. Und ich liebe ihn in meiner Tochter. Ich liebe es, dass sie durch ihn so geworden ist, wie sie ist. Ein unabhängiges, verrücktes, freiheitsliebendes Geschöpf. Mit Tomas als Vater wäre sie viel zu normal. Aber Sean hätte ich nicht länger als zwei Tage ertragen, und Tomas kann ich unendlich ertragen. Lebenslänglich.«

»Willst du das denn?«

»Tja, will ich das denn?«, sagte Marie. »Das werden wir noch sehen.«

Fanny stand auf und öffnete eine Flasche Wein. »Der Whiskey ist mir zu viel«, sagte sie. »Mir wird gleich schlecht.«

Sie nahm ihr Glas und setzte sich wieder.

»Ich habe so viel über Sean nachgedacht, schon damals«, sagte sie. »Wir haben damals so viel geredet. Gesehen haben wir uns zwar lange nicht mehr, aber wir haben uns immer wieder geschrieben. Komischerweise vor allem im letzten Jahr. Er war einfach sehr besonders. Ich mochte ihn sehr und wir hatten unsere ganz eigene Verbindung. Er hat mich fasziniert. Und ich hatte nie dieses komplizierte Hin und Her mit ihm. Ich wollte nichts von ihm, schon allein, weil ich gemerkt habe, wie ihr alle um ihn herumgeschwirrt seid.«

»Oder er um uns«, sagte Marie.

»Er hat für uns alle etwas bedeutet«, sagte Fanny. »Und wir alle für ihn. Er war jemand, der einfach alles auf den Kopf gestellt hat, das hab ich ja auch bei mir gemerkt. Ich war plötzlich nicht mehr dieselbe, nach allen Gesprächen, nach allen gemeinsamen Erlebnissen. Ohne ihn hätte ich nie das mit der Buchhandlung gemacht. Ohne ihn hätte ich alles Mögliche nicht gemacht. Er hat auf irgendeine magische Weise in jeder von uns etwas angestoßen.«

»Ja, das hat er.«

»Allerdings«, sagte Marie.

»Und ich schätze, wir wollten alle so was. Wir wollten es und wollen es noch immer.«

Wir blickten in die Nacht mit ihren unzähligen Glühwürmchen, die wir gar nicht bemerkten, und mit den Tausenden Sternschnuppen, die auf uns herabfielen und die wir gar nicht sahen. Wir hätten uns so viel wünschen können. Aber vielleicht ging es gar nicht mehr ums Wünschen. Sondern nur noch ums Tun. Jetzt, wo ich glaubte, nichts mehr tun zu können, wurde mir das klar.

Fanny hatte ausgesprochen, was wir alle dachten. Sean. Er war es. Er war das Geheimnis dieses letzten Sommers, den wir gemeinsam verbracht hatten. Er tauchte auf, trat in unser aller Leben, stürzte sich einfach rein, und danach war nichts mehr, wie es davor war. Von dem Moment an ging das Leben anders weiter.

Es hatte sich für uns alle verändert. *Er* hatte es für uns alle verändert.

Sean war für uns in diesem Sommer der Fixpunkt, der Katalysator, die Peripetie. Und Lenica war all das für ihn.

»War es das gewesen? Das, was uns die ganzen Jahre davon abgehalten hat uns zu sehen? Wir waren so dumm. Wir hätten auch einfach darüber reden können.«

»Nein, über manches kann man nicht reden, zumindest nicht gleich. Es gibt Dinge im Leben, für die Worte zu wenig sind.«

Im Grunde unseres Herzens wussten wir, dass natürlich nicht alles an Sean lag. Natürlich war er der, der alles losbrach. Natürlich hatte er alles auf den Kopf gestellt, vier Frauenleben hatte er auf den Kopf gestellt. Natürlich war er der Magier, der Zauberer, der Filou, der Melancholiker, der verrückte und unwiderstehliche Typ, der in uns allen irgendetwas ausgelöst hatte. Und all das in nur einem Sommer.

Aber wir wollten es auch so. Wir alle. Keine von uns hätte es einfach so mitgemacht. Es war in uns und er hat es losbrechen lassen.

Ob er es wusste? Ich war mir nicht sicher, ob er es wusste. Ob er wusste, was er mit uns angestellt hatte.

Manchmal dachte ich Ja. Dann wieder dachte ich Nein. Ich werde es nie erfahren.

Wir vier, wir wollten das Leben. Und Sean *war* das Leben, das pure Leben.

Wir machten ein Lagerfeuer und grillten Marshmallows und tranken Whiskey und Rotwein. Wir weinten und die meisten Marshmallows endeten verkohlt auf dem Boden, weil wir nicht genug aufpassten.

»Irgendein Wildschwein wird sich schon freuen«, sagte Fanny.

Der Morgen graute.

»Wir können Sean doch da nicht alleine lassen. Das hätte er nie gewollt. Und das sind wir Lenica schuldig«, sagte Marie plötzlich.

»Was soll das heißen?«, fragte Fanny.

»Das soll heißen, Marie will ihren Schal abholen«, sagte ich.

»Exakt«, sagte Marie und zog sehr tief an ihrer Zigarette.

Wir schauten uns an.

»Los, wir packen«, sagte Fanny.

Wir kochten Kaffee, duschten, buchten Flüge und dann setzten wir uns ins Auto. Marie fuhr und ich saß auf dem Beifahrersitz. Fanny schlief hinten. Wir fuhren in der camargueblauen DS zum Flughafen und nahmen den ersten Flug nach Dublin.

Seans Bruder James hatte mich am Telefon gefragt, ob er uns abholen sollte, ich sagte Nein, ich kannte ja die Autovermietung. Ich fuhr und hielt an derselben Tankstelle wie immer. Als wäre ich unzählige Male dort gewesen.

Wir fuhren die Pappelallee entlang bis dahin, wo der Garten begann. Wir hatten die ganze Fahrt über nicht geredet, wir waren vermutlich einfach zu erschöpft oder noch zu betrunken oder beides. Vor allem waren wir viel zu traurig.

Die Hunde kamen mir entgegen.

Dann sah ich James und konnte nicht anders, als ihm in die Arme zu fallen. Er hielt mich fest und weinte in meine Haare, und dann flüsterte er etwas.

»Sean hat mir alles erzählt«, flüsterte er in mein Ohr. »Eure Geschichte, eure Pläne. Und ich hatte mich so für ihn gefreut, dass er es endlich geschafft hat.«

Ich war unendlich traurig, aber auch unendlich erleichtert, dass das nicht nur ein Traum von mir gewesen war.

Ich ging durch das Haus. Es fühlte sich an, als sei es leer, als fehlten alle Möbel, dabei hatte sich nichts verändert. Alles sah noch genauso aus wie an dem Tag, als ich das Haus verlassen hatte. Das Sofa mit den zerwühlten Decken, der alte Holztisch, die Flasche Jameson in der Küche. Ein benutztes Glas stand daneben. Ich goss es mir voll, und die Vorstellung, dass er daraus getrunken hatte, tröstete und zerriss mich zugleich.

Ich nahm das Glas und ging rauf in Seans Schlafzimmer. Ich wusste, wenn ich das ertragen würde, könnte ich alles ertragen.

Die Aluminiumkiste mit Lens Sachen stand immer noch so da, wie wir sie das letzte Mal zurückgelassen hatten. Sein Futon war zerwühlt wie immer, der Poe-Band, den ich ihm dagelassen hatte, lag auf seinem Nachttisch, und daneben das Foto von Len und mir mit dem Cummings-Zitat.

I carry your heart with me (I carry it in
my heart) I am never without it (anywhere
I go you go, my dear …)

Und meine Haarspange lag da. Die von damals.

Ich legte mich in sein Bett und bohrte mein Gesicht in sein Kissen und wollte nie mehr wieder aufstehen.

Als ich später wieder runterkam – ich hatte zwischendurch meine Kinder angerufen, ich wollte ihre Stimmen hören, auch wenn sie die Geschichte mit Sean nicht kannten, wollte ich ihnen doch erzählen, wo ich war und was passiert war –, ging ich auf die Terrasse.

Marie saß auf den Stufen zum Strand und rauchte. Ich setzte mich daneben und lehnte mich an sie.

Fanny und Seans Bruder tobten mit den Hunden über den Strand, so wie Sean mit den Hunden über den Strand getobt war. So wie Sean und ich es getan hatten.

Wir blieben in Irland, bis die Trauerfeier vorüber war.

Es war eine kleine Trauerfeier ohne Pfarrer, in der winzigen Kapelle, die am anderen Ende der Bucht lag und von der aus man den Strand sehen konnte. Den Strand, an dem Sean gesurft war, an dem wir gesurft waren, wo wir geschwommen waren und wo wir die Nächte im Schlafsack verbracht hatten. Seans Freunde und sein Bruder machten irische Musik und lasen Gedichte vor.

Dann waren wir alle im Pub.

Und danach wusste ich eigentlich nicht, wie ich weiterleben sollte.

Doch dann hatte ich einen Plan. Ich war mir nur noch nicht sicher, wie er zu verwirklichen war. Ich besprach ihn mit James.

Am Ende war, wie wir es machten, Maries Idee gewesen. Marie hatte beschlossen, die Asche einfach umzufüllen. In eine Tupperdose. Und sie im Handgepäck zu transportieren.

Wenn sie gefragt worden wäre, hätte sie gesagt, es sei ein besonders vitaminhaltiges Fischfutter. Sie hätte es eiskalt und mit Killermiene gesagt und jeder hätte ihr geglaubt.

Sie und Fanny hatten einen Riesenstreit wegen dieser Idee, Fanny fand es zuerst pietätlos, aber Marie musste zu Fanny nur sagen: »Überleg dir, was er gemacht hätte.« Das hatte ausgereicht, sie zu überzeugen. Das hatte immer ausgereicht.

Bei der Sicherheitskontrolle wusste ich nicht, ob ich losheulen oder einen Lachkrampf kriegen sollte.

Marie hielt während des gesamten Fluges ihre Handtasche auf ihrem Schoß fest. Als die Stewardess sie beim Start aufforderte die Tasche zu verstauen, schaute Marie sie nur mit ihrem bösen Blick an.

Wir tranken Gin Tonic und hofften, dass eine von uns bei der Landung wieder nüchtern wäre. Aber im Grunde war es uns auch egal.

Es hätte Lenica und Sean gefallen. Es hätte ihnen beiden gefallen.

Wir fuhren durch die Nacht nach Hause.

Es war spät, als wir ankamen.

Das Schloss klemmte.

»Es hat doch noch nie geklemmt, dieses Scheißschloss, verdammt«, sagte ich. »Noch nie zuvor, warum denn bloß jetzt?« Ich stellte meine Tasche ab und ruckelte mit dem Schlüssel rum. Es machte mich nervös. »Hast du die Dose?«, fragte ich Marie.

Sie durchwühlte ihre Tasche und rief entsetzt: »O nein, wo ist sie, so ein Mist, ich hab sie irgendwo vergessen«, und tat so, als hätte sie eine Panikattacke.

»Du bist so schlecht«, sagte Fanny trocken.

Die Tür ging auf.

»Klar, natürlich hab ich sie! In meiner Tasche, immer noch«, sagte Marie.

»Kann ich sie haben?«, fragte ich.

»Warum?« Fanny sah mich entgeistert an.

»Ich will sie mit in mein Schlafzimmer nehmen. Sie auf meinen Nachttisch stellen.«

»Übertreibst du nicht?«, sagte Marie.

»Das Leben ist zu kurz, um nicht zu übertreiben«, sagte ich.

»Wie recht du hast«, sagte Marie und umarmte mich.

»Ich weiß wirklich nicht, ob das eine gute Idee ist.« Fanny war skeptisch. »Rastest du nicht irgendwann heute Nacht aus?«

»Nein, wenn ich ausraste, rufe ich euch, versprochen!«

»Versprochen?«

»Versprochen, versprochen!«

»Wie soll das gehen, wenn man ausrastet, kann man niemanden mehr rufen«, sagte Fanny und verdrehte die Augen. »Soll ich nicht lieber bei euch schlafen?«, fragte Fanny. »Bei dir, meine ich natürlich.«

»Nein, ich schaff das schon, Fanny.«

»Ich kann auch bei euch schlafen«, sagte Marie und brach in Tränen aus.

Ich umarmte sie wieder. Sie sah mitgenommen aus.

Fanny fing auch an zu weinen, und jetzt mussten Marie und ich lachen. Wir umarmten uns und lachten und weinten gleichzeitig. Aber vor allem weinten wir.

Und vor allem weinte ich.

Ich stellte die Dose auf meinen Nachttisch.

Ich nahm den Stapel Briefe von Len und legte ihn in meine Nachttischschublade. Direkt neben den Stapel Briefe, die ich an Len geschrieben hatte.

Ich warf mich aufs Bett, legte mich auf den Rücken und starrte an die Decke.

Irgendwann setzte ich mich auf und nahm Lenicas Brief-stapel wieder aus der Nachttischschublade heraus. Ich löste die Schnur, mit der die Briefe zusammengehalten waren, und verteilte sie auf dem Bett. Sie rochen nach altem Papier und es waren so viele, ich wusste gar nicht, wo ich anfangen sollte zu lesen.

Wollte ich sie überhaupt lesen?

Ja, irgendwann schon.

Ich würde sie später lesen.

Durch Seans Tod war es, als hätte ich Lenica noch einmal ver-loren.

Ich liebte Lenica seit unserer ersten Begegnung. Und das war bei Sean genauso gewesen. Nur, dass bei ihm noch dieses unbändige körperliche Begehren dazukam, dieses Gefühl, zer-springen zu müssen, dieses Gefühl, ihn völlig vereinnahmen zu wollen. Bei ihr war es mehr das Gefühl, immer weinen zu müssen, wenn sie nicht da war. Es war zwar auch körperlich, aber anders.

Ich konnte mich plötzlich wieder an den Moment erinnern, als ich beiden das letzte Mal in die Augen sah. Ich hatte Schmerz empfunden, Taubheit, Lähmung, doch vor allem eine große Liebe.

Ich erinnerte mich, wie ich damals ins Auto zu Marie und Fanny stieg, ich setzte mich auf die Rückbank und wir rede-ten nicht, wir redeten die ganze Fahrt nicht, und als wir ange-kommen waren, stiegen wir aus und umarmten uns schweigend. Und haben uns nie wiedergesehen. Bis zu diesem Junitag in Luxemburg.

Ich nahm den letzten Brief von Lenica aus meinem Filo-fax und legte ihn neben das Foto von Lenica und mir. Dann zog ich das Flanellhemd an und öffnete das Fenster. Ich ließ die Nachtluft rein, sie war ziemlich kühl, aber ich fror nicht. Ich nahm meine Decke und ein Kissen, das nach Sean roch, und diesmal war es keine Einbildung, und ich legte mich auf den Boden von meinem Zimmer und fühlte seinen warmen, festen Körper neben mir, ich fühlte ihn wirklich, und irgendwann wusste ich nicht mehr, ob ich träumte oder in einer anderen Welt war. Ich entschied mich für die andere Welt.

Ich schlief nicht in dieser Nacht.

Am nächsten Morgen wankte ich zuerst in die Dusche, bevor ich nach Marie und Fanny schaute und zu irgendetwas anderem in der Lage war. Ich drehte das Wasser auf und ließ es zuerst heiß und dann eiskalt auf mich laufen. Mit nassen Haaren ging ich die Treppe runter. Marie saß auf dem Sofa, war in eine Decke gewickelt und trank Milchkaffee. In der Küche lag eine aufgerissene Tüte Croissants. Ich hielt Marie eins hin. Sie nahm es und biss rein und krümelte das Sofa voll.

»Ich krümel das ganze Sofa voll«, sagte sie und schaute mich mit verweinten Augen an.

Ich setzte mich neben sie und biss auch in ein Croissant.

»Wir krümeln zusammen das Sofa voll«, sagte ich und lehnte mich an sie und nahm ein Stück Decke.

»Ich hab ihn so geliebt«, sagte ich und zog mir die Decke über den Kopf.

»Ich weiß«, sagte Marie und umarmte mich unter der Decke.

Ich hörte sie durch die Decke durch. Sie klang aber nicht deswegen leise.

»Es muss dich viel Kraft gekostet haben, mit diesem Geheimnis zu leben«, sagte ich und nahm die Decke wieder runter.

»Du weißt gar nicht, womit man so alles leben kann«, sagte Marie und löste ihre Haare.

»Ich werde es wohl herausfinden«, sagte ich.

Wir saßen schweigend da, aßen Croissants und krümelten das Sofa voll. Zusammen.

Ich ging in den Garten. Ich blieb vor dem Schwimmbad stehen, nahm das Netz und fischte ein paar tote und ein paar zappelnde Insekten raus.

Fanny lag in der Hängematte. Sie hatte die Augen geschlossen. Ich stellte mich neben sie und schaukelte sie hin und her.

»Rutsch mal«, sagte ich und legte mich zu ihr.

»Ich bin froh, dass du ihn angerufen hast«, sagte ich. »Auch wenn sich das jetzt irgendwie komisch anhört.«

»Nein, ich finde gar nicht, dass sich das komisch anhört.« Sie schniefte. »Ja, ich bin auch froh, dass ich ihn angerufen habe«, sagte Fanny. »Ich hab das nicht nur für dich getan. Auch für mich. Für uns alle. Ich wollte, dass alles wieder so wird wie früher. Das wollte ich die ganze Zeit. Diese ganzen verdammten langen Jahre. Und ich war mir sicher, dass wir es alle wollten. Er auch.«

»Ja, das wollte er. Das weiß ich jetzt. Ganz lange wusste ich es nicht und hab auch gar nicht gemerkt, wie schwer das für ihn war.«

Ich nahm Fannys Hand.

»Und jetzt ist es für uns alle schwer, für jede auf ihre Weise schwer«, sagte Fanny. »Wir haben alle so viel verloren. Wir hatten uns verloren. Lenica verloren. Und jetzt haben wir Sean verloren. Das kann ich nicht fassen.«

Ja, wir hatten uns alle verloren. Und dann doch wiedergefunden.

»Die Hängematte riecht nach Lenica«, sagte Fanny nach einer Pause.

»Das kann gar nicht sein, nach all den Jahren«, sagte ich.

»Alles kann sein«, sagte Fanny und ich beschloss, sie hatte recht. Es hatte so was Tröstliches.

Und ich sagte ihr nicht, dass es gar nicht mehr die Hängematte von früher war.

Ich war so froh, dass Fanny da war. Ich war so froh, dass Marie da war. Ich war so froh, dass trotz dieser inneren Zerrissenheit zu Beginn des Wiedersehens, dieses seltsamen Zufalls des Universums, jetzt die Dinge so waren. Wie früher und gleichzeitig so anders. Worin unterschieden sich letztendlich unsere Freundschaften von früher und von heute? Wohl darin, dass wir uns heute kannten, richtig gut kannten. Die Dinge komplettierten sich. Vielleicht kannten wir unsere Freunde tatsächlich besser als unsere Lieben, denn unseren Freunden wollten wir uns offenbaren, den Lieben versuchte man doch immer irgendwelche Geheimnisse vorzuenthalten. Wir versuchten uns immer von der besten Seite zu zeigen. Aber wenn man auch mal – in jeder Hinsicht – ungeschminkt sein konnte, dann war es wahre Freundschaft. Und wenn man mit jemandem eine Trauer so durchleben konnte, wie wir es taten, dann war es eine wahre Freundschaft.

»Los, lasst uns gehen«, sagte ich.

Wir waren ein seltsamer kleiner Trauerzug.

Marie hatte ein bisschen übertrieben. Sie trug ein schwarzes Kostüm mit schwarzen Stümpfen und hochhackige Schuhe und sah aus wie eine sizilianische Mafiawitwe. Fanny hatte ihr dunkelblaues Seidenkleid von Catherines Hochzeit an. Und blass sah sie eigentlich immer aus.

»Marie, du hast eine Laufmasche«, sagte Fanny. »Willst du so gehen?«

»Ja, natürlich. Das ist Absicht. Ich würde sonst viel zu perfekt aussehen.«

»Du hörst dich an wie Lenica.«

»Die Laufmasche ist auch für Lenica.«

Fanny und ich blickten uns an, und ich sah, dass auch sie Marie kein Wort glaubte.

Wir gingen die leicht abschüssige Dorfstraße hinunter, bis wir in den staubigen Zöllnerpfad einbogen. Wir bemerkten, wie Marie Probleme mit ihren Absätzen bekam und die Schuhe nicht mehr schwarz, sondern staubfarben waren, aber wir sagten nichts. Sie sagte auch nichts, natürlich.

Je näher wir dem Felsen kamen, desto weniger redeten wir.

Es war ein kühler und sonniger Tag, und ich musste dennoch und trotz allem ans Schwimmen und an das kalte, frische Meerwasser denken, daran, wie es auf der Haut wehtat. Als der grasige Trampelpfad abbog, seufzte Marie und zog die Schuhe aus. Dann seufzte sie noch einmal und zog die Strümpfe aus.

Wir zogen auch unsere Schuhe aus und kletterten zum Felsen hinunter. Es war Flut.

»Lass deine Tasche nicht fallen«, sagte Fanny zu Marie.

Marie schüttelte nur den Kopf und war aufs Klettern konzentriert.

Mir wurde plötzlich ganz schlecht.

Vielleicht war das alles keine gute Idee gewesen. Vielleicht war das einfach alles zu viel. Vielleicht war ich dem einfach nicht gewachsen.

Fanny sah meinen Blick.

»Wir schaffen das. Los jetzt.«

Ich atmete tief ein und kletterte auch runter.

Marie nahm die Tupperdose aus der Tasche. Wir schauten uns an.

»Vielleicht sollte jemand was sagen«, sagte Marie.

Beide sahen mich erwartungsvoll an.

Ich schüttelte den Kopf.

Marie gab Fanny ein Zeichen.

Und Fanny wusste, was ich gesagt hätte.

»We are not now that strength which in old days
moved earth and heaven, that which we are, we are;
One equal temper of heroic hearts,
made weak by time and fate, but strong in will
to strive, to seek, to find and not to yield.«

Ich schaffte es, den letzten Satz mitzusprechen.

Dann ging ich bis an den äußersten Rand des Felsens, dahin, wo die Wellen ihn einnahmen. Ich öffnete die Tupperdose und griff hinein. Es fühlte sich weich an. Ich nahm ganz langsam eine Handvoll, streckte meine geschlossene Faust über dem Meer aus und dann öffnete ich sie. Der Wind half mir und wehte die Asche weit hinaus.

Ich wiederholte die Bewegung, bis die ganze Asche vom Wind ins Meer geweht war. Marie und Fanny halfen mir.

Lange standen wir drei so da und blickten einfach auf den Horizont.

Wir drei standen da und schauten aufs Meer, auf den endlosen Ozean, der in diesem Licht heute eine Farbe angenommen hatte, die so anders war als sonst, eine Farbe, die ich noch niemals zuvor gekannt hatte.

Als Sean mir erzählte, dass er Lenicas Asche im Meer verstreut hatte, hätte ich nicht gedacht, dass ich das so kurze Zeit später mit seiner Asche tun würde.

Das Leben stand plötzlich klar vor mir. Es war, als hätte ich es noch nie so gesehen. Der Tod schien es in aller Klarheit leuchten zu lassen.

Wir setzten uns zu dritt nebeneinander auf den Felsen.

Ich tastete in meiner Jeanstasche nach dem Foto. Das Foto von Lenica und mir.

Wir schauten es uns lange an.

»Das Leben ist so traurig«, sagte Fanny. »Aber auch schön. Es ist schön und traurig gleichermaßen. Und mit traurig meine ich nicht nur das, was uns gerade widerfahren ist, die großen Verluste, die großen Tragödien und Dramen, sondern auch das Kleine, Alltägliche. Verlorene Freundschaften, verpasste Gelegenheiten.«

»Verlorene Freundschaften sind nicht das Kleine, Alltägliche. Das ist auch dramatisch. Aber das weiß man oft erst danach«, sagte Marie.

»Ich werde jedenfalls nie, nie, nie mehr irgendetwas Wichtiges verpassen. Ich werde nie mehr die Beerdigung einer Freundin verpassen. Auch nicht die Hochzeit. Oder auch nur den Geburtstag. Niemals«, sagte ich.

Wir schworen es uns.

»Aber nicht nur das, wir verschieben viel zu häufig alles, schieben es einfach auf, als wäre nichts dabei, ein Treffen, ein Kinobesuch, ein gemeinsames Wochenende. Als hätten wir alle Zeit der Welt. Wir schieben das Reden auf, das Lachen, das Weinen, alles, was wir dem anderen die ganze Zeit schon hatten sagen wollen«, sagte Fanny.

»Und wir beschäftigen uns viel zu lange mit Menschen, die uns nicht guttun. Menschen, die uns nur die Kraft aus den Adern saugen und die Lebensfreude, und den Mut, uns dem Leben zu stellen. Wir sollten uns auf die Menschen konzentrieren, die uns guttun, die uns beschützen, nicht dass sie das jemals ausdrücklich so gesagt hätten, aber die Menschen, die das tun, müssen das gar nicht sagen. Sie tun das und wir fühlen es. Selbst wenn wir Jahre nichts voneinander gehört haben. Selbst wenn man nicht weiß, was in der ganzen Zeit passiert ist. Es gibt Menschen, bei denen alles so ist, als hätte man den Raum vor fünf Minuten verlassen, um sich etwas zu trinken zu holen, und kommt rein und greift das Gespräch wieder auf, greift den Moment wieder auf, greift das ganze Leben wieder auf und dabei sind dreißig Jahre vergangen.«

»Ja, diese Menschen, die uns guttun, sind selten«, sagte ich. »Und manchmal braucht es den Zufall, um Menschen wieder zusammenzubringen, aber manchmal ist es eben auch plötzlich zu spät. Wie mit Lenica. Oder mit Sean. Aber ich hatte sie. Wir hatten uns. Sie haben mir beigebracht, dass man die Zeit nicht verstreichen lassen darf.«

»Ja, das Leben läuft uns davon, wenn wir es immer auf morgen verschieben.«

»Aber das Beruhigende ist doch, man weiß gar nicht von all den Gelegenheiten, die man verpasst hat«, sagte Fanny. »Zumindest in dem Moment nicht.«

»Ja, aber die, die man verpasst hat, sind schon blöd genug«, sagte ich.

»Aber vielleicht wäre es nicht um jede Gelegenheit schade gewesen.« Fanny lachte.

»Dafür hätte man sie ja ausprobieren müssen.«

»So kommen wir nicht weiter«, sagte Marie. »Dafür gibt es einfach keine Lösung.«

»Doch, das Leben hält immer eine parat. Man muss nur

genau hinsehen«, sagte Fanny. »Und falls doch nicht, finden wir eine.«

»Und dann machen wir daraus eine Geschichte«, sagte ich.

Wir schwiegen. Es wurde windiger und Fanny zog meine hellblaue Lieblingsstrickjacke aus ihrer Tasche und legte sie uns auf den Schoß. Ich legte meinen Kopf an ihre Schulter und schloss die Augen.

Ich wusste nicht, wie ich ohne Sean sein sollte. Wie ich ohne ihn leben sollte. Und ich akzeptierte nicht, dass er weg sein sollte. Plötzlich so. Nach alledem. Dem ganzen Hin und Her. Wo er sich endlich nach all den Jahren entschieden hatte, für mich entschieden hatte, und wir hätten unsere ganze Zukunft zusammen gehabt. Das Leben würde anders werden, und manchmal fragte ich mich, ob ich das alles richtig gemacht hatte. Ob es das alles wert gewesen war.

Es war keine zwei Monate her, da hatte ich zufällig Marie wieder getroffen, hatte mich entschieden, all das, meine Vergangenheit, wieder aufzugreifen. Es stimmte wirklich nicht, dass die Vergangenheit vergangen war. Sie hatte geradezu auf mich gewartet, sogar an der nächsten Ecke. Die Vergangenheit ist mir einfach in die Arme gelaufen, in der Gestalt von Marie, an diesem Junitag in Luxemburg. Vor ein paar Jahren noch hätte ich mich sicherlich dagegen entschieden, aus Angst, dass es zu schmerzhaft werden könnte. Nun, das wurde es. Aber es wurde auch unendlich schön. Und das Entscheidende war: Ich hatte keine Angst mehr.

Wenn ich mich dagegen entschieden hätte, dann hätte ich Marie und Fanny nicht wiedergefunden und wäre Sean nicht wieder begegnet. Dann hätte ich diesen ganzen Schmerz nicht erlebt und mir wäre das alles erspart geblieben.

Aber ich wäre Sean nicht wieder begegnet.

Und wäre ich Sean nicht wieder begegnet, würde ich jetzt

zwar nicht so leiden, doch hätte auch das Entscheidende im Leben verpasst: Ich hätte nicht meine große, einzige, einzig wahre Liebe wieder getroffen. Es war schwer das zuzugeben, weil es so mühsam war, das ganze Lieben, doch hätte ich ihn nicht wieder gehabt, ich hätte mein Leben in Erinnerung an einen Sommer verbracht.

Marie konnte mal wieder Gedanken lesen.

»Jetzt verbringst du dein Leben in Erinnerung an zwei Sommer«, sagte sie. »Wir alle tun das. Aber wir können es zusammen tun.«

Sie gab mir ihre Zigarette und nahm meine Hand.

»Und der Schmerz wird bleiben«, sagte ich.

»So ist das Leben«, sagte Fanny und legte ihren Kopf auf meinen Schoß, »es bricht uns das Herz.«

»Ja«, sagte ich und legte meine Hand auf ihren Kopf. »Aber das ist es wert.«

Und hier ist die Geschichte zu Ende.

»Man muss die Geschichten auch beenden, wenn sie zu Ende sind«, sagte Lenica immer.

Wir blieben noch lange auf dem Felsen.

Die Sonne ging unter, in allen Farben. Zuerst ganz langsam und dann ganz schnell. Und hinterließ eine Dunkelheit, bis die Sterne kamen.

Wir saßen und redeten und schwiegen und lachten und weinten.

Wir hörten Musik und tranken Rotwein.

Wir lagen auf dem Rücken und schauten in die Sterne.

Wir fragten uns, was noch kommen würde.

Und wir schworen uns, wir würden es aushalten, das Leben.

Bis in den Tod.

Wenn früher die alten Kartografen das Ende der bekannten Welt erreichten, pflegten sie zu schreiben: Jenseits dieser Grenzen werden Drachen wohnen.

Dort sind wir.

Ja, so war es.

Aber das war es wert.

Der Spiegel-Bestseller jetzt im Taschenbuch

Ada liebt ihr Elternhaus mit dem herrlichen Bauerngarten, von dem aus man das Meer glitzern sieht. Doch ohne die Mutter ist Gragaard nicht mehr das, was es immer war. Gemeinsam mit ihrer Schwester Toni räumt Ada das Haus samt Bootsschuppen aus. Dabei werden längst vergessene Erinnerungen wieder wach, als hätten all die alten Dinge Geschichten in sich bewahrt und warteten nur darauf, sie zu erzählen. Die juniblauen Tage an der Ostsee werden zu einer Reise in die Vergangenheit der Familie – und zeigen zugleich beiden Schwestern neue Wege auf. Aus einem schmerzlichen Abschied wird ein mutiger Aufbruch.

Zwei Freundinnen, ein kleines Dorf in Frankreich und ein halbes Jahr, das alles verändert.

Die Freundinnen Chloé und Constance sind so unterschiedlich, wie sie nur sein könnten. Doch in einem sind sie sich einig: Es muss sich endlich etwas ändern in ihrem Leben. Für die nächsten sechs Monate schließen sie einen Pakt – während die schüchterne Constance in Paris versucht, die Liebe zu finden, will Chloé in einem kleinen Dorf im Bordeaux einen Roman schreiben und sich um ihre kranke Großmutter kümmern. Und endlich ihren Exfreund vergessen! Aber die idyllischen Weinberge halten so manche Überraschung für Chloé bereit …